Mord in der Noris

Petra Kirsch, im oberbayerischen Wintershof bei Eichstätt geboren, ist promovierte Literaturwissenschaftlerin. Nach dem Studium in München war sie als Lokalreporterin und Nachrichtenredakteurin bei Presse und Funk, schließlich als Textchefin und Pressesprecherin tätig. Heute lebt die Dozentin und Autorin in Nürnberg. Im Emons Verlag erschienen »Mord an der Kaiserburg« und »Dürers Hände«.

PETRA KIRSCH

Mord in der Noris

FRANKEN KRIMI

emons:

Bibliografische Information der Deutschen Nationalbibliothek
Die Deutsche Nationalbibliothek verzeichnet diese Publikation in der Deutschen Nationalbibliografie; detaillierte bibliografische Daten sind im Internet über http://dnb.d-nb.de abrufbar.

FSC
www.fsc.org
MIX
Papier aus verantwortungsvollen Quellen
FSC® C083411

Umschlagmotiv: photocase.de / secretgarden
Umschlaggestaltung: Tobias Doetsch
Druck und Bindung: CPI – Clausen & Bosse, Leck
Printed in Germany 2012
ISBN 978-3-95451-018-4
Franken Krimi
Originalausgabe

Unser Newsletter informiert Sie
regelmäßig über Neues von emons:
Kostenlos bestellen unter
www.emons-verlag.de

Für H. H. aus H. – für Heidi

Do konnst du nix mitnehma,
naa, do konnst du nix mitnehma.
Frag amoi an Teifi, jammert zum liabn Gott,
und er sagt: Nix mitnehma!
Georg Ringsgwandl

1

Sie wachte morgens um halb acht auf: erschöpft, verkatert, mit Kopfschmerzen. Das würde heute ein böser Tag werden.

Halb schlafend, halb wach spürte sie, wie das Monster von ihr Besitz ergriff. Dieser ungebetene Dauergast, ja dieser Stalker, der sie seit einigen Wochen immer zur selben Zeit, in den ersten Sekunden nach dem Aufwachen, überfiel. Aus dem Hinterhalt, aufdringlich und übermächtig. Unbeherrschbar, das ängstigte sie. Von Tag zu Tag mehr. Das Einzige, womit sie ihn einigermaßen im Zaum halten konnte, war: sofort aufstehen, sich den Alltagsverrichtungen widmen, keinen Leerlauf in Taten und Gedanken zulassen. Missmutig stieg sie aus dem Bett und schlurfte in die Küche.

Dort schaltete sie die Kaffeemaschine ein, sah auf die Kaiserburg, die sich vor ihrem Küchenfenster erstreckte – sonst ein Anblick, den sie immer genoss und dessentwegen sie diese simpel geschnittene Zwei-Zimmer-Wohnung ohne Balkon und ohne Fenster im Bad gekauft hatte. Heute, wie schon in den vergangenen Wochen, spendete ihr die prächtige Kaiserstallung allerdings keinen Trost. Heute war sie nur irgendein Gemäuer, nichtssagend, grau, trist und vor allem – uralt.

Sie angelte sich die große Tasse aus dem Spülbecken, in dem sich das benutzte Geschirr von zwei Tagen stapelte, goss sich Kaffee ein und murmelte halblaut Richtung Küchenuhr: »Drecksgeburtstag.«

Paula Steiner, Kriminalhauptkommissarin in den Diensten des Polizeipräsidiums Mittelfranken, neunundvierzig, ledig und auch sonst ohne jedes Talent für ein ausgefülltes Familien- oder Sozialleben, hatte derzeit nur eine Sorge, und das war ihr unaufhaltsam näher rückender fünfzigster Geburtstag, das Monstrum, das einer Planierraupe gleich alles niederwalzte, was das Leben an Annehmlichkeiten und Vergnügungen für sie bereithielt. In zehn Tagen war es so weit. Dann würde sie von einem Tag auf den anderen in einer anderen, einer in ihren Augen deutlich minderwertigeren Liga spielen. Dann könnte sie auf Fragen nach ihrem Alter, die sie in letzter Zeit mehr und mehr als eine dreiste Zumutung, gar als eine Ungezogenheit empfand, nicht mehr mit einem vagen »Ende vierzig«

antworten. Dann wäre der Abstand zu ihren beiden Mitarbeitern – der blutjungen, gerade mal fünfundzwanzig gewordenen Eva Brunner und dem in ihren Augen ebenfalls ausgesprochen juvenilen vierunddreißigjährigen Heinrich Bartels – noch, ja vielleicht nicht größer, aber augenfälliger, deutlicher auf jeden Fall.

Zu all diesem Übel kam hinzu, dass sie sich den unvermeidlichen Gratulanten würde stellen müssen. Zumindest im Präsidium. Das erwartete man von ihr, wie sie selbst das bisher von ihren Kollegen bei runden Geburtstagen auch erwartet hatte. Ein hausinterner Brauch, den sie heute, während sie grübelnd unter der Dusche stand, das erste Mal gründlich in Frage stellte: Warum eigentlich musste das so sein? Genügte es nicht, dass man sich an diesem Tag von etwas Liebgewonnenem unwiderruflich verabschieden musste? Das war doch kein Grund zum Feiern, eher für das Gegenteil: Es war ein Grund, sich einzuigeln, sich zu verkriechen und zu hoffen, dass dieses einschneidende Datum möglichst unbemerkt von der Außenwelt vorüberging. Sie nahm sich vor, gleich heute noch für eine entsprechende Klarstellung im Kollegenkreis zu sorgen: Eine wie auch immer geartete Feier würde es von ihrer Seite nicht geben; desgleichen würde sie sich Geschenke oder Gratulationen, egal ob persönlich oder schriftlich, mit allem Nachdruck verbitten.

Gedankenschwer verließ sie kurz darauf die Wohnung und überquerte den Vestnertorgraben, ohne wie sonst die Kaiserburg, das ihrer Ansicht nach schönste Gebäude ihrer Heimatstadt Nürnberg, mit einem bewundernden Blick zu würdigen. Erst als sie zügigen Schrittes den Hauptmarkt hinter sich gelassen hatte und in die Kaiserstraße abgebogen war, blieb sie unvermittelt stehen.

Irgendetwas war an diesem Dienstag anders als sonst. Irgendetwas Neues lag in der Luft. Es dauerte eine Weile, bis Paula Steiner darauf kam, was dieses Etwas war: Heute schien nach einem kalten, langen und harten Winter der erste Tag in diesem Jahr zu sein, an dem es weder regnete noch schneite. Sie sah zum Himmel. Keine Wolken, kein ewiges Grau-in-Grau, heute spannte sich über ihr dieses perfekte monochrome Blau, nach dem sie sich in den vergangenen Wochen so gesehnt hatte.

Noch immer war es kühl und kahl, aber das Vermanschte und Abgenutzte, das Feuchte und Fahle der vergangenen Monate schien vorbei, die Kraft des Winters gebrochen zu sein. Endlich. Sie blieb stehen und atmete die frische, prickelnde Luft mit geschlossenen Augen tief ein und aus. Heiterkeit, vermengt mit einer kleinen Prise Zuversicht, erfüllte sie und tilgte augenblicklich ihre Übellaunigkeit der frühen Morgenstunden. Schließlich setzte sie sich wieder in Bewegung und legte den Rest des Weges mit gedrosseltem Tempo zurück. Wer sie so schlendernd durch die Kaiserstraße gehen sah, hätte in ihr eine Spaziergängerin oder eine Touristin vermuten können, die auf Nürnbergs teuerstem Pflaster die Schaufensterauslagen begutachtete.

Um drei viertel neun öffnete sie die Tür zu ihrem Büro. Enttäuscht registrierte sie, dass es verwaist und kalt war. Die beiden anheimelnden Konstanten ihres Arbeitsalltags fehlten: Gesellschaft und Wärme. Ohne den Mantel abzulegen, marschierte sie zur Heizung unter dem Fenster und drehte den Regulator auf die höchste Stufe. Erst als sie sich an ihren Schreibtisch setzte, sah sie den gelben Zettel, der auf ihrem Telefonhörer klebte:

An: Fr. Steiner
Von: E. Brunner
Zeit: 8.06 Uhr
Mitteilung: Fahre jetzt in die Eichendorffstraße 73. Allein, da Sie leider nicht da sind und Herr Bartels sich für heute krankgemeldet hat. Werde dort die Ermittlungen leiten und auf Ihr Eintreffen warten.

Noch bevor sie die Notiz zu Ende gelesen hatte, waren der Verdruss und die schlechte Laune zu ihr zurückgekehrt. Hatten sich durch diese Mitteilung noch um ein gehöriges Maß potenziert. Hier machte ja jeder, was er wollte! Der eine feierte krank, gerade wie es ihm in den Sinn kam, und es kam ihm immer öfter in den Sinn. Und die andere mit ihren lächerlichen fünfundzwanzig Jahren maßte sich Befugnisse an, die ihr in keiner Weise zustanden! Die nur ihr als Leiterin der Kommission zukamen. »Werde dort die Ermittlungen leiten. Da Sie leider nicht da sind«. Eine Unverschämtheit ihr gegenüber war das.

Am meisten störte sie das »leider« in der Notiz. Was gab es da zu bedauern, wenn sie nicht zur selben Zeit wie ihre übereifrige Kollegin im Büro war? Und selbst wenn sie erst verspätet hier eintreffen würde, wäre das kein Grund für einen derartigen versteckten Tadel, den sie aus diesem »leider« heraushörte. Sie hatte ihre Kommission nicht mehr im Griff, das musste und würde sie ändern. Und zwar heute noch. Sie in ihrem Alter und mit ihrer Erfahrung, ihrem Wissen ließ sich doch nicht von diesen beiden Grünschnäbeln auf der Nase herumtanzen! In dem Moment, als sie in dieser Gedankenkette nur mehr ein klitzekleines Glied von einem handfesten Wutausbruch trennte, klingelte das Telefon.

»Na endlich, Paula, dass man dich auch mal erwischt! Ich versuche es schon seit einer Stunde. Wo warst du denn die ganze Zeit?«, fragte Matthias Breitkopf, ihr Kollege vom Kriminaldauerdienst, zwar leutselig, aber auch ein wenig vorwurfsvoll.

»Wo ich war? Das kann ich dir sagen: auf dem Weg hierher. Nur zur Erinnerung, lieber Matthias, falls dir das in deiner freien Zeit über das Wochenende entfallen sein sollte: Meine offizielle Arbeitszeit hat noch gar nicht begonnen. Die beginnt nämlich erst Punkt neun Uhr, also«, sie sah auf ihre Armbanduhr, »in zwölf Minuten. Wenn du mich dann immer noch nicht am Telefon erwischst, kannst du mich gerne fragen, wo ich gewesen bin.«

»Oh, da ist aber jemand heute mit dem linken Bein zuerst aufgestanden. Das ist man bei dir gar nicht gewöhnt, so viel schlechte Laune schon am frühen Vormittag.«

»Ich habe keine schlechte Laune!«, schrie sie in den Hörer. »Noch nicht. Das kann sich aber bald ändern, wenn du weiter so …«

»Ist ja schon gut, Paula, reg dich nicht auf. Der Grund, warum ich anrufe, ist der: Zum einen hat sich Heinrich krankgemeldet, und zum andern hat man in der Eichendorffstraße eine weibliche Leiche gefunden. Die Nachbarin dieser Frau ist aufmerksam geworden, weil sich unter der Wohnungstür ihr gegenüber ein roter Fleck, in dem sie eine Blutlache vermutete, ausgebreitet hat. Sie hat die Schutzpolizei verständigt, die haben die Wohnung aufgebrochen, dann haben die mich informiert, ich habe es wiederum an Fleischmann gemeldet, weil ich ja wissen musste, wer von euch das übernehmen soll, und Fleischmann wollte dich unbedingt damit beauftragen. Nachdem du aber noch nicht«, Breitkopf suchte nach einer harmlosen Formulierung, »so früh, also vor Dienstbeginn sozusagen, an deinem Platz warst und demzufolge nur Frau Brunner zu sprechen war, habe ich deiner Mitarbeiterin gesagt, sie soll versuchen, dich daheim zu erreichen, damit du gleich von da aus dahinfährst. Ohne den Umweg zum Präsidium.«

»Mich hat niemand versucht, daheim zu erreichen. Wann hast du denn mit Frau Brunner gesprochen?«

»Das war«, sie hörte das rasche Umblättern von Papier, »exakt um sieben Uhr dreiundfünfzig. Oh, dann hat sie wohl nicht bei dir angerufen?«

»Nein, hat sie nicht. Aber das macht nichts«, log Paula tapfer, »dann mache ich mich halt jetzt gleich auf den Weg. Übrigens danke für die Informationen.«

Ihr Groll Breitkopf gegenüber hatte sich während des Gesprächs verflüchtigt. Sie bedauerte jetzt, ihn anfangs dermaßen angeblafft zu haben. Und so fügte sie noch ein ebenso versöhnliches wie ernst gemeintes »Und ein Extradank für deine Nachsicht und Geduld mit mir« hinzu. Dann legte sie auf.

Fast eine Dreiviertelstunde, rechnete sie nach, hätte ihre Mitarbeiterin Zeit gehabt, sie daheim entweder über das Festnetz oder auf dem Handy zu erreichen. Beides hatte sie nicht getan. Warum nicht? Sie musste doch gewusst haben, dass sie damit eindeutig gegen die Dienstvorschriften verstieß. Und genauso bewusst musste ihr in dem Moment gewesen sein, dass diese Kompetenzüberschreitung irgendwann ans Licht kommen, zumindest ihr als ihrer Vorgesetzten auffallen würde. Beides hatte sie billigend in Kauf genommen. Warum?

Es gab nur eine Antwort auf diese Frage: weil Eva Brunner der Überzeugung war, sich diesen Verstoß gegen die Dienstvorschriften und damit diesen Affront ihr gegenüber leisten zu können. Das sprach für zweierlei: für ein ausgeprägtes Selbstwertgefühl der Kommissar-Anwärterin, das schon Züge von Überheblichkeit trug, sowie für ihre eigene geschwächte Position als deren Vorgesetzte. Dagegen erschien selbst der unzuverlässige Heinrich mit seiner elendiglichen Dauerkrankfeierei in einem milderen Licht. Und auch ihre Hauptsorge – ihr bedrohlicher fünfzigster Geburtstag – war angesichts der Brunner'schen dreisten Vorwitzigkeit ganz und gar vergessen.

Geschlagene fünf Minuten saß Paula Steiner regungslos an ihrem Schreibtisch und starrte leeren Blicks aus dem Fenster. Dann endlich stand sie auf, legte sich die Jacke über die Schultern und verließ das Zimmer. Als sie bereits im Innenhof des Präsidiums angekommen war und auf den Fuhrpark zuging, blieb sie abrupt stehen. Machte dann kehrt und rannte die Treppen zu ihrem Büro hoch. Dort schaltete sie mit einer Genugtuung, der eine Spur Häme beigemengt war, die Heizung wieder auf null. Sie war nun entschlossen, sich die Hoheitsgewalt in ihrer Kommission mit aller Kraft und allen Mitteln zurückzuerobern. Und Eva Brunner sollte, wenn sie in dieses Zimmer zurückkehrte, es genauso ungemütlich und kalt vorfinden wie sie selbst heute an diesem frühen Dienstagmorgen. Und dass das schon bald der Fall sein würde, dafür würde sie umgehend sorgen.

Eine knappe halbe Stunde später parkte sie den Polizei-BMW in der so beschaulichen wie biederen Händelstraße, einer kurzen Seitengasse der viel befahrenen Eichendorffstraße, die vor allem den zahlreichen Pendlern aus dem östlichen Nürnberger Umland als Ausfallstraße diente. Seitdem sie den Entschluss gefasst hatte, sich in ihrer Kommission wieder als Primus inter pares zu behaupten, war ihre aufsteigende Wut verraucht, und auch der Anflug von Selbstzweifeln hatte sich verabschiedet. Sämtliche widersprechende Gefühlsregungen der zurückliegenden Stunden wurden durch ihre Entscheidung und den Willen, sich in ihrer Kommission wieder an die Spitze zu setzen, kurzerhand ausgelöscht.

Sie hatte sich im Griff, war klar im Kopf und entschlossen zum Handeln – und sogar ein wenig vergnügt. Als sie den Wagen abschloss, strahlte sie eine beeindruckende Ruhe und Gelassenheit aus. In diesem Moment hätte man den Kopf einer Buddha-Statue nach ihr meißeln können.

Schon von Weitem sah sie die dicht an dicht geparkten Einsatz-, Notarzt- und Rettungswagen vor der Hausnummer 73 sowie eine Menschentraube, bestehend aus sechs oder sieben sehr jungen Schutzpolizisten, von denen zwei rauchten. Und in deren Mitte Eva Brunner, die sich bestens zu amüsieren schien. Paula näherte sich der Gruppe von hinten ohne Eile, fast schon bedächtig. Aber es war kein Zögern in ihrem Gang, eher der zielgerichtete, tänzelnde Anlauf eines Panthers, der bald von hinten zum Sprung auf seine Beute ansetzen wird.

Als sie die Gruppe erreicht hatte, sahen einige der Polizisten kurz zu ihr auf, um ebenso schnell wieder wegzublicken. Niemand machte Anstalten, sie vorbeizulassen. Keiner trat zur Seite. Der Kreis blieb geschlossen. Typisches Gruppenverhalten, dachte die ehemalige Soziologiestudentin Steiner. Eva Brunner war so sehr in das Gespräch mit den Kollegen vertieft, dass sie von dem sich nähernden Panther nichts mitbekam.

»Guten Morgen, Frau Brunner, guten Morgen, meine Herren«, sagte Paula Steiner laut und sehr, sehr freundlich.

Da endlich registrierte sie auch die Jungkommissarin, die ihr zur Begrüßung lediglich einen abweisenden, hochmütigen Blick zuwarf.

Das überraschte sie nun doch. Dass es schon so weit gekommen war … Meine Schuld, dachte sie noch, ich habe alles laufen lassen. Ich hätte besser aufpassen sollen. Jetzt muss ich die Scharte auch wieder auswetzen.

»Wer leitet denn hier den Einsatz?«, fragte sie mit einem leisen Lächeln.

Es war diese betont arglos gestellte Frage, die den Halbkreis blitzschnell auflöste. Aus der vormals fröhlichen Plaudergruppe, die die Passanten zum Ausweichen auf die Straße nötigte, wurde im Handumdrehen eine vorschriftsgemäße polizeiliche Absperrung. Die beiden Raucher beeilten sich, ihre Zigaretten im Rinnstein auszudrücken, Uniformjacken wurden glatt gezogen, Haltung wurde angenommen. Schließlich deutete einer der Schutzpolizisten, ein blonder Krauskopf, in Eva Brunners Richtung.

»Dann ist die Leiche also schon abtransportiert worden?«, sagte Paula, noch immer mit diesem feinen Lächeln, ihrer Allzweckwaffe in Situationen wie dieser. Sie gab sich Mühe, ihre Frage so unbedarft und naiv wie möglich klingen zu lassen.

Als Antwort erhielt sie, wieder von dem Krauskopf, nur ein kurzes Kopfschütteln.

»Nein, das kann nicht möglich sein! Das glaube ich einfach nicht!«, rief sie erstaunt aus. Sie wandte sich ihrem stummen Informanten zu. »Denn Frau Brunner arbeitet seit einem Jahr in meiner Kommission und weiß demzufolge ganz genau, dass sie zum einen als Kommissar-Anwärterin keinen Einsatz leiten darf. Und dass sie, sollte sie dies doch tun und damit gegen die Vorschriften verstoßen, dann zum andern auf keinen Fall, aber auf gar keinen Fall den Einsatzort verlassen darf. Und dieser ist doch, soweit ich informiert bin, nicht auf dem Bürgersteig, sondern in der Wohnung da oben. Oder täusche ich mich da?«

Sie erhielt keine Antwort. Die brauchte sie auch nicht. Denn sie hatte keine Frage, sondern etwas klargestellt. Der Panther hatte seine Krallen schon ausgefahren. Noch hielt er sein Opfer im Maul, behutsam und nachdenklich. So als würde er überlegen, ob er tatsächlich zubeißen oder es noch einmal gnädig davonkommen lassen sollte. Das Beutetier nahm dem Jäger die Entscheidung ab.

»Da oben stinkt es. Das ist eine Messie-Wohnung. So was ist eine Zumutung. Ich an Ihrer Stelle würde da nicht raufgehen«, sagte Eva Brunner mit zusammengekniffenen Augen und für Paulas Geschmack eine Spur zu pampig.

Schade, wirklich schade, dachte sie noch für einen Moment, sie hat nicht begriffen, worum es geht. Und jetzt erst biss der Panther endgültig zu.

»Frau Brunner, Sie sind aber nicht an meiner Stelle. Und wenn Sie so weitermachen, werden Sie es auch nie sein. Und noch etwas: Sollte ich einen Rat von Ihnen benötigen, werde ich Sie das rechtzeitig wissen lassen. Aber ich denke, auch so weit wird es nicht kommen. Bis dahin spendieren Sie Ihre ungefragten zweifelhaften mediokren Ratschläge meinethalben jedem anderen, vielleicht den Kollegen hier von der Polizeiinspektion Ost, nur mir bitte nicht. Ist das klar?«

Ein wenig wunderte sie sich selbst über ihre Rede, vor allem über das Adjektiv »medioker«. Bis dahin hatte sie gar nicht gewusst, dass ihr Wortschatz auch solche bildungssprachlichen Perlen bereithielt.

Ohne eine Antwort abzuwarten, fuhr sie fort: »Und jetzt kehren Sie augenblicklich ins Präsidium zurück und warten dort auf mich.«

An der Haustür angekommen, drehte sich Paula nochmals um. Sie sah auf eine mustergültige Formation von Polizisten, gerade Haltung, die Beine hüftbreit aufgestellt, die Arme hinter dem Rücken verschränkt, den Blick starr auf die Straße gerichtet. Und sie sah Eva Brunner, die ihr einen schnellen, schrägen Blick zuwarf, bevor sie sich dann, ohne sich von den Kollegen zu verabschieden, eilends in Bewegung setzte.

Als sie die Treppe in die erste Etage hochstieg, hatte sie den zweiten Entschluss dieses Tages gefasst, kalten Herzens und ohne jede Genugtuung: Sie würde heute noch Frau Brunner für einige Tage vom Dienst suspendieren. In dieser Zeit würde sie versuchen, die Mitarbeiterin aus ihrer Abteilung wegzuloben. Kollege Jörg Trommen, Leiter einer Ermittlungskommission wie sie selbst, hatte in der Vergangenheit wiederholt versucht, ihr die Brunner abspenstig zu machen. Doch, das passte. Für beide Seiten. Bei Trommen mit seiner strengen Hierarchie und der eindeutigen, linearen Befehlsstruktur wäre Eva Brunner besser aufgehoben als bei ihr.

Vor der Wohnung rechter Hand stand ein gedrungener Polizist mittleren Alters Wache, rotes aufgedunsenes Gesicht, kurzer Bürstenschnitt. Neben ihm, an die Wand gelehnt, entdeckte sie den grauen abgeschabten Metallkoffer Klaus Dennerleins, in dem der Kriminaltechniker seine Gerätschaften transportierte. Die Tür stand einen Spaltbreit offen. Sie zog ihren Ausweis aus der Manteltasche und stellte sich vor.

»Dann lösen Sie wohl jetzt die Einsatzleiterin Brunner ab?«

Sie verzichtete auf eine Richtigstellung, antwortete nur: »Ja, so könnte man das nennen.«

»Möchten Sie einen Mundschutz, bevor Sie reingehen?«

»Ist das denn nötig?«

»Meiner Meinung nach nicht. Meiner Meinung nach ist es nicht so schlimm, wie Ihre Vorgängerin getan hat. Es riecht ein wenig staubig, aber das ist auch schon alles. Aber wenn Sie wollen, hole ich Ihnen gerne etwas.«

»Nein danke. Ich versuch's erst mal so.«

Der Polizist deutete auf den hellen Fußabstreifer aus Bast, der zur Hälfte dunkelrotbraun gefärbt war. Paula nickte als Zeichen, dass sie darüber hinwegtreten würde. Dann schob er die Wohnungstür vorsichtig nach innen, um sie einzulassen.

Nur zwanzig Zentimeter hinter der Tür lag eine tote Frau, mager und ausgezehrt, mit seltsam verrenkter Beinhaltung. Die Arme waren zu den Seiten ausgestreckt, so weit das in dem vollgestellten Flur, in dem sich Obstkisten bis knapp unter die Decke stapelten, möglich war. Große kreisrunde dunkelbraune Flecken am Bauch und in der Herzgegend, ein altmodisch geblümter Rock, der von den hervortretenden Hüftknochen fast bis an die Knöchel reichte, eine durch die umgebende Leichenblässe noch vogelartiger wirkende spitze Nase, die spärlichen, eindeutig gefärbten oder getönten Haare sorgfältig auf extrabreite Lockenwickler gedreht. Am Kopf der Toten stand Dr. Frieder Müdsam, Paula der liebste von allen Gerichtsmedizinern, und lächelte sie an.

»Ich hatte schon damit gerechnet, dass du demnächst eintreffen würdest. Dass es allerdings jetzt doch so schnell ging, hatte ich nicht vermutet. Es ist auf jeden Fall schön, sehr schön sogar, dass du«, sagte er mit Betonung auf dem Personalpronomen, »nun da bist.«

Das war alles, was er von sich aus zum Fall Brunner sagte – und auch in Zukunft sagen würde. Müdsam war zu beherrscht und auf dem zwischenmenschlichen Sektor zu wenig neugierig, um sich an den internen Klatschspiralen zu beteiligen, was sie manchmal bedauerte. Wer immer ihm etwas Pikantes aus dem Kollegenkreis erzählen würde, musste nicht befürchten, dass der Pathologe dies weitertrug. Es versandete bei ihm einfach wie ein einzelner Tropfen Wasser in der Wüste. Und doch oder gerade deshalb war das Wenige, was er ihr zur Begrüßung gesagt hatte, für sie Andeutung genug, um sich ein gutes, hinlänglich genaues Bild vom Auftreten ihrer Mitarbeiterin machen zu können.

»Also«, fuhr er fort, ohne ihr die Gelegenheit zu diesbezüglichen Nachfragen zu geben, »in der Lage, wie du die Tote im Moment siehst, haben wir sie nicht vorgefunden, obgleich sie in der Diele, und zwar hier direkt hinter der Wohnungstür, ermordet wurde. Unsere Kollegen mussten die Tür aufbrechen, um reinzukommen, dadurch haben sie ihre Stellung schon das erste Mal verändert. Dann hat man sie so hingelegt, wie du sie jetzt siehst. Wie ich bisher erkennen konnte, wurde sie erstochen. Mit einem Hirschfänger oder etwas Ähnlichem, darauf lassen die Stichwunden schließen. Es muss auf jeden Fall etwas mit einer breiten Klinge und einem zweischneidigen Schliff gewesen sein. Erst in die Halsschlagader«, er bückte sich und zeigte auf die schmale streichholzlange Wunde am seitlichen Halsansatz des Opfers, »und dann, als sie nach hinten zusammensackte, noch mal in den Bauch und in die Lenden. Ich denke, sie ist hier in der Diele verblutet. Hast du den Fleck auf und unter dem Fußabstreifer gesehen?«

Sie nickte.

»Alles Weitere wie immer nach der Obduktion.«

»Das heißt: Du könntest eigentlich schon wieder gehen?«
»Ja, ich bin so weit durch.«
»Wo sind denn die andern?«
»Die warten auf dem Balkon auf dich. Klaus, kommst du mal?«, rief Müdsam. »Paula ist jetzt da.«
Sekunden später stand Klaus Dennerlein vor ihr und begrüßte sie mit einem verschwörerischen Grinsen.
»Na endlich. Das wurde aber auch Zeit, dass du kommst. Deine Brunner hat hier nur alles aufgehalten.«
Bevor sie ihn unterbrechen konnte, fuhr er fort. »Also, was ist? Das komplette Programm?«
»Natürlich. Warum fragst du?«
Als Antwort öffnete er die Tür zu dem Zimmer, aus dem er gekommen war, und deutete mit dem Kopf in den Raum.
»Um Gottes willen!«, sagte sie mehr zu sich als zu Dennerlein. »Das ist ja furchtbar.«
Der Größe nach zu urteilen, musste das das Wohnzimmer sein. Paula hatte im Fernsehen schon einmal die Behausung eines männlichen Messies gesehen; beim Zappen war sie bei der Reportage eines Privatsenders fasziniert hängen geblieben. Aber das hier war die direkte brutale Realität, das war live. Das hier war überhaupt nicht grell, dramatisch und spannend, sondern nur banal und trist. Anrührend in seinem stummen Elend.
Ein vor langen Jahren weiß gestrichener Raum, heute fahlgelb, genau wie die fleckigen Kunststoffgardinen. Kein Wandschmuck, die Fensterbretter vollgestellt mit Nippes und verwelkten Topfpflanzen. Bücher, Zeitungen, Kataloge und Prospekte, Tüten, defekte Haushaltsgeräte und Werkzeug aller Altersstufen bis an die Decke in den zahllosen Regalen hochgestapelt, die im Schulterschluss die Wände bedeckten. Riesige Haufen von Kleidungsstücken, Schuhen, Decken und Kissen auf dem Boden. Dazwischen und darauf Plastiktüten, Kisten, Kartons und Koffer, aus denen wiederum Alltagsgegenstände mit und ohne Gebrauchsspuren hervorquollen.
Dennoch erkannte sie in dem Chaos den vergeblichen Versuch, so etwas wie Ordnung in die Unordnung zu bringen. Denn all die Behältnisse schienen thematisch sortiert zu sein. Vor ihr stand ein billiger Pappkoffer, der aufgeklappt und ausschließlich mit schwar-

zen Plastikkleiderbügeln bestückt war. Aus einer Abfalltüte ganz hinten schauten zwanzig – oder waren es dreißig, gar vierzig? – Fahrrad-Luftpumpen hervor.

Die Haufen und Stapel überwucherten das eigentliche Mobiliar, begruben es unter sich und machten es unbenutzbar. So glaubte sie, vor der Regalwand eine Sitzgruppe aus grünem Cordsamt, bestehend aus zwei Sesseln und einem Sofa, zu sehen. Und an der rechten Längsseite einen Schreibtisch, der unter der Last von sechs oder sieben ineinander verhakten Stühlen ächzte. Ein ausgetretener, höchstens zehn Zentimeter breiter Pfad führte zur Balkontür. Dieses Zimmer war für Außenstehende eine abstoßende Müllkippe.

»Die anderen Räume sind genauso vollgemüllt, Paula. Wenn du auf einer gründlichen Spurensicherung bestehst, wären Klaus und ich die nächsten Wochen damit mehr als ausgelastet. Das ist eine Beschäftigungstherapie für arbeitslose Kriminaltechniker.«

Bevor Dennerlein zu Ende gesprochen hatte, hatte sie sich schon entschieden.

»Nein, das braucht es nicht. Zumal mir Frieder gerade gesagt hat, dass sich der Mord direkt hinter der Wohnungstür ereignet hat. Sie wird die Tür geöffnet haben, der Täter, der seine Waffe mitgebracht hat, sticht ihr erst in den Hals, dann rammt er ihr das Messer in den Bauch und verlässt kurz darauf das Haus. Sie wird ihn kaum in die Wohnung hereingebeten haben. Wohin auch? Nein, das war eine Sache von ein paar Minuten. Ich bin mir sicher, da werdet ihr keine Spuren außer in der Diele finden.«

»Ich sehe das wie du. Wer immer sie getötet hat, muss sie völlig überrumpelt haben, denn in der Küche steht noch ein Becher mit einem Teebeutel. Also nehmen wir uns vor allem die Diele vor, wenn Frieder weg ist. Vorher geht es nicht.«

»Ist die Tote denn schon fotografiert worden?«

»Das war das Erste, was wir gemacht haben. Bernd ist übrigens auf dem Balkon und wartet auf dein Okay, dass er gehen kann.«

»Gut. Dann sag ich ihm das jetzt.«

Sie wollte schon auf den schmalen Trampelpfad treten, da gab ihr Dennerlein zu verstehen, dass sie stehen bleiben sollte.

»Du musst mich erst rauslassen, dann kannst du durchgehen. Nicht drängeln, Frau Steiner.«

Nachdem er an ihr vorbei in den Flur geschlüpft war, betrat sie das Wohnzimmer. Sie musste Schritt vor Schritt setzen, so schmal war der Durchlass. Der Balkon bot das gleiche triste Bild: vollgestellt mit ausrangierten Sitzmöbeln, Pflanzkübeln und schwarzen Plastiktöpfen, die meisten ohne Bepflanzung. Zwischen den Fliesen hatten sich Grashalme und Bäumchen festgesetzt, manche davon ragten meterhoch in den Himmel.

»Bernd, du kannst jetzt gehen.«

Nachdem sie das offizielle Okay erteilt hatte, den Leichnam zur Obduktion in die Tetzelgasse bringen zu lassen, platzte es aus dem sichtlich erregten Polizeifotografen heraus.

»Das ist heute ein Scheißtag. Erst schickst du uns die Brunner auf den Hals, die hier nur alles durcheinanderbringt und uns von der Arbeit abhält, wenn sie nicht gerade dumm rumsteht. Und dann das Chaos hier«, er deutete mit einer ausholenden Handbewegung auf das Zimmer, »wo man nicht sicher sein kann, dass man sich was holt.«

»Was soll man sich denn hier holen?«, fragte sie erstaunt.

»Kannst du mir garantieren, dass da drin«, wieder diese abschätzige Handbewegung, »kein Ungeziefer ist?« Er sah sie angriffslustig an.

Als Antwort zuckte sie nur mit den Schultern.

»Auf jeden Fall stelle ich mich erst mal unter die Dusche, wenn ich heimkomme, und zwar gründlich. Wie das hier schon riecht.«

»Also, ich finde, es riecht nicht besonders schlimm. Ein wenig abgestanden, stickig, ja, aber viel anders riecht es auch nicht, wenn ich zum Beispiel nach dem Urlaub in meine Wohnung zurückkomme.«

»Das kommt daher, weil du auch Raucherin bist. Das hat dir schon deine Geruchsnerven zerstört. Da riecht man freilich nichts mehr, und selbst wenn es wie auf einer Mülldeponie stinkt.«

Auch diesen heftigen Affront ebenso wie seinen Vorwurf, sie sei für Eva Brunners Erscheinen verantwortlich, schluckte sie widerspruchslos hinunter und fragte lediglich: »Warum, wer raucht denn hier noch?«

Anstelle einer Antwort langte Bernd Schuster zum Fensterbrett und hielt ihr einen Aschenbecher hin, in dem aufgelöste Kippen in einer Wasserlache schwammen. Interessiert beugte sie sich über die hässlich braungelbe Brühe. Nicht nur die Tatsache, dass sie rauchte, hatte sie mit dem Opfer gemein – sogar die Zigarettenmarke teilten sie miteinander. Das waren alles Stummel der Marke HB.

So etwas verbindet ungemein, auch über den Tod hinaus; in dem Moment, als Schuster ihr den vollen Aschenbecher unter die Nase hielt, knüpfte er ein Band zwischen der Kommissarin und dem Opfer, das stärker war als ihr rein berufliches Pflichtgefühl. Sie sah sich nun noch mehr in der Verantwortung, den Mörder dieser Frau so lange zu suchen, bis sie ihn gefunden und gestellt hatte. All dies konnte der Nichtraucher Schuster nicht ahnen, geschweige denn wissen. Insofern kam ihr erster Gegenangriff für ihn überraschend.

»Du willst mir damit also sagen, dass der Geruch dieser Kippen erst rund um das Haus gewandert ist, sich dort vor den Eingang abgesenkt hat, um über das Schlüsselloch in den Hausgang zu ziehen, sich dann auf den Weg in den ersten Stock machte, um dort wieder pfeilgerade durch das Schlüsselloch in die Wohnung der Toten zu gelangen? Das ist eine Theorie, die einige physikalische Gesetze missachtet, mein Lieber.«

Schuster sah sie perplex an. »Woher weißt denn du so genau, dass sie nicht auch die Wohnung vollgequalmt hat?«

»Das weiß man halt, wenn man Raucher ist. Wer einen derartigen Aschenbecher auf dem Balkon stehen hat, raucht nicht in seiner Wohnung. Das ist ganz einfach, was du aber nicht wissen kannst. Also, auf jeden Fall bist du hier fertig und kannst jetzt gehen.«

Doch so schnell gab sich der heute zu mehr Händel aufgelegte Fotograf nicht geschlagen.

»Die Frau hatte sich doch überhaupt nicht im Griff. Raucht wie ein Schlot, dazu passt die Wohnung wie die Faust aufs Aug. Schau sie dir doch mal an. Das Chaos pur. Ich würde mich hier nicht wohlfühlen. Du etwa?«, fragte er in scharfem Ton.

»Sag einmal, Bernd, fängst du jetzt komplett das Spinnen an? Was soll denn die blöde Fragerei? Und dann: Was hat denn das eine mit dem anderen zu tun? Wer raucht, muss doch nicht automatisch ein Messie sein. Und umgekehrt.«

»Wenn meine Frau mir die Bude so zumüllen würde, ich würde die rausschmeißen. Kurzen Prozess würde ich mit der machen. So schnell könnte die gar nicht schauen, so ratzfatz wäre die draußen.« Schuster sah sie immer noch herausfordernd an.

Fast hätte sie auch diese letzte seiner Attacken ignoriert, aber eben nur fast, an diesem Tag, an dem bisher so viel verquer gelaufen war.

»Noch so eine hochinteressante Überlegung deinerseits. Und wiederum so theoretisch, fernab jeden Bezugs zur Praxis. Denn momentan verfügst du doch über gar keine Frau, die du ratzfatz rausschmeißen oder mit der du kurzen Prozess machen könntest. Oder täusche ich mich da?«

Sein Schweigen war beredt genug. Ohne Gruß verließ er den Balkon, um auf dem Trampelpfad den geordneten Rückzug anzutreten. Vorher aber legte er noch den weißen Mundschutz an, demonstrativ und mit einem langen Blick zu ihr.

Klaus Zwo, wie Dennerleins Kollege von der Spurensicherung genannt wurde, der im weißen Schutzanzug gleichfalls zu dem kleinen quadratischen Balkon Zuflucht genommen hatte und den sie erst jetzt, nach Bernds Abzug, richtig wahrnahm, kommentierte ihre letzte Bemerkung mit den Worten: »Das war aber jetzt hart von dir, Paula. Du weißt doch, wie empfindlich der Bernd auf diesem Gebiet ist.«

»Ich bin auch empfindlich, Klaus. Und kein Mensch nimmt irgendwelche Rücksicht auf mich. Wie man in den Wald ruft, so schallt es zurück. Aber mal was anderes: Findest du auch, dass es da drin so fürchterlich riecht?«

»Nein. Es müffelt ein wenig. Das ist der Staub, der sich in all den Jahren auf den ganzen Krempel gelegt hat, sonst nichts.«

»Warst du schon in der Küche und im Schlafzimmer?«

»Einen Blick habe ich hineingeworfen. Da ist nämlich kein begehbarer Weg wie im Wohnzimmer. Den muss man sich erst freischaufeln. Ich weiß auch nicht, wo und wie die geschlafen hat. Im Liegen auf jeden Fall schon mal nicht. So viel habe ich gesehen. Da ist alles voll. Und selbst im Sitzen muss es schwierig gewesen sein, denn auf der einzigen Schlafmöglichkeit, die ich entdeckt habe, so eine Art Liegesessel, stapeln sich ebenfalls die Kleidungsstücke.«

»So schlimm ist es?«

»Ja. Irgendwie schon furchtbar, das alles. Das war ein ganz einsamer, bedauernswerter Mensch. Ein erfülltes Leben ist was anderes.«

Als Paula wieder in der Diele stand, war Müdsam bereits verschwunden. Und auch Schuster hatte sich mitsamt seinem Mundschutz verzogen. Die Bestatter taten sich schwer, die Leiche auch nur einigermaßen pietätvoll auf die Bahre zu legen, weil ihnen der Platz dafür fehlte. Als sie gegangen waren, bugsierte Dennerlein Paula um den Fundort herum, dann rief er nach seinem Kollegen und Namensvetter.

»Ich glaub, ich würde jetzt nur stören. Also geh ich. Wenn ihr fertig seid, versiegelt ihr die Wohnung und sagt mir bitte Bescheid, ja?«, sagte sie.

»Ja, machen wir.«

Dennerleins kurz angebundener Ton ließ darauf schließen, dass er nun endlich mit der Arbeit anfangen wollte.

»Wer hat eigentlich die Polizei gerufen? Matthias sagte mir, das war eine Nachbarin.«

Dennerlein deutete nur wortlos mit dem Kopf auf die gegenüberliegende Wohnung. Als sie in den Hausgang trat, hörte sie, wie er die Tür energisch von innen zuzog.

Bevor sie klingelte, sah sie auf das Namensschild. »Elisabeth Vogel« stand darauf. Sie musste eine Weile warten, bis die Tür geöffnet wurde. Vor ihr stand eine aparte Mittsechzigerin, aschblondes, sorgsam frisiertes Haar, helle Jeans und eine frisch gebügelte weiße Bluse, dezentes Make-up in einem runden und hübschen Gesicht. Paula Steiner stellte sich vor und wurde sogleich bereitwillig in die Wohnung gebeten.

In dem lichten und geschmackvoll eingerichteten Wohnzimmer mit den blütenweißen Raffgardinen aus Nessel nahm sie auf einem sonnengelben weichen Sofa Platz. Und war erstaunt, wie groß der Raum war.

»Ist Ihre Wohnung genauso groß wie die gegenüberliegende?«, lautete ihre erste Frage.

Über Frau Vogels Gesicht huschte ein verständnisvolles Lächeln, bevor sie antwortete.

»Ja, Frau Platzer und ich, wir haben die gleiche Wohnung, nur spiegelverkehrt geschnitten. Das weiß ich, weil ich die rechte Wohnung im Erdgeschoss kenne, und nicht etwa deswegen, weil ich bei Frau Platzer schon mal in der Wohnung war. Das war ich nämlich nicht. Frau Platzer hat niemanden hineingelassen.«

»Ah ja. Frau Vogel, Sie haben die Polizei gerufen. Was hat Sie dazu veranlasst, also wie sind Sie darauf gekommen, dass Ihrer Nachbarin etwas hätte passiert sein können?«

»Aus mehreren Gründen. Erstens haben wir, Frau Platzer und ich, jeden Abend einen kleinen Plausch gehalten. Von Balkon zu Balkon. Aber gestern nicht und vorgestern auch nicht. Zweitens ist sie am späten Abend, so gegen neun, halb zehn, immer, zuverlässig jeden Tag, in den Hinterhof gegangen und hat den Eichkatzeln Futter hingelegt, immer auf denselben Mauervorsprung. Auch da habe ich sie in den letzten zwei Tagen nicht gesehen, und ebenso das Futter – meist waren es Haselnüsse und Haferflocken – nicht. Das kann ich von meinem Balkon gut sehen. Ja, und dann der dritte Grund war der große dunkle Fleck vor ihrer Wohnungstür, auf dem Fußabstreifer. Für mich sah das wie Blut aus. Ich hatte das ungute Gefühl, ihr ist etwas passiert. Letztendlich habe ich deswegen bei der Polizei angerufen.«

»Das haben Sie gut gemacht. Aber das haben Ihnen meine Kollegen bestimmt schon gesagt.«

»Nein«, das kam überraschend entschieden und mit unterschwelligem Vorwurf in der Stimme, »da sind Sie die Erste.«

»Nun, das werden meine Kollegen in der Hektik vergessen haben. Ich hole es hiermit ausdrücklich nach. Danke, Frau Vogel, für Ihre Aufmerksamkeit. Wir von der Polizei sind bei unserer Arbeit auf die Mithilfe von außen angewiesen, darauf, dass die Bürger die Augen nicht verschließen.«

Sie machte eine Pause. Das musste als Anerkennung für diese kleine Mühe einer besorgten Nachbarin genügen.

»Ich habe den Leichenwagen unten auf der Straße gesehen. Frau Platzer ist also tot. Richtig?«

»Ja. Das ist richtig. Sie ist, davon gehen wir zum jetzigen Zeitpunkt aus, ermordet worden. Insofern habe ich ein paar Fragen an Sie. Wissen Sie, ob Frau Platzer verheiratet war?«

»Ja, das weiß ich. Frau Platzer war verheiratet, ist aber mittlerweile geschieden. Ich habe Herrn Platzer noch kennengelernt. Sie sind zusammen hier vor zwölf Jahren eingezogen, aber schon drei Jahre später ist er wieder ausgezogen. Sie können sich sicher denken, warum.«

Paula ahnte es, wollte es aber aus dem Mund ihres Gegenübers hören.

»Nein. Warum denn?«

»Er hat, als er sich von mir verabschiedete, sinngemäß gesagt: ›Ich mag Elvira immer noch, sehr sogar, aber ich halte es da drin einfach nicht mehr aus. Jedes Mal, wenn ich heimkomme, liegt wieder ein neues Trumm mehr rum, und ich kann nichts dagegen tun. Sie will es einfach nicht begreifen.›«

»Wissen Sie, ob sich die beiden nach Herrn Platzers Auszug zumindest ab und zu gesehen haben?«

»Das haben sie sicherlich nicht. Frau Platzer hatte nämlich kein Verständnis für seine Flucht, als die ich seinen Auszug gesehen habe. Nicht das geringste. Sie war der Überzeugung, er liebte sie nicht mehr. Das war auch eines von diesen Themen, worüber man mit ihr nicht reden konnte. Genau wie über ihre Sammelwut. Da hatte ihr Exmann schon recht: In diesem Punkt war sie ganz und gar uneinsichtig.«

Paula notierte sich den Namen des Mannes und fragte: »Dann wissen Sie wahrscheinlich auch, ob, und wenn ja, wo Frau Platzer gearbeitet hat?«

»Gleich hier ums Eck, im Philipp-Melanchthon-Heim. Als Altenpflegerin. Wie sie mir anvertraut hatte, gab es da in den vergangenen Monaten aber auch viel Ärger. Sie hatte das Gefühl, man wolle sie rausekeln, wegmobben.«

»Warum? Was ist vorgefallen? Hat sie Ihnen das auch erzählt?«

»Nein. Ich habe keine Ahnung. Darüber wollte sie nicht reden. Und ich habe sie auch nicht gefragt, weil sie sich mir offensichtlich nicht näher anvertrauen wollte. Obwohl mir das schon seltsam vorkam. Bei so etwas müssen doch konkrete Gründe vorliegen, irgendetwas, was man ihr zum Vorwurf machte.«

»Nicht unbedingt. Mobbing-Geschichten können durchaus auch aus dem Nichts entstehen und sich dann so lange hochschaukeln, bis der- oder diejenige resigniert aufgibt. Aber das, also aufgeben, wollte sie anscheinend nicht?«

»Sie hat hin und wieder mit dem Gedanken gespielt. Aber ich habe ihr stets aufs Neue davon abgeraten, eindringlich abgeraten. Sie dürfe nicht aufgeben, gerade in den heutigen Zeiten. Sie müsse sich behaupten und solle sich nicht um ihren sicheren Arbeitsplatz bringen lassen.«

»Gut, das wär's für Erste, Frau Vogel. Ach ja, eines noch: Hatte Frau Platzer außer ihrem Exmann noch Angehörige, Eltern oder Geschwister?«

Frau Vogel antwortete, sie wisse nur von der Mutter, die ihre Nachbarin regelmäßig, mindestens einmal pro Woche, besucht habe. Paula notierte sich Namen und Anschrift und dankte Frau Vogel erneut für die Auskünfte, eine Spur zu überschwänglich. Schließlich würde sie die Zeugin sicher noch öfter in Anspruch nehmen müssen.

Als Paula bereits den Griff der Wohnungstür in der Hand hielt, sagte Elisabeth Vogel: »Ich muss das erst verdauen. Dass sie tot ist, hatte ich ja schon geahnt, seit diesem roten Fleck auf dem Fußabstreifer. Aber dass sie ermordet wurde … Ich verstehe das einfach nicht.«

Paula nickte ihr ein weiteres Mal zu und stieg dann gedankenvoll die Treppen hinab und verließ das Haus.

Als sie bereits in die Händelstraße eingebogen war, blieb sie abrupt stehen. Kehrte zur Eichendorffstraße Nummer 73 zurück und fragte die beiden jungen Schutzpolizisten nach ihrem Namen und Dienstrang. Bei dem, was ihr nun bevorstand, brauchte sie eventuell Zeugen.

Auf der Fahrt Richtung Innenstadt überlegte sie, dass, wer eine Pflichtverletzung mit einer Suspendierung ahnden will, sich umgekehrt keine derartige leisten kann. Das hieß: Sie musste Fleischmann vorab informieren, persönlich informieren. Das hieß weiter: Sie musste es schaffen, das größte Hindernis auf diesem Weg zügig zu umschiffen.

Noch bevor sie in die Äußere Sulzbacher Straße abgebogen war, hatte sie sich für dieses Vorhaben eine hochsensible Strategie zurechtgelegt, wie sie Sandra Reußinger, Fleischmanns Sekretärin und ihre Intimfeindin Nummer eins, schachmatt setzen konnte. Und zwar mit einer Strategie, die ihrer Ansicht nach an Schläue und Raffinesse durch nichts zu überbieten war.

2

Eine halbe Stunde später hatte Paula das Präsidium am Jakobsplatz erreicht, den Wagen auf dem Hinterhof geparkt, sie war in die Teppichetage hochgestiegen und stand nun vor dem Chefsekretariat ihres Vorgesetzten, Kriminaloberrat Karl Fleischmann. Artig klopfte sie an die Tür und wartete auf Einlass. Auf diese unmöglich schrille, kieksige Stimme der ihr widerwärtigen Reußinger. Sie musste sich fast eine geschlagene Minute in Geduld üben, nochmals in aller Demut an die Tür klopfen, dann endlich …

»Herein!«

»Guten Tag, Frau Reußinger. Ich komme Ihnen sicher ungelegen. Aber ich fürchte, es ist nicht zu vermeiden: Ich muss Sie um einen schnellen Termin bei Ihrem Chef bitten.«

Taktische Pause, von einem bitteren und im Ansatz schuldbewussten Lächeln untermalt.

»Es geht um, tja, ich muss es wohl so nennen: einen schwerwiegenden Verstoß gegen die Dienstvorschriften …«

Erneute Pause. Sie hatte die Chefsekretärin während ihrer sorgsam einstudierten Rede beobachtet und erkannte in deren noch unentschlossenem Gesicht, dass sie noch ein Scheit Holz in das glimmende Feuer würde legen müssen, um möglichst schnell an ihr Ziel, das heißt: in Fleischmanns Büro, zu kommen.

»… den ich Herrn Fleischmann beichten muss. Ach, ist mir das peinlich.«

Jetzt endlich brannte das Feuer lichterloh, und sie wurde unverzüglich zu ihrem Chef vorgelassen.

Hinter der dick gepolsterten und von ihr sorgsam geschlossenen Tür erklärte sie ihm den Fall Brunner, Eva in dürren Worten, so emotionslos wie möglich. Es war, als würde sie über ein jahrzehntelang zurückliegendes Vergehen berichten, auf den sich bereits der Staub der Geschichte gelegt hatte.

Als sie geendet hatte – »… deshalb bitte ich Sie, Frau Brunner die Ausübung der Dienstgeschäfte bis auf Weiteres, aber zumindest für zwei Wochen, zu untersagen« –, sah sie ihn abwartend an.

»Ich habe das so kommen sehen, Frau Steiner. Ich hätte Ihnen

Frau Brunner schon damals nicht überlassen dürfen. Nicht jeder Anwärter oder wie in diesem Fall: Anwärterin ist in Ihrer Kommission am richtigen Platz. Nicht jeder oder jede verträgt den Freiraum, den Sie ihm beziehungsweise ihr einräumen.«

Als sie widersprechen wollte, hob er die Hand und fuhr fort.

»Die meisten Auszubildenden in diesem Alter brauchen ein strenges Korsett, um nicht übermütig oder hochmütig, was in diesem Fall dasselbe ist, zu werden. Ein Korsett, das Herr Trommen seinen Mitarbeitern anlegt und mit dem sie in der Regel auch gut klarkommen. Und vor allem effizient arbeiten. Gut, dann machen wir das so. Zehn Tage Freistellung, dann wird Frau Brunner in Trommens Kommission wechseln. Jetzt aber zu der Toten in der Eichendorffstraße. Berichten Sie.«

Sie erzählte von der zugemüllten Wohnung und den Lockenwicklern, den thematisch sauber getrennten Plastiktüten und den unterschiedlichen Stichwunden des Opfers, eben alles das, was ihr in diesem Moment wichtig erschien, da es aus dem Rahmen des Gewöhnlichen fiel.

Fleischmann hörte ihr schweigend zu. Schließlich sagte er: »Sie sind ja nun, nachdem Frau Brunner nicht mehr zu Ihrer Verfügung steht und Herr Bartels krank ist, allein auf sich gestellt. Möchten Sie irgendjemanden aus den anderen Kommissionen anfordern? Brauchen Sie Verstärkung?«

»Nein danke«, wehrte sie erschrocken ab. »Herr Bartels wird übrigens aller Wahrscheinlichkeit nach morgen wieder zur Arbeit erscheinen. Ich habe bereits mit ihm telefoniert. Es ist nicht so arg, wie es anfangs aussah, hat er mir versichert. Ein starkes Unwohlsein, das sich bis morgen aber wieder einigermaßen gelegt haben dürfte.«

Das war natürlich gelogen, sowohl das Telefonat als auch die Zusicherung Heinrichs, morgen wieder an seinem Platz zu sein. Aber erstens wollte sie bis auf Weiteres niemand anderen in ihrer Abteilung mehr haben, nur keine fremde Person jetzt! Wobei ihr fremd im Augenblick jeder war, jeder und jede außer Heinrich. Und zweitens, hatte sie sich in eben diesem Moment vorgenommen, würde sie ja sowieso bald mit Heinrich über seine notwendige Rückkehr sprechen. Eindringlich sprechen. Er würde, so hoffte sie, ein Einsehen haben und das von ihr gedanklich Vorweggenommene morgen schon in die Tat umsetzen.

»Apropos Herr Bartels. Ist es nicht seltsam, mit welch schöner Regelmäßigkeit er sich stets am Montag- oder wie heute am Dienstagmorgen krankmeldet? Es steht mir ja nicht zu, ich weiß, aber irgendwann würde ich gerne den eigentlichen medizinischen Grund für sein in letzter Zeit gehäuftes, wie nannten Sie es: starkes Unwohlsein erfahren.«

Damit hatte er sie unvorbereitet erwischt. Sie wusste auf die Schnelle keine glaubwürdig klingende Antwort darauf. Nichts, was Heinrichs gewohnheitsmäßige Krankfeierei entschuldigen oder als rechtmäßig darstellen könnte.

Fleischmann lächelte sie aufmerksam und wissend an.

Schließlich setzte er hinzu: »Sie auch, nehme ich an? Nun, der Tag wird kommen, da werden wir beide es erfahren. Und dann werden auch Ihre Kollegen, die mich erst heute wieder – und zwar von mehreren Seiten – auf diese seltsame Regelmäßigkeit der Krankmeldungen von Herrn Bartels angesprochen haben, beruhigt sein, dass ihm wirklich nichts Schlimmes fehlt.«

Er nickte ihr kurz und abschließend zu, die Audienz war beendet.

Als sie die Nebentür zum Chefsekretariat öffnete, dachte sie über Fleischmanns Worte nach. Also war der Tratsch über Heinrich wieder mal in vollem Gang. Wenn man sogar Fleischmann daraufhin angespitzt hatte. »Von mehreren Seiten«, hatte er gesagt. Dagegen müssen wir, Heinrich und ich, vorgehen, sonst dringt das Ganze noch eine Etage höher, und Kriminaldirektor Bauerreiß versteht bei laxen Dienstauffassungen wie dieser wenig Spaß. Um genau zu sein: gar keinen. Er würde Heinrich sicher …

»Na, so schlimm wird es doch nicht gewesen sein?«, fragte mit einem huldvollen Lächeln Sandra Reußinger, die ihre grübelnde Dauerkombattantin mit Wonne und falscher Anteilnahme beobachtete.

Als sie daraufhin keine Antwort bekam, setzte sie in neckischem Ton hinzu: »Was haben Sie denn nun eigentlich Schlimmes verbrochen?«

Paula blickte auf und entgegnete, mit derselben Falschheit wie die Sekretärin und dem gleichen schuldbewussten Gesicht wie zu Beginn: »Darüber darf ich leider nicht sprechen, Frau Reußinger. Herr Fleischmann hat es mir untersagt. Sonst hätte ich es Ihnen gern erzählt. Es wird einem dadurch ja auch leichter, wenn man so etwas mit jemandem teilen kann. Schade, aber das geht in diesem speziellen Fall nicht. Das muss ich schon allein mit mir ausmachen.«

So, dachte sie voller Zufriedenheit, jetzt ist die Gewitterziege des Präsidiums endlich mal ausgelastet, jetzt kann sie sich die nächsten Stunden ihren blond gefärbten Kopf zerbrechen und das nicht vorhandene Hirn zermartern.

Als sie die Treppe wieder hinunterstieg, hatte sich der ganze Missmut dieses an kleinen und großen Ärgernissen reichen Vormittags in Nichts aufgelöst. Weder war von der Wut auf Frau Brunner noch von der Verdrossenheit über ihren bevorstehenden Geburtstag und erst recht nichts von den Vorwürfen, die sie insgeheim Heinrich gemacht hatte, irgendetwas in ihr spürbar. Auf der anderen Seite war aber auch jedes Mitgefühl für ihre Mitarbeiterin, von Mitleid ganz zu schweigen, weggewischt. Ihr Kopf war vollkommen freigeschaltet für das, was ihr nun bevorstand.

Sie öffnete die Tür zu ihrem Büro und erblickte eine Eva Brunner, deren Kopf anscheinend nicht ganz so freigeschaltet war wie ihrer. Auch wenig begabte Gedankenleser hätten der Anwärterin die widersprechenden Gefühle an der Nasenspitze ablesen können: Da war zumindest die Andeutung eines schlechten Gewissens, das sich aber noch im embryonalen Stadium befand; dann ein ausgeprägter Widerspruchsgeist, der in den vergangenen Wochen zu einer handfesten Renitenz herangereift war; und das alles wurde nun überlagert von einer ungeheuerlichen Willensstärke, ihrer Chefin gegenüber auf keinen Fall nachzugeben. In keinem Punkt! Eva Brunner hatte sich in der erzwungenen Wartezeit auf einen Wettkampf eingestellt, und sie war fest entschlossen, dieses Gefecht zu ihren Gunsten zu entscheiden. Schon allein deswegen, weil das bei den kleinen Scharmützeln in der letzten Zeit auch so gewesen war. Ein Irrtum.

»Ich kann mir schon denken, was Sie mir jetzt alles an den Kopf werfen werden«, begann die Anwärterin ihre Verteidigungsrede und sah Paula dabei herausfordernd an.

»So, dann wissen Sie mehr als ich, Frau Brunner. Denn ich werde Ihnen gar nichts an den Kopf werfen. Ich suspendiere Sie hiermit offiziell für vorerst knapp zwei Wochen vom Dienst aufgrund mehrerer schwerwiegender Verstöße gegen die Dienstvorschriften.

Und ich halte Sie für so intelligent, dass Sie mir mindestens drei davon nennen können.«

»Was kann ich dafür, wenn keiner da ist, und wir kriegen einen Fall übertragen? Einer muss ja handeln, wenn Sie zu spät dran sind und Heinrich wieder mal krankfeiert. Ich bin immer pünktlich an meinem Arbeitsplatz. Denn einer musste sich ja um den Fall kümmern …«

»Ich fürchte, ich habe Sie überschätzt. Gut, dann der Reihe nach. Erstens, Frau Brunner, war ich nicht zu spät dran. Mein Dienst beginnt offiziell um neun Uhr, so wie der Ihre auch. Zweitens habe ich das mit der despektierlichen Bemerkung über den derzeitigen Krankenstand von Herrn Bartels überhört. Drittens haben Sie es bewusst versäumt, mich über den Mord und die Tatsache zu informieren, dass unsere Kommission diesen Fall übertragen bekommen hat. Wobei Ihnen Herr Breitkopf ausdrücklich aufgetragen hat, mich darüber in Kenntnis zu setzen. Viertens haben Sie sich Leitungsaufgaben angemaßt, die Ihnen in keiner Weise zustehen – und das coram publico. Und fünftens, Frau Brunner, haben Sie dabei auch noch aus nicht nachvollziehbaren Gründen die Kollegen von der Arbeit ab- und aufgehalten.«

Das musste fürs Erste genügen, fand sie. Es genügte aber nicht.

»Warum sollte ich da oben dumm im Weg rumstehen? In dem Fall, da haben Sie recht, hätte ich die anderen von der Arbeit abgehalten, aber nur in diesem Fall. So aber eben bewusst nicht. Sie wissen ja selbst, wie es da oben aussah.«

Trotziges Schweigen.

»Schade und auch erstaunlich, dass Sie das vergessen haben. Der Ermittlungsführer ist für die Beschlagnahmung der Leiche zuständig, er entscheidet ferner, in welchem Ausmaß die Spurensicherung abläuft, und er begutachtet die Leiche. Das alles haben Sie verabsäumt.«

Als Eva Brunner widersprechen wollte, hob Paula die Hand. »Insofern gehen Sie jetzt. Und nutzen Sie diese freie Zeit. Machen Sie sich mit der Situation vertraut, dass Sie danach eventuell in eine andere Kommission wechseln werden.«

Verunsichert und bestürzt sah Eva Brunner zu ihr auf. Doch dieser kurze Moment der Irritation dauerte nicht lang, dann kehrte die Hochnäsigkeit zurück, zusammen mit dieser großen Portion Selbstgerechtigkeit, die ihrer Vorgesetzten Steiner heute bereits mehrere Male sauer aufgestoßen war.

»Dafür brauche ich keine Woche. Das kann ich Ihnen jetzt schon sagen: Ja, ich will in eine andere Kommission. Das hier ist mir alles zu eng, zu wenig professionell. Sie kriegen doch von Fleischmann eh bloß die Pamperl-Fälle mit Ihrer Zwei-Mann-Abteilung.«

»Gut, ich nehme das hiermit zur Kenntnis. Und ich werde mich bemühen, dass Sie fortan in eine Kommission eingebunden sind, die größer ist und auch spektakulärere Fälle bearbeitet als wir hier.«

»Das dürfte nicht allzu schwierig sein, denn alle anderen Kommissionen sind ja bei Weitem größer als Ihre.«

Auch dieser letzte schnippische Seitenhieb traf sie nicht. Sie nickte lediglich zustimmend. Und war erleichtert, dass sich ihre ehemalige Mitarbeiterin bei diesem Gespräch als so entgegenkommend gezeigt hatte. Für sie war damit die Episode Brunner, Eva erledigt. Mit wachsender Ungeduld sah sie der Anwärterin dabei zu, wie sie ihre Siebensachen packte. Als sie aber daranging, die Dienstpistole aus dem Rollschrank zu holen, legte Paula ein Veto ein.

»Die Waffe bleibt hier. Ebenso wie Ihr Dienstausweis.«

»Aber wenn ich sowieso in Zukunft woanders tätig bin, kann ich sie doch gleich mitnehmen. Was soll denn das?«

»Bis dahin bleibt sie hier. Frau Brunner, Sie haben das anscheinend missverstanden: Sie haben nicht frei, das ist kein Urlaub, Sie sind derzeit vom Polizeidienst suspendiert. Das heißt: Die Ausübung all Ihrer Dienstgeschäfte ist Ihnen bis auf Weiteres untersagt, egal in welcher Abteilung oder Kommission. Ich werde Sie benachrichtigen, wenn es so weit ist, dass Sie ins Präsidium zurückkehren können. An welchem Arbeitsplatz auch immer. Bis dahin halten Sie sich zu unserer Verfügung.«

Als sie ihr Büro endlich wieder für sich allein hatte, öffnete sie die beiden Fensterflügel weit. Sie empfand keinerlei Genugtuung, diese kleine Machtprobe so schnell und eindeutig für sich entschieden zu haben. Im Gegenteil. Sie wollte mit ihren Mitarbeitern nicht kämpfen, das war ihr zuwider. Die Kollegen sollten hier ihre Arbeit machen, genau wie sie selbst ihren Pflichten so gut wie eben möglich nachkam. Und vor allem sollten sie ihre Macken hinnehmen, genau wie auch sie bereit war, deren Marotten und Eigenarten bis zu einem gewissen Grad zu tolerieren oder sich ihrer gar bei der Ermittlungsarbeit nutzbringend zu bedienen.

Auf einem dieser zahlreichen Führungsseminare, die sie in ihrem beruflichen Leben so widerwillig wie folgenlos absolviert hatte, war ihr am Ende schwarz auf weiß bescheinigt worden, dass sie ein lausiger Team-Worker war und auch in fast allen Konstellationen eine schlechte Chefin. Da sie unduldsam und ungeduldig war, Fehler für unverzeihlich hielt und auf der anderen Seite selbst hervorragende Arbeit für so selbstverständlich ansah, dass sie auf Lob verzichten zu können glaubte. Seitdem gab sie sich mehr Mühe, gute Leistung entsprechend maßvoll zu würdigen, auch wenn sie nach wie vor überzeugt war, Lob und Anerkennung im Beruf seien Kinderkram, aufgesetztes Taktieren, falsches Getue und letztendlich dem Umgang unter erwachsenen Menschen unwürdig. Auf beiden Seiten im Übrigen.

Das alles war ihr in diesem Moment gegenwärtig. Genau wie die Tatsache, dass es in den vielen Jahren, die sie nun schon als Kommissarin am Jakobsplatz arbeitete, nur Heinrich längere Zeit mit ihr ausgehalten hatte. Trotzdem wunderte sie sich über den Vorfall an diesem vertrackten Dienstagmorgen. Wie hatte es so weit kommen können? Ausgerechnet Eva Brunner, die mit ihrem Eifer, ihrer Begeisterung und auch dem offensichtlichen Vergnügen an der Arbeit sie beide – Heinrich und sie selbst – manchmal richtiggehend angesteckt hatte. Von all dem war nun nichts mehr zu spüren gewesen, nur Trotz und Aufbegehren. Gegen die Arbeit, aber auch gegen sie selbst. Sie kam zu dem Schluss, dass sie diese ungute Verwandlung auf ihr Konto buchen musste. Sie hätte die Anwärterin mehr anleiten, mehr kontrollieren, mehr die Chefin herauskehren müssen. Führung durch Vorbild. Vielleicht war sie aber kein Vorbild, dem nachzufolgen es sich lohnte. Ja, mit Sicherheit war sie das nicht.

Nach einer halben Stunde intensiven Grübelns entschloss sie sich, den aktiven Polizeidienst wieder aufzunehmen. Sie wählte Heinrichs private Telefonnummer. Nachdem sie es neunmal vergebens hatte klingeln lassen, zog sie ihre Jacke an und verließ das Präsidium. Als sie auf den Parkplatz zuging, entschied sie sich abrupt um. Nein, sie würde nicht den Wagen nehmen, bei diesem schönen Wetter wollte sie sich mit Hilfe der VAG zu Heinrichs Wohnung fahren lassen.

Eine Entscheidung, deren Richtigkeit sie bereits am Hauptbahnhof in Zweifel zog. Zehn Minuten musste sie dort warten, bis endlich die Straßenbahn der Linie 8 um die Ecke am Königstor bog. Siebzehn weitere dauerte es, bis sie schließlich an der Haltestelle Lothringer Straße aussteigen konnte. Von da waren es nur noch wenige Schritte zum Budapester Platz.

Sie drückte dezent auf den Klingelknopf neben dem Metallschild »Bartels, A./Bartels, H.« und musste lange warten. Schließlich ging die Tür von innen auf, und vor ihr stand eine ältere Frau mit einer niedlichen Pekinesen-Dackel-Mischung auf dem Arm. Bevor die Tür ins Schloss fiel, hörte sie noch, wie die alte Dame ihrem Hund zuzwitscherte: »So, Horsti, heut hammer endlich mal Glück mit dem Wetter, heute können wir uns ganz viel Zeit lassen mit dem Gassigehen. Heut ist schee.«

Was für ein liebenswertes Stadtviertel, in dem die Hunde richtige, anständige Namen trugen und in dem man den ersten frühlingshaften Tag auf so lebensnahe, zweckmäßige Art begrüßte.

Sie stieg die drei Etagen hoch und klopfte vorsichtig, noch immer um Geduld bemüht, an die Wohnungstür von Bartels, A./Bartels, H. Schon nach wenigen Sekunden öffnete Heinrichs Großmutter ihr.

Die Siebenundachtzigjährige machte bei ihrem Anblick ein erschrockenes Gesicht. Sie hatte vermutlich mit einer Nachbarin gerechnet, aber sicher nicht mit der Vorgesetzten ihres Enkels. Paula wusste von der Absprache zwischen Heinrich und seiner Großmutter im Falle einer seiner zahlreichen Krankschreibungen; er hatte es ihr im Übermut und unter Alkoholeinfluss einmal verraten – und mit Sicherheit schon etliche Male bereut. Gemäß dieser Absprache war das Telefon für beide, für ihn wie für seine Großmutter, ebenso tabu wie das Öffnen der Haustür oder – noch gefährlicher – gar der Wohnungstür.

»Grüß Gott, Frau Bartels. Ich würde gern mit Heinrich sprechen, wenn es irgendwie möglich ist. Ganz kurz nur. Ich habe heute Vormittag Frau Brunner entlassen müssen, und jetzt brauche ich dringend den Rat Ihres Enkels. Sagen Sie ihm das bitte? Ich warte gerne solange hier draußen.«

Es war Heinrichs Großmutter anzusehen, wie sie hin- und hergerissen war zwischen einem minimalen Zugeständnis an die Höflichkeit, demzufolge sie den Überraschungsgast jetzt in die Diele hereinbitten musste, und dem Verweigern eben dieses Zugeständnisses. Frau Bartels entschied sich schweren Herzens für die erste Variante. Dann verschwand sie in den hinteren Trakt der Altbauwohnung.

Sie hörte das aufgeregte Wispern der alten Frau mit der hohen und erstaunlich jugendlichen Stimme Heinrichs selbst durch die Tür. Kurz darauf kam er ihr offensichtlich gut gelaunt entgegen. Dunkelblau-weiß gestreifter Bademantel über dem Flanellschlafanzug, die Haare noch mehr zerzaust als sonst, ungewaschenes Gesicht, die Füße in ausgetretenen Badelatschen. Sie nahm den Geruch von abgestandener Wärme an ihm wahr.

»Oma hat mir gesagt, du hast die Eva rausgeworfen. Stimmt das?«

»Ja. Wobei ich den Begriff suspendieren vorziehen würde. Es ist auf jeden Fall sehr, sehr schön, dass du bereit bist, mit mir zu sprechen. Trotz der Tatsache, dass du krank bist.«

Der letzte Satz war frei von jeder Ironie, denn sie freute sich aufrichtig über sein Entgegenkommen, in jeder Hinsicht.

Bevor sie weiterreden konnte, wies er auf die Tür zu seiner Rechten. Er öffnete sie und trat dann einladend einen Schritt beiseite, um sie eintreten zu lassen. Eine altmodische Galanterie, für die er eigentlich zu jung war, an der sie aber Gefallen fand. Sie betrat das gemeinsame Wohnzimmer der Bartels'schen Zweier-WG, die, wie sie wusste, stets tadellos funktioniert hatte und das anscheinend noch immer tat.

Die Möblierung der guten Stube lieferte ihr dafür den augenfälligen Beweis: Mit einer Gleichberechtigung, die sämtliche »Schöner Wohnen«-Prinzipien Lügen strafte, verteilten sich hier die kennzeichnenden Insignien der Vorstellungen von Behaglichkeit einer siebenundachtzigjährigen Frau und eines vierunddreißigjährigen Mannes. An der Wand über dem klobigen Plüschsofa mit seinen geklöppelten Schondeckchen hingen in bizarrer Eintracht ein Schwarz-Weiß-Foto eines jungen blonden Burschen in Wehrmachtsuniform – wahrscheinlich Heinrichs Großvater – neben einer Druckgrafik von Andy Warhol, die Richard Wagner zeigte; in dem dunkelbraunen schweren Büfett aus glänzendem Nussbaumholz standen geschliffene Kristallweingläser über einer umfangreichen CD-Sammlung; der überdimensionale Bang&Olufsen-Fernseher war auf einer kleinen Kommode mit Kirschholzfurnier abgestellt. Obwohl dieses Wohnzimmer sämtliche Gesetze der Ästhetik missachtete, strahlte es doch eine Harmonie, ja mehr noch: eine ergreifende Gemütlichkeit aus, die von dem liebevollen Miteinander seiner Bewohner rührte.

Paula setzte sich an den riesigen dunkelbraunen Esstisch, dem wuchtigen Pendant zu der glänzenden Anrichte. Heinrich fragte, ob sie einen Kaffee oder Tee wolle. Sie verneinte beides. Eine Absage, die Frau Bartels, die soeben gekommen war, nicht gelten ließ.

»Das kommt ja gar nicht in Frage, dass Sie nichts trinken. Da darfst du nicht lang fragen, Heinrich, du musst der Frau Steiner einfach was vorsetzen, sie wird es dann schon trinken, gell? Ich mache uns mal einen Kamillentee, der passt immer. Und dazu gibt es ein paar Kekse, gell?«

Nachdem Frau Bartels in die Küche gegangen war, erzählte Paula ihm von dem neuen Fall der Elvira Platzer, von der Suspendierung und wie es dazu gekommen war, von Fleischmanns anzüglichen Fragen seine Schwänztage betreffend und, da Heinrich ein geduldiger Zuhörer war und der Kamillentee noch auf sich warten ließ, auch von ihrer Angst vor ihrem fünfzigsten Geburtstag. Ihr war nun, als ob mit dem Erzählen die Ärgernisse dieses an einschneidenden Widrigkeiten reichen Tages einen Gutteil ihres Schreckens verloren hätten. Sie wusste sie bei Heinrich in guten Händen.

Akkurat in dem Moment, als sie mit ihrem Bericht fertig war, öffnete sich die Tür abermals, und Frau Bartels erschien mit einem Tablett in den Händen, auf dem offenbar das Sonntagsteegeschirr – buntes Blümchenmuster auf feinem dünnem Porzellan – stand; daneben lagen drei scheckig-grau angelaufene Silberlöffel, die sicher über einen langen Zeitraum kein Tageslicht mehr gesehen hatten. Heinrichs Großmutter musste hinter der Tür gelauert haben, bis der Gast ausgeredet hatte, eine andere Erklärung für diese zeitliche Übereinstimmung zwischen Berichtsende und Eröffnung der Teestunde gab es nicht.

Während dieser ruhten die beruflichen Themen und Anforderungen. Paula beobachtete Heinrich, wie er einen Keks nach dem anderen schweigend in den Tee tunkte und dann mit großem Vergnügen in den Mund schob, währenddessen seine Großmutter den Tee in kleinen Schlucken trank und die Tasse jedes Mal mit einem kleinen Ruck auf der Untertasse absetzte. Es war jetzt ganz still in dem Zimmer. Nur der Verkehrslärm drang von ferne durch die Fenster. Es war so anheimelnd in diesem Wohnzimmer mit seinem Stil-Kuddelmuddel, dass Paula in keiner Sekunde ins Bewusstsein drang, dass hier ein allem Anschein nach überaus gesunder und fröhlicher Mitarbeiter saß und wieder mal auf ihre Kosten krankfeierte.

Als die Teetassen leer waren, stand Heinrich auf und sagte mit hochgezogenen Brauen: »Du willst doch jetzt bestimmt eine rauchen, Paula. Komm, wir gehen auf den Balkon.«

Er bedeutete ihr mit dem Kopf, ihm zu folgen. Als sie auf dem kleinen Balkon standen und sie sich die letzte Zigarette der Packung angezündet hatte, erfuhr sie den wahren Grund für seine versteckte Aufforderung. Er wollte mit ihr allein über Eva Brunners Benehmen und dessen Folgen sprechen.

»Tut es dir leid, das mit der Eva?«, fragte er Paula.

»Nein. Leid tut es mir nicht, nicht mehr. Das war einfach zu viel von ihr auf einmal. Vielleicht wenn sie am Anfang eingelenkt hätte, aber so? Nein, das hat schon seine Richtigkeit.«

»Und wenn sie sich Hoffnungen macht, wieder zu dir zurückkehren zu können?«

»Ich glaube nicht, dass sie zu uns zurückwill. Die ist doch froh, wenn sie in Trommens Kommission wechseln kann. Der war das einfach zu klein, zu mickrig in unserer Abteilung. Umsonst hat sie das mit den Pamperl-Fällen nicht gesagt.«

»Aber Paula, das war doch nicht ernst gemeint. Irgendetwas brauchte sie eben in diesem Augenblick, um vor dir nicht ganz und gar das Gesicht zu verlieren. Das war nur eine Art Verteidigung, wenn auch eine sehr unglückliche.«

»Und du, Heinrich, bedauerst du es, dass wir jetzt nur mehr zu zweit sind?«

»Bedauern? Nein, nicht wirklich. Das ist mir mehr oder weniger egal. Sie hat sich ja auch in den letzten Wochen oder richtiger: in den letzten Monaten in eine ganz andere Richtung entwickelt. In eine, wie ich finde, sehr unvorteilhafte Richtung. Wenn du nicht da warst, hat sie immer wieder mal versucht, die Chefin zu spielen.

Aber das war nicht das Entscheidende, denn da hat sie bei mir sowieso auf Granit gebissen. Du kennst mich ja. Viel schlimmer war«, er zögerte einen Augenblick, bis er fortfuhr, »ihre kesse, vorwitzige und manchmal auch grobe Art. Einmal hat sie mich doch tatsächlich gefragt, ob ich schwul bin. Es wäre doch seltsam, meinte sie, dass ich nie von einer Freundin erzählen würde, sondern immer nur von meiner Großmutter.«

Er vermied es angestrengt, sie dabei anzusehen, sein Blick blieb auf die leeren Balkonkästen gerichtet.

Die Frage hatte sie sich insgeheim auch schon gestellt. Sie wusste nicht, was er jetzt von ihr erwartete. Hatte er ihr das erzählt, damit er es ein für alle Mal vor ihr klären konnte? Oder nur als ein Beispiel für Eva Brunners nassforsche Art, als eindrucksvoller Beweis für deren Taktlosigkeit? Wollte er nun von ihr eine konkrete Nachfrage, ob dem so sei, oder nur ein beifälliges Zur-Kenntnis-Nehmen, das die Unterstellung Eva Brunners als Ding der Unmöglichkeit gar nicht erst in Betracht zog? Sie wählte die dritte Möglichkeit.

»Das ist ja eine Unverschämtheit sondergleichen. Warum hast du mir denn das nicht früher gesagt? Ich glaube, wir beide können uns froh und glücklich schätzen, dass wir diesen wichtigtuerischen Trampel los sind. Und dann noch auf eine so elegante Art und Weise.«

Damit war das Thema Eva Brunner erledigt. Aber noch immer zögerte Paula, den eigentlichen Grund ihres Besuches zu nennen. Sie hoffte, Heinrich würde von selbst darauf zu sprechen kommen. Und das tat er auch, nachdem er ihr die Balkontür wieder auf diese altmodisch-galante Weise geöffnet hatte.

»Dann bist du jetzt ja allein. Soll ich morgen kommen?«

»Wenn du wieder so weit hergestellt bist, dass das möglich ist, dann wäre das prima. Du würdest mir damit sehr helfen. Ich mag nämlich jetzt vorerst niemand anderen aufnehmen, auch nicht vorübergehend. Ich habe die Nase gestrichen voll von all diesen Anwärtern und Anwärterinnen oder Trommens unausgelasteter Mannschaft, die mir Fleischmann immer schmackhaft machen will. Die nächste Zeit möchte ich keinen von denen bei uns im Büro sehen. Keinen und auch keine.«

»Gut, dann bin ich ab morgen wieder im Einsatz. Du kannst mit mir rechnen.«

Das hörte sie gern. Etwas übersteigert dankte sie ihm für sein Angebot und verabschiedete sich dann rasch, nachdem sie Frau Bartels noch ein Dankeschön für »die feinen Kekse und den hervorragenden und bestimmt gesunden Tee« ausgesprochen hatte.

Danach begleitete Heinrich sie zur Wohnungstür. Als sie bereits den ersten Treppenabsatz erreicht hatte, rief er ihr noch mit einem feinen Lächeln nach: »Ich bin übrigens nicht homosexuell, falls dich das interessiert.«

Als sie eine Dreiviertelstunde später das Präsidium betrat, war sie voller Zuversicht. Morgen schon würde Heinrich wieder an ihrer Seite sein, und zusammen würden sie diesen Fall binnen Kurzem gelöst haben. Noch bevor ihre ehemalige Mitarbeiterin wieder an welchen Arbeitsplatz auch immer zurückkehren durfte. Das war der einzige Gedanke, den sie Eva Brunner an diesem Tag noch widmete. Und er erfüllte sie mit einer kleinen Genugtuung.

Anschließend rief sie als Erstes in der Gerichtsmedizin an. Sie hatte Glück. Frieder war noch da, und er konnte ihr bereits sagen, was sie wissen wollte.

»Ich bin noch nicht fertig mit der Obduktion, Paula. Aber was ich mit Gewissheit sagen kann, ist der Todeszeitpunkt. Montagnacht, gegen dreiundzwanzig Uhr fünfzehn plus/minus eine Viertelstunde.«

»Du hast doch so was gesagt von einem Hirschfänger oder etwas Ähnlichem. Hast du dazu schon etwas Genaueres herausfinden können?«

»Habe ich. Es war zwar kein Hirschfänger, wie ich anfangs vermutete, dafür waren die Stiche nicht tief genug, aber doch ein Jagdmesser. Und zwar vermutlich ein Nickfänger oder Nicker, also ein Abfangmesser für Kleinwild, auch für Rehe. Circa zwanzig Zentimeter lang.«

»Davon habe ich noch nie gehört. Was macht man denn damit? Wofür wird das in der Jagd eingesetzt?«

»Wenn ein Tier verletzt ist, meist durch einen fehlerhaften Schuss, und ein weiterer Schuss ist nicht möglich, dann wurde Kleinwild, vor allem Rehe, früher mit dem Nicker von seinem Leiden erlöst. Durch einen Stich in den Nacken genau über dem obersten Halswirbel, der in der Fachsprache Nicker heißt.«

»Früher, sagst du. Jetzt nicht mehr?«

»Nein, der Nicker, genau wie der Hirschfänger, ist ziemlich aus der Mode gekommen. Die Stiche mit solchen Messern erfordern großes Geschick und viel Erfahrung, sie müssen sofort tödlich sein, das verlangen die Tierschutzvorschriften. Also werden sie fast nicht mehr eingesetzt. Wenn heutzutage ein Reh noch nicht verendet ist und der Gebrauch der Schusswaffe sich aus irgendwelchen Gründen verbietet, harter Untergrund oder Gefährdung der beteiligten Jagdhunde, dann tötet man es meist durch einen gezielten Stich in die Lunge oder das Herz.«

»Aha. Na, das ist doch schon mal was«, sagte sie gedankenverloren. »Dann könnte der Täter also ein Jäger sein. Ein älterer Jäger. Denn du hast ja gesagt, der Umgang mit solchen Nickern erfordert Geschick und Erfahrung.«

Eine naheliegende und simple Überlegung, die sie umgehend in Zweifel zog.

»Wobei, nein, nicht unbedingt. Es gibt ja so Waffennarren, die alles sammeln, was gefährlich ausschaut und schön glänzt. Das muss in puncto Täterprofil nicht unbedingt etwas zu bedeuten haben. Und sonst, Frieder? Du hast am Tatort gesagt, dass man sie zuerst in die Halsschlagader gestochen hat und erst danach in den Bauch- und Lendenbereich.«

»Das stimmt. An dieser Erstverletzung ist sie auch gestorben. Der Stich hätte im Übrigen vollkommen ausgereicht, um sie zu töten, die anderen Stichwunden hat man ihr zugefügt …«

»Um auf Nummer sicher zu gehen?«, unterbrach sie ihn.

»Nein, das glaube ich nicht. Dafür sind die übrigen Verletzungen zu wahllos, zu absichtslos gesetzt, die folgen keinem Schema. Wenn überhaupt, dann nur dem Schema der unkontrollierten Gefühle. Der Mörder scheint bei seiner Tat von heftigen Emotionen getrieben worden zu sein. Die auf dem Unterleib kreuz und quer verteilten Wunden lesen sich wie das Diagramm eines regelrechten Jähzornausbruchs. Aber das ist nur …«

»… eine Vermutung deinerseits«, vollendete sie seinen Standardsatz. »Ich weiß, Frieder. Also der Täter …«

»… oder die Täterin«, jetzt war er es, der ihr ins Wort fiel, »vergiss das nicht. Die Emanzipation schreitet auch da allenthalben voran.«

»Gut, oder die Täterin, was insofern schon bemerkenswert ist, als die Platzer, wie mir ihre Nachbarin gesagt hat, nie jemanden in ihre Wohnung gelassen hat, sticht das Opfer dann gleich hinter der Tür nieder. Dabei ist er oder sie doch ein großes Risiko eingegangen oder hat es zumindest duldend in Kauf genommen. Es bestand die Gefahr, dass sie um Hilfe ruft oder zumindest vor Schmerz aufschreit. So was geht doch nicht lautlos ab, was meinst du?«

Sie stockte und überlegte. Ob der Täter – sie war trotz Frieders Einwurf nach wie vor davon überzeugt, dass es sich um einen Mann handelte – und sein Opfer noch miteinander gesprochen hatten, bevor er zustach? Oder ging das Knall auf Fall – die Tür öffnet sich, der Täter sticht augenblicklich zu, dann nochmals und nochmals ...? Jetzt wusste sie, was sie anfangs so gestört hatte.

»Wichtig ist für uns, ob die Tat hinter verschlossener Wohnungstür geschah oder ob sie währenddessen offen stand.«

»Das kann ich dir leider nicht beantworten. Aber Klaus hat sicher eine Antwort auf diese Frage. Zu deiner Annahme, dass das nicht lautlos abgegangen sei, möchte ich dir sagen: Ich glaube nicht, dass das Opfer nach diesem Treffer in die Halsschlagader noch sprechen oder gar einen Schrei ausstoßen konnte.«

»Also ein Profi, der mit Kalkül zusticht. Aber dagegen spricht doch – wie hast du es genannt? – das Diagramm dieses Jähzornausbruchs, die anderen, die nachträglichen Einstichstellen?«

»Ja, das ist richtig. Auf der einen Seite der absichtsvolle Todesstich, auf der anderen Seite die ziellos gesetzten und auch überflüssigen Stiche. Plan und Planlosigkeit liegen hier ganz nah beieinander.«

Sie dankte Frieder für seine Auskunft, wie sie es immer tat, wenn er sein Fachwissen plus seine Vermutungen mit ihr geteilt hatte. Bevor er sich verabschieden konnte, musste sie noch etwas loswerden.

»Dass du so überhaupt nicht neugierig bist, Frieder, das verstehe ich einfach nicht. Ich im umgekehrten Fall hätte dich schon längst nach einer Erklärung für Frau Brunners Verhalten gefragt. Und auch danach, ob das Folgen hat, und wenn ja, welche.«

»Ach, Paula, du und deine Neugier.« Er lachte kaum hörbar. »Es wird schon eine Erklärung dafür geben. Die mich aber nichts angeht. Die nur dich etwas angeht. Und Fleischmann eventuell. Und die Folgen? Du wirst sie suspendiert haben und jetzt versuchen, sie woanders unterzubringen. Womöglich bei unserem gemeinsamen Freund Trommen.«

»Genau so ist es«, bestätigte sie lapidar seine Vermutungen.

»Ach, noch etwas, was mich zwar auch nichts angeht, aber was mich doch sehr interessiert: Wirst du denn deinen demnächst bevorstehenden runden Geburtstag in einem größeren feierlichen Rahmen begehen?«

In einem größeren feierlichen Rahmen? Manchmal drückte sich Frieder ein wenig barock aus.

»Nein, auf keinen Fall«, kam ihre Antwort wie aus der Pistole geschossen, fast schroff. »Ganz bestimmt nicht.«

»Das hatte ich schon befürchtet.«

»Warum befürchtet?«

»Weil ich dich kenne, ein wenig zumindest, sodass ich das schon geahnt habe. Und weil es schade wäre, diesen Tag nicht mit ein paar netten Menschen zu begehen, die dich mögen. Und davon gibt es eine ganze Reihe. Nämlich mich, um nur einen zu nennen. Aber das ist natürlich ganz und gar deine Entscheidung. Außerdem kann ich dich sogar verstehen: Diese runden Geburtstage können einen schon aus der Bahn werfen. Sind mitunter eine regelrechte Bedrohung, vor der man am liebsten davonlaufen würde. Aber wenn sie Vergangenheit sind, ist es gar nicht mehr so schlimm, Paula. Und man bedauert eventuell, dass man diesen Tag so glanzlos hat verstreichen lassen.«

Nachdem sie nichts darauf sagte, fuhr er fort. »Bei mir war es der Dreißigste. Ab dann, hatte ich gedacht, geht alles bergab, wird alles bedeutungslos, mein Leben, hatte ich befürchtet, ist im Großen und Ganzen gelaufen. Jetzt ist es mir egal, wie alt ich bin oder werde. Du weißt ja, in drei Jahren feiere ich meinen Sechzigsten, und ich freue mich sogar darauf. Dass ich es geschafft habe, diese Schallmauer zu durchbrechen. Oder banal gesagt: dass ich noch am Leben bin. Vielleicht ist für dich der Fünfzigste, was bei mir der Dreißigste war.«

Genau, dieser fünfzigste Geburtstag, der war durch die Ereignisse des Tages ja unverdientermaßen in den Hintergrund gerückt. Wenn Heinrich morgen wieder da war, würde sie sich darum als Erstes kümmern. Jetzt aber rief sie in der Kriminaltechnik an, um vom Anrufbeantworter zu erfahren, dass weder Klaus Dennerlein noch Klaus Zwo derzeit zu sprechen waren. Auch das würde also bis morgen warten müssen.

Heinrich fehlte ihr. Am liebsten wäre sie auf der Stelle heimgekehrt, um diesen wirren Tag mit einer Flasche elsässischen Rieslings möglichst schnell zu einem wenigstens erfreulichen Ende zu bringen. Doch dann entschied sie sich anders. Sie las sich ihre Notizen durch, die sie sich bei der aparten Nachbarin von Elvira Platzer gemacht hatte, und nahm ihre Jacke vom Kleiderhaken.

Die Mutter der Toten wohnte in der Pilotystraße, einer Querstraße zur Pirckheimerstraße. Sozusagen in ihrer Nachbarschaft. Sie hatte beschlossen, mit der Büroarbeit für heute Schluss zu machen und noch einen Teil ihrer Pflichten abzuarbeiten. Nach den Informationen, die sie bisher gesammelt hatte, war Elvira Platzers Mutter die Person, die ihr am nächsten stand. Der würde sie demnächst sowieso die Nachricht vom Tod ihrer Tochter überbringen müssen, und da leider nichts dagegen sprach, dies gleich jetzt zu tun, mussten ihr Keller und das Weinlager eben noch ein wenig auf sie warten. Außerdem würde sie versuchen, etwas von dem Leben und der Person der Elvira Platzer zu erfahren. Schon allein deswegen, damit sie Heinrich morgen etwas vorweisen konnte.

Paula, die ihre heftige Abneigung gegen jede Art sportlicher Betätigung mit Umsicht und Langmut pflegte, hatte sich entschieden, auf den Dienstwagen zu verzichten und in die Pilotystraße zu Fuß zu gehen. In ihren Augen war das ein mehr als vollwertiger Ersatz für zwei Stunden Plackerei in einem dieser grotesken Fitnessstudios. Nur eben wesentlich gesünder, weil vielseitiger.

Als sie den Burgberg erklommen hatte und nun den Vestnertorgraben entlanglief, bereute sie ihr gesundheitsförderndes Vorhaben. Das hätte doch auch bis morgen Zeit gehabt, zumal sie jetzt direkt vor ihrer Wohnung stand. Der Weinkeller, ihr Sofa, ein gemütlicher Ausklang dieses konfusen Tages – alles in greifbarer Nähe. Kurz sah sie zu ihrem Küchenfenster hinauf, um dann entschlossen und zügig weiterzugehen.

Beim Abbiegen in die Pilotystraße gingen ihr Frieders Worte durch den Kopf. Die heftigen Emotionen, die bei dem Mord offenbar im Spiel gewesen waren. Also große Gefühle wie Liebe, Hass, Eifersucht, Rache. Für all das schien ihr Elvira Platzer mit ihrer zugemüllten Behausung und ihrer offensichtlichen Einsamkeit so gar keinen Anlass gegeben zu haben. Trotzdem war sie durch diesen Aspekt der tödlichen Leidenschaft noch neugieriger als ohnehin geworden.

Es war immer wieder ein ganz besonderer Aspekt ihrer Arbeit, in die Leben ihrer Opfer einzutauchen, ein Puzzleteil nach dem anderen herauszugreifen und zu einem Ganzen zusammenzufügen, bis sie sich ein genaues, klares Bild von demjenigen machen konnte, der umgebracht worden war. Was hatte ihre Opfer angetrieben, was war ihnen wichtig gewesen, wovor hatten sie Angst gehabt, wie hatten sie ihren Alltag organisiert, wie sah das soziale Umfeld aus? Für Paula war das alles hochinteressant. Jedes Mal aufs Neue.

Die dunklen Wolken dieses Dienstags hatten sich verzogen. So betrachtete sie mit Wohlgefallen die herausgeputzten, gepflegten Vorgärten mit ihren abgedeckten Zierbrunnen und den immergrünen Büschen, die die Miniaturvillen aus der Gründerzeit links einrahmten. Es roch nach vermoderndem Gras und Laub. Schließlich hatte sie die Pirckheimerstraße überquert und stand vor dem lang gezogenen Wohnblock, der in den sechziger Jahren als das Nonplusultra städtearchitektonischer Modernität in der Nürnberger Nordstadt gegolten hatte und der mittlerweile von der Nürnberger Wohnungsbaugenossenschaft verwaltet wurde. Vom Vorzeigegebäude zum sozialen Wohnungsbau.

Es dauerte eine Weile, bis sie das gesuchte Klingelschild ausfindig gemacht hatte. Die meisten waren mit einem handschriftlichen Papierstreifen versehen und schon unzählige Male überklebt, nicht so das von Elvira Platzers Mutter. »Rupp, A.« stand auf dem Metallschild neben dem Klingelknopf. Es dauerte nur wenige Sekunden, bis die Tür aufsprang. Paula stieg in den sechsten Stock hoch, verzichtete bewusst auf die Dienste des Aufzugs, auch das ein Teil ihrer sportlichen Trainingsmaßnahme. Neben den meisten Wohnungstüren standen billige Schuhpaare, Kinder-, Damen-, Herrenschuhe aus dem Discounter mit deutlichen Gebrauchsspuren. Auch da machte Apolonia Rupp eine Ausnahme: Vor ihrer Wohnungstür lag lediglich ein neuer schwarzer Fußabstreifer.

Die hochgewachsene Frau – dünne Lippen, schmale Nase, weißer Teint, glattes, fast weißes Haar, das hinten zu einem winzigen Dutt zusammengesteckt war –, die unter dem Türrahmen stehend wartete, empfing Paula mit einem hochmütigen Blick. Sie stellte sich vor.

»Können Sie sich ausweisen?«

»Ja, natürlich.« Paula hielt Frau Rupp den Ausweis hin, den diese sofort ergriff. Die gut Siebzigjährige schien unter einer ausgeprägten Altersweitsichtigkeit zu leiden, so weit, wie sie den Ausweis von sich weg hielt. Nachdem sie ihn ausführlich studiert hatte, fragte sie unfreundlich: »Und was führt Sie zu mir?«

»Kann ich hereinkommen, Frau Rupp? Ich denke, das, was ich Ihnen zu sagen habe, sollte man besser nicht im Treppenhaus besprechen.«

Widerwillig wurde sie hereingebeten und folgte Frau Rupp in deren gute Stube.

Es war die typische Wohnung einer alten Frau, die bessere Zeiten erlebt hatte und sich mit Hilfe ihrer Einrichtung gerne an diese besseren Zeiten erinnerte. Fliesen in Marmoroptik in der Diele, Eichenlaminat im Wohnzimmer, überall Orientteppiche, die neu aussahen. Ein Druck von Rembrandts »Nachtwache« in breitem Goldrahmen über dem Esstisch aus schwerem Nussbaumholz. Daneben ein riesiger Regulator und in der Ecke ein stattlicher Kirschbaumsekretär mit vergoldeten Messingknöpfen und offen stehender, leer geräumter, auf Hochglanz polierter Schreibtischlade.

Doch am meisten faszinierte Paula das altmodische schwarze Telefon mit Wählscheibe aus Bakelit, das von einer weinroten Brokathülle mit grünem Perlon-Spitzenband abgedeckt war. Es war lange her, dass sie so etwas grausam Kitschiges gesehen hatte.

Artig setzte sie sich auf das ihr zugewiesene Sofa mit dem großblumigen weinroten Muster und wartete, bis auch ihre Gastgeberin auf einem hellen Holzstuhl Platz genommen hatte.

Bevor sie zu reden begann, bemerkte sie, dass Frau Rupp braune Straßenschuhe aus Leder trug, die sie jetzt parallel zueinander in Stellung brachte. Ihren noch immer argwöhnischen Blick versuchte sie, mit einem freundlichen Lächeln zu neutralisieren. Es gelang ihr nicht, im Gegenteil. Frau Rupps Misstrauen schien durch diese angestrengte Verbindlichkeit noch an Schärfe zu gewinnen.

Sie eröffnete ihre zurechtgelegte Rede mit dem Satz: »Ich bin Ihrer Tochter wegen da, Frau Rupp. Wir gehen davon aus, dass Sie diejenige sind, die ihr am nächsten stehen?«

Sie erhielt keine Antwort. Also fuhr sie fort und überbrachte ihre Nachricht vom gewaltsamen Tod der Elvira Platzer. Dann schwieg sie und sah ihr Gegenüber aufmerksam an. Jetzt endlich hatte sich das Misstrauen in den kleinen blassblauen wässrigen Augen verflüchtigt, war einer vollständigen Leere gewichen.

Es war so ruhig in dem dunklen Zimmer, dass Paula das Ticken des Regulators wie das laute Schlagen einer Kirchturmuhr vorkam.

Nach einer Weile richtete sich Apolonia Rupp auf ihrer Stuhlkante kerzengerade auf und sagte halblaut: »Das musste ja so kommen.«

Die Art, wie sie anschließend ihre Augen kurz mit den Händen bedeckte, um die Hände dann betont langsam in den Schoß zu legen und dort zusammenzufalten, erschien Paula gekünstelt. Unecht wie das grüne Perlon-Spitzenband des Telefonschoners.

»Wenn Sie jetzt allein sein möchten, akzeptiere ich das natürlich. Dann komme ich gerne ein anderes Mal wieder. Wenn Sie sich aber stark genug dafür fühlen, Frau Rupp, dann würde ich Ihnen gleich hier und jetzt ein paar Fragen stellen.«

Das kurze Kopfnicken deutete sie als Einverständnis, bleiben und fragen zu dürfen.

»Sie haben gerade gesagt: Das musste ja so kommen. Das klingt, als hätten Sie damit gerechnet, dass Ihre Tochter auf diese grauenvolle Weise ums Leben kommt. Darf ich fragen, warum?«

Statt einer Antwort erhielt sie eine Gegenfrage. »Waren Sie denn nicht in der Wohnung? Haben Sie nicht den ekelerregenden, widerlichen Unrat, den ganzen Saustall dort gesehen? Den Schmutz und den Staub?«

»Doch, ja, schon, aber …«

»Na, dann wissen Sie ja, wie es um Elvira bestellt war. Meine Tochter hatte sich nicht unter Kontrolle, in keinster Weise. Sie neigte schon als Kind zur Disziplinlosigkeit, aber das hatte in den letzten Jahren ein Ausmaß angenommen, das unerträglich wurde. Einfach abscheulich!«

»Trotzdem verstehe ich nicht ganz, was das mit dem Mord zu tun hat.«

»Es heißt ja nicht umsonst, das Äußere ist immer auch ein Spiegelbild des Inneren. Ich pflege dazu zu sagen: Außen pfui, innen pfui! Ein Phänomen, das Ihnen als Kriminalkommissarin ja geläufig sein dürfte. Und für das meine Tochter das beste Beispiel war. Ihr Leben war aus den Fugen geraten, vollständig. Es war ja nicht nur ihre Wohnung, die verwahrlost war. Sie hat sich auch sonst in jeder Hinsicht verkommen lassen. Allein wie sie schon angezogen war!«

Nach einer kurzen Pause fuhr Frau Rupp angeekelt fort: »Immer dieselben Sachen. Dann ihre mangelnde Körperpflege. Im Beruf ist sie mit dieser Einstellung natürlich auch wiederholt angeeckt. Anerkannt war sie von ihren Vorgesetzten jedenfalls nicht, bestenfalls geduldet. Und dann diese Arbeit, die ja keiner freiwillig machen will. Alten Leuten den Hintern abwischen, das ist doch kein Beruf für jemanden, der noch einen Funken Selbstachtung im Leibe hat. Und zu all diesem Übel hat sie auch noch geraucht wie ein Schlot! Wie ihre Haare immer gerochen haben, fürchterlich.«

Paula, selbst Raucherin und ebenfalls ohne jedes Talent zu einer mustergültigen Hausfrau, war so erschrocken über diesen Gefühlsausbruch oder vielmehr über die Wucht, mit der er sich entlud, dass sie sekundenlang schwieg.

Eigentlich hätte sie jetzt nachfragen müssen, inwieweit Schlamperei und Nachlässigkeit in den Augen der Apolonia Rupp ein derartiges Gewaltverbrechen rechtfertigten. Aber ihr war die Lust auf solche Fragen vergangen, die, sollten sie zu einem Erkenntnisgewinn beitragen, von ihr ein taktisches Feingefühl verlangt hätten, zu dem sie sich im Augenblick außerstande sah.

Sie sehnte sich nach einer Zigarette, ihrem Weinvorrat und dem staubigen Frieden ihrer telefonschonerfreien Wohnung. Nur weg hier, weg von diesem hartherzigen Monstrum einer Mutter, raus aus diesem bedrückenden Wohnzimmer mit seinen bleischweren Möbeln.

Also erhob sie sich und verabschiedete sich.

An der Wohnungstür drehte sie sich noch einmal um und sagte: »Ich werde demnächst wiederkommen. Ich habe noch ein paar Fragen an Sie.«

Es sollte wie eine Drohung klingen, aber da war die Tür schon ins Schloss gefallen.

Als sie wieder auf der Straße stand, sah sie in den sechsten Stock hoch. Sie fand schnell, was sie suchte: Die blütenweißen Stores mit dem Bleiband an der Unterkante waren ihr Wegweiser. Akkurat aufgefächerte Plisseegardinen von einem kalten kalkigen Weiß, das so emblematisch war für die Kaltherzigkeit der Frau, die nun hinter den Stores auf sie herabblickte und sie so lange mit ihrem hochmütigen Blick verfolgte, bis sie nach links in die Pirckheimerstraße abgebogen war.

Sie genoss den Heimweg. Noch immer hielt das Wetter, was es am frühen Morgen versprochen hatte: Es war trocken, mit dieser zarten Andeutung des Frühlings, der bald kommen wollte. Außerdem hatte sie soeben ein umfangreiches Sportprogramm absolviert, ihre Pflichten abgearbeitet und somit bereits für den morgigen Tag vorgesorgt.

Und sie hatte Glück: Die winzige Lotto-Annahmestelle in der Pirckheimerstraße war noch geöffnet; hier deckte sie sich mit ihrem Wochenbedarf an Zigaretten ein.

Nachdem sie die Wohnungstür hinter sich geschlossen hatte, blieb sie in der Diele stehen und sah sich prüfend um. Ein Dielenschränkchen aus Fichte natur, eine Garderobe, fast eine Antiquität, wenn sie dafür nicht einen Tick zu neu und ramponiert gewesen wäre, ein mannshoher Spiegel – das war alles. Es war so herrlich leer und geräumig bei ihr, gleichzeitig aber musste das karge Mobiliar keine Mission erfüllen, war nicht mit dünkelhaften großbürgerlichen Insignien aufgeladen wie bei Frau Rupp. Diesem Entree sah man an, dass die Einrichtende auf subtile Tricks verzichtet hatte, dass es ganz aus einer Laune heraus sowie entsprechend der jeweiligen finanziellen Verhältnisse möbliert worden war.

Sie zog den Mantel aus, hängte ihn an den Haken und ging in die Küche, um sich dort ebenfalls mit Wohlgefallen umzusehen. Auch hier keinerlei Anspielungen, keine Dekoration, nur Gebrauchsmobiliar, ausgewählt mehr oder weniger nach dem Zufallsprinzip. Und – überall dünne gräulich weiße Staubschichten. Auch das empfand sie in diesem kurzen Moment der Wohnungsbesichtigung als überaus beruhigend, setzte sie sich doch damit so eindeutig wie augenfällig von der beschränkten Vorstellungswelt der Apolonia Rupp ab, die sie schon jetzt als Paradebeispiel der pathologischen Putzerin abqualifiziert hatte. Und zwar als eine von der Sorte, die ständig hinter ihren blitzsauberen weißen durchbrochenen Kunststoffgardinen lauerte.

Überhaupt war für Paula, die regelmäßiges Staubwischen für Zeitvergeudung hielt, überall da, wo es so sauber und keimfrei zuging wie bei der Mutter der Ermordeten, ein kleinlicher engstirniger Putzteufel daheim. Und so starrte sie mit einer gewissen Befriedigung auf die dünne Schicht auf dem Kühlschrank. Da ging ihr einer der Sinnsprüche ihrer Mutter Johanna, die über einen großen Fundus davon verfügte, aus dem sie mal ernst, mal ironisch zitierte, durch den Kopf: »Wo Staub liegt, herrscht Frieden.«

Auf dem Küchentisch standen zwei ihrer guten Kellergeister: ein sündteurer Riesling aus dem Rheingau und ein italienischer Chardonnay von 2010 aus dem Friaul, für den sie nicht einmal fünf Euro bezahlt hatte. Sie entschied sich für den Italiener, für den Conti di Colloredo, zum einen des verführerischen Namens wegen, zum anderen aus purem Trotz gegen Frau Rupp. Die würde, vermutete sie, sicher nur deutsche Weine, wahrscheinlich ausschließlich Frankenweine trinken, teure, hervorragende Bocksbeutel-Weine, die frei von jedem Verdacht waren, aus Lagen zu stammen, wo man es mit der Ordnung und Sauberkeit nicht ganz so genau nahm.

Nach dem ersten Schluck bereute sie ihre Wahl. Sie war wieder mal auf den wohlklingenden Namen hereingefallen, was ihr in letzter Zeit häufig passierte. Der Chardonnay war plump und aufdringlich, ohne jede Raffinesse und feine Fruchtigkeit. Dennoch würde sie ihm heute Abend die Treue halten, schon allein deswegen, um sich von Frau Rupp auch bei der Getränkewahl sinnfällig abzusetzen.

Nun war sie auf der Suche nach einem passenden Begleiter für den derb-vordergründigen Italiener. Sie entschied sich für breite Bandnudeln mit brauner Butter und geriebenem Emmentaler, diesmal nicht aus Gründen der Opposition, sondern einfach deswegen, weil ihr schlecht sortierter Haushalt momentan nichts anderes zu bieten hatte. Während des Essens schweifte sie gelegentlich in die Eichendorffstraße ab und versuchte sich vorzustellen, was bei Elvira Platzer abends auf dem Esstisch gestanden hatte. Wenn es überhaupt einen Tisch gab, an dem man essen konnte, das heißt: einen leeren Tisch. Viel konnte es nicht gewesen sein, so mager und ausgezehrt, wie das Opfer da in dem Flur vor ihr gelegen hatte.

Als sie bereits beim Nachtisch war, der sich aus einer Zigarette plus einem langen Blick auf die Kaiserstallung zusammensetzte, klingelte das Telefon. In Vorfreude über die Aussicht auf ein angenehmes Gespräch mit Paul Zankl nahm sie den Hörer bereits nach dem ersten Läuten ab. Es war tatsächlich Paul, der es in ihrem Leben mittlerweile zu einer festen Konstante geschafft hatte. Er wollte wissen, ob sie ihn am Freitagabend zu einem Heimspiel des 1. FCN begleitete.

»Ich habe von einem Arbeitskollegen zwei Dauerkarten bekommen. Im Block 15 B, beste Lage, Sitzplätze. Es wird ein hochinteressantes Spiel – der Club spielt gegen Schalke. Na, was ist, Paula? Gehst du mit? Machen wir uns einen schönen Freitagabend!«

Am liebsten hätte sie auf der Stelle Nein gesagt. Bei dieser Kälte zwei Stunden im Freien zu verbringen, das fand sie nicht hochinteressant, sondern öde. Extrem langweilig. Wenig verlockend. Doch da sie ihm in letzter Zeit schon etliche solcher Bitten abgeschlagen hatte, er ihr aber umgekehrt nicht, sie also in seiner Schuld stand, sagte sie erst mal nichts, sondern überlegte. Begab sich auf die Suche nach einer glaubwürdigen Entschuldigung, wobei sie jedoch auf die Schnelle nicht fündig wurde. Paul allerdings missverstand dieses nachdenkliche Schweigen.

»Gell, da bist du platt. Prima, du kommst also mit. Ich hol dich dann am Freitag von der Arbeit ab. Passt dir halb sechs?«

»Was, so früh? Das Spiel beginnt doch erst um acht.«

»Das ist nicht früh, das ist spät. Weil wir mit den Öffentlichen fahren. Mit dem Auto brauchst du es da gar nicht zu versuchen – keine Chance auf einen Parkplatz. Und dann wollen wir doch noch die Atmosphäre vor dem Spiel genießen. Ich sag dir, wenn du einmal das Lied ›Die Legende lebt‹ gehört hast, willst du ab sofort zu jedem Heimspiel. Das kann richtig zur Sucht werden. Das ist so was von ergreifend, da spielt das Ergebnis fast keine Rolle mehr. Du als Nürnbergerin müsstest da eigentlich jedes zweite Wochenende draußen sein.«

Er hatte schnell gesprochen und für einen Oberpfälzer erstaunlich viele Worte gemacht. Hatte er schon sein Tagesquantum von drei Halben Bier intus, oder war es die Vorfreude auf das Spiel, die ihn mitgerissen hatte?

»Also gut, wenn du bis Freitagfrüh nichts von mir hörst, geht das klar. Aber ich warne dich lieber schon mal vor: Ich habe nämlich seit heute einen Fall, einen ausgesprochen komplizierten, den wir in zehn Tagen gelöst haben müssen – vielleicht kann ich am Freitag gar nicht weg.«

»Da kannst du schon weg, da bin ich mir ganz sicher«, widersprach er gut gelaunt. »Du hast ja zwei Mitarbeiter, spann die doch ein. Und das kann ich dir gleich sagen: Wenn du jetzt wieder nicht mitkommst, nehme ich dir das gewaltig übel. Ich habe mir in letzter Zeit bei dir bloß Absagen eingefangen, ich mache doch umgekehrt auch alles mit, wenn du was von mir willst, beziehungsweise unterstütze dich, wo immer es geht!«

Sie zog eine Grimasse in Richtung Hörmuschel. »Ja, das weiß ich. Ich sag ja nur, dass es eventuell sein könnte, dass ich kurzfristig umdisponieren muss. Und außerdem habe ich ab heute nicht mehr zwei Mitarbeiter, sondern nur noch Heinrich. Und der kommt eigens morgen aus dem Krankenstand zurück, um mich bei diesem dringenden Fall zu unterstützen.«

Nachdem Paul nichts darauf sagte, nicht einmal nach den Gründen fragte, die zu diesem Knall auf Fall halbierten Mitarbeiterstab geführt hatten, ahnte sie, was er von ihr erwartete – eine endgültige Zusage ohne Wenn und Aber.

»Aber ich denke schon, dass ich es einrichten kann. Das wird bestimmt klappen, Paul.«

Als sie immer noch nichts von ihm hörte, setzte sie hinzu: »Das klappt hundertprozentig. Also dann sehen wir uns spätestens Freitag um halb sechs vor dem Präsidium.«

Nachdem er nun endlich gehört hatte, was er hören wollte, stellte er die Fragen, die sie hören wollte. Am Ende des zweiundsiebzigminütigen und stellenweise sehr vergnüglichen Telefonats hörte sie sich zu ihrer eigenen Verwunderung sagen: »Ich freu mich schon auf das Spiel, schön, dass wir so tolle Plätze haben.«

Noch lange, nachdem er aufgelegt hatte, dachte sie über ihre feste Zusage nach. Jetzt hatte er sie doch noch drangekriegt. Vielleicht würde es ja ganz nett werden. Zumindest war es eine neue Erfahrung, dic in drei Tagen auf sie zukommen würde. Aber das Beste daran war: Das Haben-Soll-Konto zwischen seinen und ihren Kompromissen war damit ausgeglichen. Na ja, fast. Ab Freitagabend stand der Zähler bei ihr auf jeden Fall wieder auf null.

3

Auch am nächsten Morgen schreckte sie ihr Dauergast, der unerbittliche Stalker, aus dem Schlaf hoch. Diesmal war sie ihm – fast – dankbar, hatte er sie doch aus einem schlimmen Traum erlöst: Sie war in Elvira Platzers Wohnung gefangen gewesen, stand starr und hilflos in der Diele, genau an der Stelle, wo man die Tote gefunden hatte. Und überall, links, rechts, hinter ihr und vor der Wohnungstür, stapelten sich die Obstkisten bis zur Decke, fragile, aber furchteinflößende Gebilde, die immer näher zu kommen schienen.

Was hatte das zu bedeuten? Hatte sie Angst vor diesem Fall, glaubte sie insgeheim zu versagen? Oder war auch das – wie so manches andere, wie ihre wachsende Ungeduld, die immer größer werdende Abneigung gegen Hetze jeder Art und das schlagartig eingetretene Unvermögen, auf den Schraubdeckeln der Gurkengläser das Mindesthaltbarkeitsdatum entziffern zu können – eine dieser lästigen Begleiterscheinungen, die das Alter mit sich brachte? Kamen mit dem unsäglichen Geburtstag nun auch unweigerlich durch Alpträume nass geschwitzte Nächte auf sie zu, die sie die letzten zwanzig Jahre so gut wie traumlos verbracht hatte? Mit einem Ruck sprang sie aus dem Bett und verbot sich, weiter darüber nachzudenken.

An diesem Morgen gab sie sich Mühe, die Verrichtungen und Handgriffe des Alltags bewusst und ruhig, mit Sorgfalt und dadurch auch mit Freude zu erledigen, wie ihr das ihre Mutter immer wieder riet. Wenn man sich auf eine einzige Sache konzentrierte, lautete die Überzeugung von Johanna Steiner, und sei es nur der tägliche Abwasch, hätte man schon viel mehr Spaß daran, als wenn man mehrere Dinge gleichzeitig zu erledigen versuchte.

Langsam und bedächtig goss sie Wasser in die Kaffeemaschine, strich mit dem Finger und einer nahezu aufreizenden Sorgfalt zweimal über das gefüllte Kaffeelot, schaltete dann behutsam die Maschine auf »on« und konzentrierte sich darauf zu beobachten, wie der brühheiße Kaffee in die Glaskanne tröpfelte. Nachdem sie das gemeistert hatte, deckte sie den Küchentisch mit dem, was ihr Haushalt im Augenblick hergab: ein Stück knochenharter Butter, zwei

Scheiben Vollkorntoast, ein klitzekleines Käseeckchen, dessen Ränder sich schon nach innen wölbten, dass es mehr einem Ball als einem Eck glich, sowie das Glas Imker-Honig, das ihr Paul vor Monaten aus dem Bayerischen Wald mitgebracht hatte.

Dann setzte sie sich, immer noch um Gemächlichkeit und Freude bemüht. Versuchte, den mehr labbrigen als weichen Toast mit der harten Butter zu bestreichen. Dieser Versuch endete abrupt in der Erkenntnis, dass Toastbrot nur in jenen Haushalten sinnvoll war, die auch über einen Toaster verfügten. Sie schob kurzerhand das Käseeck in den Mund, schluckte es mit einem Satz hinunter, stand auf und entsorgte die unansehnlichen Brotfetzen auf ihrem Frühstücksbrettchen mit einem kräftigen Schwung in den Mülleimer. Ihre Sorgfaltspflicht gegenüber den Alltagsverrichtungen sah sie damit als beendet an. Anscheinend war sie für die Muße, die notwendig ist, um Freude an den immer wiederkehrenden Handgriffen zu empfinden, doch noch zu jung.

Eine knappe halbe Stunde später betrat sie ihr Büro in der Erwartung, hier ihren Mitarbeiter vorzufinden. Sie wurde in dieser Vorfreude nicht enttäuscht – Heinrich saß an seinem Schreibtisch, gut gelaunt, an seinen Nägeln kauend und in gewohnt schwarzem Outfit, das heute aus einer schwarzen Jeans, schwarzem T-Shirt und ebensolchen Sneakers bestand. Es war also fast wie früher. Und doch … Es fiel ihr schwer, den verwaisten Schreibtisch Eva Brunners zu ignorieren.

»Ich wollte mich in unseren neuen Fall schon einlesen«, sagte Heinrich statt einer Begrüßung, »aber da steht ja«, er zeigte auf den Bildschirm seines Computers, »noch nichts drin.« Er sagte das ohne jeden Vorwurf in der Stimme.

»Dazu hatte ich gestern noch nicht die Zeit. Aber das hole ich nach. Außerdem war ich gestern Abend noch bei der Mutter der Ermordeten. Am besten ist, ich erzähle dir das Wenige, was ich bisher erfahren habe, jetzt gleich.«

Sie berichtete ihm von der speziellen Wohnungseinrichtung des Opfers, seiner Nachbarin, von der seltenen Tatwaffe, dem Nicker, und ihrem Besuch bei dem »Monster von Mutter«. Vor allem diesen letzten Punkt ihres Kurzreferats schmückte sie detailliert aus, was Heinrich aber nicht weiter zu berühren schien.

»Laminatböden, Rembrandt-Drucke und neue Orientteppiche gibt es doch zuhauf, das ist nichts Ungewöhnliches, Paula.«

»Warum, habt ihr, du und deine Oma, etwa auch so einen Telefonschoner?«

»Ja. Aber nicht in Weinrot, sondern aus dunkelgrünem Samt. Und so unpraktisch ist der gar nicht, wie du meinst, damit sieht man nämlich das hässliche Beige von dem Apparat selbst nicht mehr.«

Sie war so perplex, dass ihr der Mund offen stand. Heinrich nutzte diese seltene Chance, um ihr auch in den anderen Punkten zu widersprechen.

»Auch darin, dass die Mutter so kühl auf die Nachricht reagiert hat, kann ich im Gegensatz zu dir nichts Verwerfliches finden. Du meinst immer, weil du so ein gutes Verhältnis zu deiner Mutter hast, muss das überall so sein. Das ist aber mehr die Ausnahme denn die Regel, Paula.«

»Da bin ich anderer Meinung. Und außerdem ist es ein großer Unterschied, ob ich als Mutter ein eher unterkühltes Verhältnis zu meiner Tochter habe oder ob ich auf die Nachricht vom Mord an ihr so reagiere wie Apolonia Rupp. Nämlich völlig regungslos. Wo andere Menschen ein Herz haben, hat die ein Gefrierfach. Weißt du, was die gesagt hat? *Das musste ja so kommen.* Also, das ist doch …«

»Das hast du mir bereits zweimal in allen Einzelheiten erzählt, Paula«, unterbrach sie Heinrich schnell. »Dir scheint das ja wirklich nahezugehen. Ich betone nochmals: Mangelnde Liebe in der Verwandtschaft, gerade zwischen den Generationen, ist gang und gäbe und mit Sicherheit kein Verbrechen.«

»Du warst nicht dabei, Heinrich. Das hatte mit mangelnder Liebe nichts mehr zu tun, da war schon Abscheu, ja richtiger Hass im Spiel. Aber weißt du, dass mich das ausgerechnet von dir schon sehr überrascht. Du magst doch deine Großmutter auch …«

»Was heißt hier: Ich mag sie? Ich liebe meine Oma. Über alles. Und zwar unter anderem vielleicht auch deswegen, weil ich als Kind nicht das allerherzlichste Verhältnis zu meinen Eltern hatte. Ich weiß also, wie das ist, wenn man sich innerhalb der Familie gleichgültig ist.«

Das war neu für sie. Wer noch mal hatte ihr erst vor ein paar Monaten erzählt, seine Eltern seien bei einem Autounfall ums Leben gekommen, als er noch ein Baby gewesen war?

»Gut, dann hast du ja im Gegensatz zu mir keine Aversionen gegen Frau Rupp – dann kannst du ja auch die Gespräche mit ihr führen. Da kommt bestimmt mehr raus, als wenn ich das alleine mache.«

»Gerne, mir macht das nichts aus.«

Paula erinnerte sich an das Versprechen, das sie sich selbst gegeben hatte: den Fall unbedingt vor Eva Brunners Rückkehr zu lösen.

»Schön. Wir müssen wissen, ob unser Opfer noch weitere Verwandte hatte. Dann müssen wir den Exmann sprechen und auch in das Altersheim fahren, wo die Platzer gearbeitet hat. Und die Nachbarn befragen. Was möchtest du davon übernehmen, und was soll ich machen?«

Dass sie mit diesem großzügigen Angebot Heinrich die Wahl der Befragungen frei überlassen und damit die Rolle zwischen Chefin und Mitarbeiter getauscht hatte, merkte sie erst, als es bereits ausgesprochen, also zu spät war. Dabei wollte sie nach dem Desaster mit der Brunner doch mehr darauf achten, dass sie ihrer Führungsfunktion bewusster und professioneller nachkam.

»Warum machen wir das alles nicht gemeinsam? Wir haben doch Zeit. Oder gibt es irgendwelche Terminvorgaben von oben?«

Sie schüttelte den Kopf. »Von oben nicht, bis jetzt zumindest nicht. Aber ich würde den Fall gerne abschließen, bevor …«

»… die Eva wieder da ist. Das schaffen wir doch auch so locker, Paula. Du hast die Adressen des Exmannes und von dem Altersheim, ja? Dann fahren wir zuerst zu dieser Rupp und fragen nach weiteren Verwandten. Bei der Gelegenheit kann ich dann auch den weinroten Telefonschoner eingehend begutachten, von dem du mehrfach so verlockend gesprochen hast.« Er sah sie mit einem spitzbübischen Lächeln an.

»So machen wir es. Und wenn du dich an dieser Zierde der gehobenen Inneneinrichtung sattgesehen hast, kannst du die Besitzerin auch mal nach den näheren Gründen fragen, die zu dieser heftigen Abneigung gegenüber ihrer Tochter geführt haben. Denn deren Berufswahl und ihre staubige vollgestellte Wohnung allein können es ja nicht gewesen sein.«

Eine Dreiviertelstunde später standen sie vor dem Hochhaus in der Pilotystraße. Die Tür sprang, wenige Sekunden nachdem sie geklingelt hatte, auf. Als sie neben Heinrich die Treppen hochstieg, musste sie lächeln. Sicher hatte die Rupp nach ihrer gestrigen Drohung, sie würde bald wiederkommen, den Vormittag wartend hinter den blütenweißen Stores verbracht. Sie war neugierig, wie die beiden Telefonschoner-Besitzer miteinander zurechtkämen. Vielleicht reichte diese Gemeinsamkeit aus, damit Apolonia Rupp über den in ihren Augen sicher unangemessenen Aufzug Heinrichs hinwegsah? Obwohl … Nein, das glaubte sie nicht. Für die alte Frau war ein Polizeibeamter mit halblangem grisseligem Haar, das in übermütigen Wirbeln nach allen Seiten vom Kopf abstand, und einem einfachen schwarzen T-Shirt sicher etwas, was sich nicht gehörte.

Sie wurden oben bereits erwartet. Frau Rupp schenkte ihr wie schon gestern diesen ablehnenden misstrauischen Blick, während sie Heinrich, der sich als »Mitarbeiter von Kriminalhauptkommissarin Steiner, Herr Bartels« vorstellte, aufmerksam und mit einem verbindlichen Lächeln musterte.

»Kommen Sie doch bitte herein.«

Frau Rupp ging mit hartem Schritt voran; sie trug wie gestern die mittelbraunen Halbschuhe, die auf dem Laminat ein laut klackendes Geräusch verursachten. Paula folgte ihr auf dem Fuß, setzte sich unaufgefordert auf das geblümte Sofa und beobachtete mit der Andeutung eines Lächelns Heinrich, der noch im Stehen die Telefon-Brokat-Haube mit dem floralen Muster eingehend begutachtete.

»Der ist praktisch, gell?«, sagte er zu Frau Rupp, und in seiner Stimme schwang so etwas wie aufrichtige Begeisterung mit. »Ich habe auch so einen Telefonschoner daheim, allerdings in Grün. Ich glaube, die werden gar nicht mehr hergestellt. Für diese schnurlosen neumodischen Telefonapparate ohne Wählscheibe gibt es so was nicht, ist wohl auch unmöglich, da einen Mantel drum herum zu wickeln. Und dabei ist es doch so ein angenehmes Gefühl, wenn man den Hörer wieder auf die Gabel zurücklegt.«

»Oh ja«, pflichtete ihm Frau Rupp lebhaft bei, »und es verleiht dem Meublement so einen kecken Pfiff, finde ich. Technische Gerätschaften sind ja, für sich genommen, regelrecht hässlich. Das muss man nicht auch noch ständig vor Augen haben.«

»Da haben Sie vollkommen recht, das finde ich auch.«

Paulas Kommentar zu dieser Unterhaltung beschränkte sich auf ein leises Stöhnen.

»Darf ich?«, fragte Heinrich und deutete auf das Sofa, auf dem seine Chefin bereits Platz genommen hatte.

»Aber natürlich, gerne, Herr Bartels. Kann ich Ihnen etwas anbieten? Vielleicht einen Kaffee? Ich mache einen hervorragenden Kaffee, einen guten deutschen Kaffee. Jeder, der zu mir kommt, sagt das. Weil ich ihn noch von Hand aufbrühe, mit einer Karlsbader Kaffeekanne. Ganz altmodisch sozusagen. Aber das schmeckt man auch. Ich traue diesen modernen Kaffeemaschinen nämlich nicht«, setzte Apolonia Rupp mit einem verschwörerischen Lächeln hinzu, »die können keinen anständigen Kaffee machen. Vorausgesetzt, Sie haben es nicht allzu eilig, denn mit einem einfachen Knopfdruck ist es da nicht getan. Gutes dauert eben seine Zeit.«

Bevor der seit einigen Monaten zum kategorischen Teetrinker konvertierte Heinrich dankend ablehnen konnte, ergriff Paula rasch das Wort.

»Danke ja, ich nehme gerne eine Tasse von diesem guten Kaffee. Das klingt ja verlockend. So ein freundliches Angebot darf man nicht ausschlagen, gell, Heinrich?«

»Und Sie auch, Herr Bartels? Ach, Sie werden gar nicht gefragt. Einen guten Kaffee trinkt doch jeder gerne. Ich darf Sie kurz allein lassen.« Damit eilte Frau Rupp aus dem Zimmer.

Während sie das geschäftige Rumoren in der Küche vernahmen, zischte sie Heinrich mit hochgezogenen Augenbrauen an: »Was wird das denn hier, wenn es fertig ist? Eine Unterhaltung über die Vorteile von Telefonschonern? Vielleicht geht das Ganze auch etwas zackiger.«

Er legte ihr die Hand besänftigend auf den Unterarm. »Geduld, Geduld, Frau Steiner. Du hattest mir freie Hand gelassen. Und außerdem wolltest du einen Kaffee haben, nicht ich. Also bitte, jetzt werd nicht schon wieder ungeduldig«, sagte er so leise wie vergnügt.

Nach einer kleinen Ewigkeit unterbrach endlich Frau Rupp, die ein Tablett auf den niedrigen Couchtisch stellte, das angestrengte Schweigen der beiden Kommissare.

Während sie das Geschirr verteilte, sagte sie: »Ich hoffe, ich habe

Sie nicht zu lange warten lassen.« Wieder war da diese freundliche Verbindlichkeit, die Paula gestern Abend vermisst hatte.

Sie erkannte sofort, dass ihnen hier das Kaffeeservice, das eigentlich für den sonntäglichen Besuch reserviert war, vorgesetzt wurde. Sanssouci Arkadien von Rosenthal mit Goldrand, reich verziert und für ihren Geschmack viel zu verschnörkelt. Nichtsdestotrotz hatte es den Charme, den jede nette Geste hat.

Auch wenn diese Ehre, da war sie sich ganz sicher, nicht ihr galt, sondern ausschließlich Heinrich. Das überraschte sie, denn es bewies, dass sie sich bei Frau Rupp zumindest in einem Punkt getäuscht hatte: Anscheinend sah diese in Heinrich doch nicht den antibürgerlichen, nachlässig gekleideten Liederjan, sondern war durchaus imstande – und willens –, hinter sein unkonventionelles Äußeres zu schauen, um dort sein reichliches Reservoir an Liebenswürdigkeit zu erkennen.

Doch nun wartete Paula gespannt, ob dieses Reservoir so groß war, dass er, der Kaffee verabscheute, das ihm Vorgesetzte im wahren Sinn des Wortes auch schlucken würde. Ja, es ging so weit. Und noch ein gutes Stück darüber hinaus.

»Das riecht ja ganz … äh … wunderbar«, sagte er, bevor er die Tasse zu den Lippen führte. »Und es schmeckt auch so, wie es riecht: Wunderbar!«, ergänzte er mit aufgesetzter Emphase, nachdem er ein wenig zögerlich den ersten Schluck genommen hatte.

Dieses bemühte Standardlob wurde dem wirklich einzigartigen Brühkaffee nicht gerecht, fand sie, darum fügte sie aufrichtig hinzu: »Ja, das stimmt. Einen so guten Kaffee habe ich schon lang nicht mehr getrunken. Der ist voll, ohne bitter zu sein, und stark, ohne vordergründigen Affekt. Da kann mein Kaffee aus der Maschine nicht mithalten. Einsame Spitze, Frau Rupp. Die Mühe mit der Karlsbader Kanne lohnt sich wirklich.«

Sie zog den kleinen Gebäckteller, den Apolonia Rupp direkt vor Heinrichs Kaffeetasse platziert hatte, zu sich und begutachtete dessen Fracht, sechs verschiedene und übersichtlich arrangierte Konditorpralinen. Nach einer kurzen Bedenkzeit entschied sie sich für die Rumkugel mit der Pistazie als Dekor – und wartete auf Heinrichs erste Frage. Sie musste sich nicht lange gedulden.

»Es mag Ihnen vielleicht ein wenig pietätlos vorkommen, dass wir so kurz nach dem Mord an Ihrer Tochter schon wieder zu Ihnen kommen, Frau Rupp«, begann Heinrich, »aber das lässt sich leider nicht vermeiden. Sie sagten gestern sinngemäß zu Frau Steiner, dass Sie dieser Mord gar nicht so überrascht habe. Dass Sie eigentlich damit im Grunde gerechnet hätten.« Er sah sie fragend an.

»Ja, das ist richtig. Und pietätlos kommt mir Ihr Besuch nicht vor, ganz und gar nicht. Sie tun doch auch nur Ihre Pflicht, nicht wahr?« Ohne eine Antwort abzuwarten, fuhr Frau Rupp fort: »Wissen Sie, das Verhältnis zu meiner Erstgeborenen war nicht besonders gut, es war eigentlich alles andere als gut – es war im Prinzip so gut wie nicht mehr vorhanden. Dafür ist zu viel vorgefallen.«

Da Paula damit rechnete, dass sie den Grund für diese auf Eis gelegte Mutter-Tochter-Beziehung bald erfahren würde, schwieg sie und griff lieber zum zweiten Mal zu dem Pralinenteller. Ein Griff ins Ungewisse, denn der geflockten Kugel mit ihrem Zartbittermantel sah man nicht an, was in ihr steckte. Doch ihr Mut wurde belohnt – es war eine besonders delikate Buttertrüffelpraline mit winzigen Orangenstückchen.

Während sie genüsslich auf dieser Köstlichkeit herumlutschte, hakte Heinrich nach: »Möchten Sie uns sagen, was im Einzelnen vorgefallen ist? Oder möchten Sie erst dann darüber reden, wenn Sie den Tod Ihrer Tochter ein wenig verarbeitet haben?«

»Da gibt es nichts zu verarbeiten«, lautete die heftige Antwort, die umgehend abgemildert wurde. »Vielleicht kommt Ihnen das jetzt gefühlskalt von mir vor, Herr Bartels, aber ich kann es nicht ändern.«

Bevor er höflich widersprechen konnte, sprach Frau Rupp weiter. »Ich habe zwei Töchter, beziehungsweise ich hatte zwei Töchter, denn Elviras jüngere Schwester ist nun auch schon seit acht Jahren tot. Als Elvira geboren wurde, ging es meinem Mann und mir finanziell sehr gut. Wir führten ein großes Haus, jede Woche gaben wir zumindest eine Einladung. Wir waren fester Bestandteil der Nürnberger Hautevolee. Natürlich geht so etwas nicht ohne Personal, wir beschäftigten einen Gärtner, der gleichzeitig Chauffeur war, Elvira hatte ein Kindermädchen, und auch sonst mangelte es ihr an nichts. Mein Mann war in unsere Erstgeborene regelrecht vernarrt. Jeden Wunsch las er ihr von den Augen ab – sie musste nur auf etwas deuten, schon bekam sie es. Vielleicht war mein Fehler dabei, dass ich zugelassen habe, wie hemmungslos er sie verwöhnte.«

Apolonia Rupp machte eine kurze Pause und sah so erstaunt wie tadelnd zu Paula, die sich soeben die dritte Praline – einen Kegel aus Mandelkonfekt in Vollmilchschokolade – in den Mund steckte.

»Die Folge war, dass Elvira keine Grenzen kannte. Alles musste nach ihrem Kopf gehen, sie war ein verzogenes Gör von vorn bis hinten!«

Harte Worte, die Heinrich gelegentlich mit einem angedeuteten verständnisvollen Nicken begleitete. Erneute Pause.

»Als Claudia dann geboren wurde, mussten wir kürzertreten. Die Geschäfte meines Mannes liefen schlecht. Von den ehemals fünf Blumenläden war uns nur mehr einer geblieben, der in der Breiten Gasse, der gerade das Nötigste zum Leben abwarf. Vielleicht sagt Ihnen Blumen Rupp ja etwas?«, fragte sie Heinrich, der verneinend den Kopf schüttelte.

Paula jedoch erinnerte sich an diesen Laden in der Nürnberger Innenstadt. Ihr Vater hatte ihrer Mutter dort jedes Jahr zu Weihnachten deren Lieblingsblumen gekauft – einen großen Strauß gelber Mimosen. Als Kind durfte sie ihn auf diesen Gang begleiten und war dann jedes Mal erstaunt gewesen, dass ihr Vater so viel Geld für etwas bezahlte, das bereits nach spätestens zwei Tagen verwelkt und unansehnlich im Mülleimer landete.

»Wir waren gezwungen, die Villa in Ebensee aufzugeben, genau wie unser Personal. Es war alles sehr bescheiden von da an. Wir wohnten zur Miete, uns gehörte zwar nach wie vor eine Wohnung in der Eichendorffstraße, aber dabei handelte es sich nur um eine Zwei-Zimmer-Wohnung. Für eine vierköpfige Familie viel zu klein. Claudia musste die Sachen ihrer Schwester auftragen, während es für Elvira weiterhin natürlich nur das Beste vom Besten gab. Ich erzähle das so ausführlich«, wandte sie sich direkt an Heinrich, »um Ihnen eine Vorstellung davon zu geben, wie unterschiedlich die beiden Mädchen aufgewachsen sind.«

Erneutes verständnisvolles Nicken von Heinrichs Seite.

»Aber es geht noch weiter. 1985 starb mein Mann. Und bei der Testamentseröffnung erfuhr ich dann, dass er etliche Jahre vorher die Zwei-Zimmer-Wohnung in der Eichendorffstraße auf Elviras Namen hat überschreiben lassen. Heimlich, hinter meinem Rücken! Dadurch hatte er mir mein Recht an dem Pflichtteil genommen, ganz bewusst genommen. Können Sie sich eine derartige Gemeinheit vorstellen?«

Mit funkelnden Augen und geröteten Wangen im altersblassen Gesicht starrte Apolonia Rupp Heinrich an.

»Um welche Art Immobilie handelte es sich denn dabei?«, fragte Paula, der diese Wut nach immerhin dreißig Jahren unverständlich erschien.

»Um die damals noch gut vermietete Zwei-Zimmer-Wohnung in Erlenstegen, in die Elvira dann vor zwölf Jahren selbst eingezogen ist. Ich war wie vom Donner gerührt, als der Notar mir das Testament vorlas. Und Elvira hat ohne zu zögern oder mich beziehungsweise ihre Schwester zu fragen, das Erbe angetreten. Sie hat sich nicht geschämt, ihrer Mutter und ihrer Schwester das vorzuenthalten, was uns doch eigentlich allen gemeinsam zustand. Claudia und ich hatten in diesem Punkt aber keine rechtliche Handhabe gegen sie. Wir hatten keine Chance.«

»Ich verstehe«, meldete sich Heinrich zu Wort. »Und zu diesem Zeitpunkt haben Sie dann wohl den Kontakt zu Ihrer älteren Tochter abgebrochen?«

»Nein, noch nicht. Es war ja der letzte Wille meines Mannes. Also haben wir das respektieren müssen, schweren Herzens natürlich. Aber erwartet hatten wir uns doch eine Art finanziellen Ausgleich für diese einseitige Bevorzugung. Ich finde, das hätte sich gehört. Doch da haben wir bei Elvira auf Granit gebissen. Keine Mark oder später: keinen Euro haben wir von ihr gesehen, nichts, rein gar nichts. Schließlich haben Claudia, ihr Mann und ich das akzeptiert – es war ja in erster Linie nicht ihr Verschulden, sondern das meines Mannes –, auch wenn uns das nicht leichtgefallen ist, das können Sie mir glauben.«

»Dann sind Sie also auch weiterhin in Verbindung geblieben?«, fragte Heinrich, der gleichzeitig zur Tasse griff, um seinen zweiten Schluck von dem nun kalt gewordenen Kaffee zu nehmen.

»Ja, wenn auch deutlich eingeschränkt, also nur auf das gesellschaftlich Notwendigste beschränkt. Das heißt: Die Familie traf sich weiterhin zu den üblichen Anlässen, zu Ostern, Weihnachten, bei der Hochzeit von Claudia und den Taufen ihrer beiden Töchter. Das verlangte schon allein der Anstand«, betonte Frau Rupp förmlich.

Nur auf das gesellschaftlich Notwendigste beschränkt? Das widersprach allerdings der Aussage von Frau Vogel, die von einem wöchentlichen Besuchsrhythmus erzählt hatte. Paula entschied, diesen Gegensatz hier und jetzt nicht zu hinterfragen. In dem Fall glaubte sie der Mutter, nicht der Nachbarin.

Apolonia Rupp ließ einige Sekunden verstreichen, bevor sie wieder unvermittelt heftig sagte: »Elvira hatte mehrere Laster, aber ihr größtes war der Geiz. Sie war von ihrer Habsucht regelrecht zerfressen. Wenn wir etwas von ihr bekamen, dann waren das Geschenke, die sie selbst erhalten und für die sie keine Verwendung hatte. Stellen Sie sich vor, sie hat ihrem Patenkind, also einer meiner beiden Enkelinnen, und zwar der jüngeren, den Roman ›Joseph und seine Brüder‹ von Thomas Mann zu deren sechsten Geburtstag geschenkt! Ein Buch von irgendeinem dieser Buchclubs, also was ganz Billiges, wenn sie es nicht selbst von ihren Alten im Heim erhalten hatte.«

Nach einem missbilligenden Kopfschütteln fuhr sie fort: »Und ihr Geiz wurde immer schlimmer. In den letzten Jahren habe ich von meiner Tochter gar nichts mehr bekommen, obwohl ich ab und an Wünsche geäußert habe. Sie sagte immer, ich hätte ja schon alles, was ich brauche.«

»Vielleicht hängt dieser Geiz, wie Sie es nennen, mit ihrer Sammelleidenschaft zusammen? Ihre Tochter war wohl das, was man gemeinhin einen Messie nennt«, sagte Heinrich, als ihm schien, dass Apolonia Rupp mit ihrer Rede fertig war. »Und Messies geben nichts her, die behalten alles für sich selbst, auch Geld.«

»I wo, das eine hatte mit dem anderen nichts zu tun«, versetzte Frau Rupp schroff. »Das war auf der einen Seite ihr Geiz, und auf der anderen Seite gab es diesen eklatanten Mangel an Disziplin, der dazu führte, dass sie ihre Wohnung dermaßen vollgestellt hat. Das sind doch zwei unterschiedliche Sachen. Aber alles das hätte ich noch hingenommen. Dann aber starb meine Claudia«, sagte Apolonia Rupp, jetzt sanft und liebevoll, »wie gesagt, vor acht Jahren. Und Elvira hat es nicht für nötig befunden, ihr die letzte Ehre zu erweisen und zu ihrer Beerdigung zu kommen. Da war dann endgültig Schluss bei mir.«

Da Heinrich schwieg, musste Paula nachfragen. Aber erst nachdem sie Praline Nummer vier – einen Kubus aus weißer Schokolade, gefüllt mit einem zarten Schmelz aus Vanillelikör – hinuntergeschluckt hatte.

»Sie haben sie doch sicher zur Rede gestellt. Was hat sie denn als Grund angegeben, warum sie nicht gekommen ist?«

Die Antwort ließ nicht lange auf sich warten. »Ach, irgend so ein Larifari von wegen ›das würde sie so mitnehmen‹ und ›das helfe jetzt auch nichts mehr, wenn sie auf die Beerdigung ginge‹. Alles faule Ausreden. Sie wollte einfach nicht, ihr war der Tod ihrer Schwester egal, vollkommen egal! Genau wie ihr Claudia schon immer egal gewesen ist.«

»Ja, das ist bitter«, sagte Heinrich verständnisvoll und fügte nach einer Pause hinzu: »Wenn Sie uns dann bitte noch die Adresse Ihres Schwiegersohns, also die von Claudias Mann, und Ihrer beiden Enkeltöchter geben könnten?«

»Wozu soll das gut sein?«, lautete die Gegenfrage. »Die werden Ihnen auch nicht mehr oder etwas anderes sagen können als ich. Ich möchte nicht, dass meine Familie, die jahrelang wegen Elvira viel durchmachen musste, jetzt nochmals wegen ihr belästigt wird. Außerdem wissen sie schon Bescheid, ich habe sie im Anschluss an Ihren Besuch, Frau Steiner, gestern Abend in Kenntnis gesetzt. Das erübrigt sich also.«

Es sah nicht so aus, als ob Heinrich diesen grundlegenden Irrtum richtigstellen wollte. Und auch Paula erhob nicht gleich Einspruch, wie sie das sonst immer und leidenschaftlich machte, wenn sich jemand bei Vernehmungen störrisch zeigte. Denn im Laufe dieser bewegten und aufschlussreichen Kaffeestunde war ihre vehemente Abneigung gegen die Mutter der Ermordeten an den Rändern porös geworden. Sie sah Apolonia Rupp jetzt in einem anderen, einem deutlich milderen Licht. Nicht mehr ausschließlich als gefühlskaltes Monstrum. Auf der anderen Seite hatte aber auch ihre anfängliche übergroße Sympathie für das Opfer ein wenig nachgelassen. Knauserige Menschen waren ihr schon immer ein Gräuel gewesen. In diesem Punkt verstand sie Frau Rupp in deren Empörung sehr gut.

Eine Szene kam ihr in den Sinn, ein Bild schoss ihr fast gegen ihren Willen durch den Kopf: Eva Brunner, wie sie eines frühen Morgens eine Flasche sündteuren Gutedel aus dem Rucksack holte, ihn ihr freudestrahlend überreichte und auf ihre Nachfrage, womit sie sich das denn verdient habe, zu einer ihrer gefürchteten weitschweifigen Antworten ansetzte.

»Ich weiß doch, dass Sie so gern Weißwein trinken, Frau Steiner. Mein Papa, der auch viel von Wein versteht, also viel mehr als ich, was aber auch nichts Besonderes ist, weil ich ja von Weinen nicht so viel verstehe, na eigentlich gar nichts, da bin ich schon ehrlich, also mein Papa meinte auch, wenn deiner Chefin in der Richtung was schmeckt und ihrer als Weinkennerin würdig ist, dann ist es dieser ...«

Eine Morgengabe nur so, ohne Anlass und Hintergedanken. Ja, Eva Brunner gab gern, teilte ihr karges Anwärterinnengehalt freigiebig mit anderen. Diese auch emotionale Rückschau schwächte Paulas Boykott. Sie hatte sich doch verboten, die nächsten Tage an diese Person zu denken! Das ließ sie ärgerlich werden, wobei sich der aufkeimende Ärger nicht etwa gegen die abwesende Anwärterin richtete, sondern jetzt und hier gegen Frau Rupp.

Ungehalten mischte sich Paula, die sich im Gegensatz zu Heinrich bei Zeugenvernehmungen schon vor Jahren vom Diktat einer immerwährenden Freundlichkeit losgesagt hatte, also in dessen Befragung ein.

»Bei Mord befragen wir immer die nächsten Angehörigen. Und wir werden auch in diesem Fall keine Ausnahme machen. Also bitte, die Namen und Adressen.«

Eine Zeit lang sah es so aus, als würde Apolonia Rupp der Aufforderung nicht nachkommen wollen. Stattdessen funkelte sie die Kommissarin eine Weile wutentbrannt an. Gelassen hielt Paula dem Blick stand, bis ihnen schließlich das Gewünschte genannt wurde. Widerwillig und mit unterschwelligem Groll in der Stimme.

Nach dieser Kapitulation stand ihre Gastgeberin abrupt auf und sagte: »Das wäre ja dann alles.« Die Kaffeestunde war beendet.

Augenblicklich erhob sich auch Heinrich. Paula jedoch ignorierte den Rauswurf und blieb ostentativ sitzen.

»Nein, leider noch nicht. Ich möchte nach wie vor noch eine Antwort auf die Eingangsfrage von Herrn Bartels. Warum, glauben Sie, musste es so kommen? So haben Sie sich ja gestern Abend ausgedrückt. Worin besteht Ihrer Meinung nach die Zwangsläufigkeit, die diesen Mord vielleicht nicht rechtfertigt, aber doch nahelegt?«

Apolonia Rupp blieb stehen, während sie antwortete. »Elvira hatte keine Freunde, eigentlich niemanden, der ihr wohlgesonnen war. Sie war nicht der Typ Mensch, der beliebt war oder den man gern mochte. Ganz im Gegenteil. Fragen Sie, wen immer Sie wollen, Sie werden überall das Gleiche hören. Mit ihrem Wesen hat sie es sich überall verscherzt. Wer einmal mit ihr zu tun gehabt hatte, weiß, was ich meine – sie war allen nur eine Last. Das habe ich damit zum Ausdruck bringen wollen. Mehr nicht.«

Paula genügte diese nichtssagende Erklärung zwar nicht, doch sie wusste, dass Apolonia Rupp ihren gestrigen heftigen Gefühlsausbruch bereits als unbedachtes Verhalten gegenüber einer Amtsperson bedauerte und unter keinen Umständen willens war, das näher auszuführen. So ließ sie es dabei bewenden, stand nun auch endlich auf und bedankte sich noch einmal für den »wirklich einmalig guten Kaffee«. Auf den Zusatzdank für die weitaus kostspieligeren Konditorpralinen verzichtete sie. Schließlich waren die nicht für sie, sondern für Heinrich gedacht gewesen.

Als sie die Pilotystraße zur Kaiserburg emporstiegen, wandte sie sich Heinrich zu, der schweigend neben ihr ging.

»Da hast du ja heute eine Freundin fürs Leben gefunden. Was so ein Brokatfetzen doch alles bewirken kann. Schade, dass ich nicht auch so was Exklusives habe, was meinem Meublement den letzten kecken Pfiff verleiht«, zitierte sie in gekünsteltem Ton Apolonia Rupp.

Doch Heinrich schien diese ironische Spitze gar nicht wahrzunehmen. Er sagte lediglich: »Was willst du denn, Paula? Du kannst dich wirklich nicht groß beschweren. Für dich lief doch alles nach Wunsch. Du hast deinen Kaffee gehabt und außerdem noch alle Pralinen aufgegessen.«

»Also bitte, ich habe nicht alle Pralinen aufgegessen, da war noch was auf dem Teller, als wir gegangen sind.«

»Ja, zwei hast du übrig gelassen. Den Anstandsrest halt. Aber das ist jetzt auch wurscht. Diese Elvira Platzer scheint ja ein richtiges Herzchen gewesen zu sein. Irgendwie kann ich die Rupp schon verstehen.«

»Ja und nein, Heinrich. Ja, weil so einen Raffzahn wirklich keiner mag. Aber gestern hat das alles noch ganz anders geklungen. Da war nicht die Rede von Geiz oder der verpassten Beerdigung, da ging es nur um die vollgemüllte dreckige Wohnung, das ungepflegte Äußere, ihren Beruf und um das Rauchen. Offenbar hat sie sich über Nacht eine neue Strategie zugelegt. Und kommt dir das nicht komisch vor, dass sie sich zunächst so standhaft weigerte, uns die Namen des Schwiegersohns und der Enkelkinder zu nennen? Mir schon.«

»Mir nicht. Aber was ich auf jeden Fall machen werde, ist, die Konten der Toten wie auch aller Angehörigen zu überprüfen. Ich glaube, da geht es mal wieder ums liebe Geld.«

»Mag sein«, war alles, was Paula im Augenblick dazu einfiel. Über ein mögliches Motiv hatte sie noch nicht nachgedacht.

Als sie über die Burganlage gingen, die wie zu jeder Jahreszeit und bei jedem denkbaren Wetter voll von Touristen war, sagte Heinrich: »Sag mal, du wirst doch in ein paar Tagen fünfzig …«

Abrupt blieb sie stehen und sah sich erschrocken um. »Musst du denn so laut schreien, dass es jeder hören kann?«

Heinrich lachte laut auf, zeigte mit dem Finger auf sie und skandierte auf dem Burginnenhof wie ein Marktschreier: »Hallo, alle mal herhören! Das da ist die liebe Paula, und die wird nächste Woche fünfzig Jahre! Jawohl, fünfzig. Hat es jeder hier verstanden? Oder soll ich es noch mal wiederholen?«

Gegen ihren Willen musste sie auch lachen. »Untersteh dich, sonst schleppe ich dich zur Rupp zurück und sage ihr, du möchtest auf der Stelle noch drei Tassen von diesem hervorragenden Kaffee haben.«

»Ach, das ist jetzt auch schon egal. Ob eine oder vier Tassen, das macht keinen Unterschied. Damit kannst du mich nicht erpressen. Aber so wie es aussieht, hast du ein Problem mit deinem Alter. Das ist mir bisher an dir gar nicht aufgefallen, das muss neu sein.«

»Da gibt's auch nichts aufzufallen, weil ich überhaupt kein Problem mit meinem Alter habe«, sagte sie eine Spur zu heftig, als dass ihre Antwort glaubwürdig gewesen wäre. »Ich sehe lediglich den Sinn von diesen Geburtstagsfeiern nicht mehr. Warum muss man an einem x-beliebigen Tag im Jahr, an dem man zufällig auf die Welt gekommen ist, fröhlich sein? In meinen Augen ist das die pure Willkür. Und überhaupt: Was gibt es da zu feiern? Wer meint, unbedingt was feiern zu müssen, kann das an jedem anderen Tag im

Jahr genauso gut machen, wenn ihm danach zumute ist. Das muss doch nicht ausgerechnet an diesem speziellen Tag sein. Ich find das albern und …«

»Spießig«, ergänzte Heinrich ihren Standardsatz in Situationen wie dieser.

»Ganz genau.«

»So etwas hatte ich mir schon gedacht. Weil man so gar nichts von dir gehört hat, wo und wann die große Feier steigt.«

»Da steigt auch keine Feier, weder eine große noch überhaupt eine.«

»Soso. Da wäre ich mir an deiner Stelle nicht so sicher. Es wird auf jeden Fall schon fleißig gesammelt für ein Geschenk, und die Leute wollen für ihr Geld auch etwas haben. Eben eine Feier, die eines runden Geburtstages würdig ist.«

»Das werd ich unterbinden. Sowohl das Geschenk als auch die Feier. Du kannst schon mal die Sammelei stoppen, damit würdest du mir einen großen Gefallen tun. Wenn du schon was tun willst für mich.«

»Mensch, Paula, sei doch nicht so stur. Komm, wir machen uns ein paar nette Stunden an deinem Ehrentag.«

»Kommt nicht in Frage, ich will einfach meine Ruhe haben an diesem Tag. Das ist ja wohl nicht zu viel verlangt. Wenn es schon ein Ehrentag sein soll, dann kann man den doch so verbringen, wie man möchte.«

»Nein, kann man eben nicht.«

»Und ausgerechnet du sagst, ich sei stur?«

»Ja, vielleicht bin ich da stur.«

Nach einer Weile setzte er süffisant hinzu: »Ich habe nämlich auch schon ein Geschenk für dich im Auge. Du wirst begeistert sein. Ich verrate nur so viel: Es ist etwas, was deinem Meublement einen wirklich kecken Pfiff, den letzten Pfiff sozusagen verleihen wird. Etwas, was du insgeheim schon immer haben wolltest, wozu dir aber bisher der Mut fehlte.«

Da musste sie wieder lachen. Vielleicht hatte Heinrich doch nicht unrecht, und es würde gar nicht so schlimm werden? Nein, nein, war sie schließlich überzeugt, es würde genauso furchtbar werden, wie sie es sich bisher ausgemalt hatte. Bei Heinrich musste man gut aufpassen, er war ein Meister darin, die Leute gegen ihren Willen herumzukriegen. Das wollte sie nicht. Sie blieb bei ihrem Entschluss, daran gab es nichts zu rütteln.

Als sie den Gang zu ihrem Büro entlangliefen, hörte sie ihr Telefon klingeln. Sie rannte die letzten Meter, riss die Tür auf und nahm den Hörer ab. Es war Frieder Müdsam.

»Gut, dass ich dich doch noch erwische. Mir ist ein dummer Fehler passiert, Paula. Ich mach das nicht mehr, mich so früh, noch vor der chemisch-toxikologischen Untersuchung, festzulegen. Das war das letzte Mal. Also, alles wieder retour: Die Tote weist nicht nur tödliche Stichverletzungen auf, sondern tödlich war auch etwas anderes: Sie ist vorher noch vergiftet worden. Ich habe sie gestern Abend obduziert und dabei Spuren von Thalliumsulfat entdeckt …«

»Was? Ein Giftmord, das hatte ich ja lang nicht mehr, Giftmorde sind doch ganz aus der Mode gekommen«, unterbrach sie ihn vorschnell.

»Stimmt, mein letztes Giftopfer liegt auch schon Jahre zurück. Auf jeden Fall war das Thalliumsulfat bei der Toten in einer Konzentration nachweisbar, die absolut tödlich ist. Ich hätte eigentlich schon früher draufkommen müssen. Hast du ihre Haare gesehen? So schütteres Haar, wie es das Opfer hatte, kann ein typisches Zeichen dafür sein, dass jemand mit Thalliumsulfat vergiftet wurde. Die Stichwunden sind ihr erst später, nach der Vergiftung, zugefügt worden. Hätten aber auch, unabhängig von dem Gift, ihren sicheren Tod bedeutet.«

»Kannst du in etwa sagen, welcher Zeitraum zwischen Tat eins und Tat zwei liegt? Also: Wann hat man sie vergiftet?«

»Das, Paula, ist sehr, sehr schwer. Da möchte ich mich lieber nicht festlegen.« Da war sie wieder, die ewige Vorsicht der Pathologen.

»Bitte, Frieder, ich brauche einen Anhaltspunkt. Nur einen Circa-Wert.«

Seine Antwort ließ ein Weilchen auf sich warten. Nach reiflicher Überlegung sagte er schließlich: »Erstochen wurde sie am Montagabend so gegen dreiundzwanzig Uhr fünfzehn plus/minus fünfzehn Minuten, das weißt du ja. Und vergiftet? Ich würde sagen: vor maximal sechs Tagen bis Minimum drei Tagen. Denn bei einem länger zurückliegenden Zeitpunkt hätte sie gar keine Haare mehr gehabt. Exakter kann ich es dir leider nicht sagen.«

»Das reicht doch schon, danke. Dann war das ja sozusagen ein Doppelmord.«

»So könnte man sagen, ja. Wobei ... Was meinst du mit Doppelmord: ein- und derselbe Täter, der zweimal in Aktion tritt? Weil ihm später Zweifel kommen, ob sein erster Plan wirklich tödlich war? Oder denkst du, es waren zwei Täter, die unabhängig voneinander zugeschlagen haben, der erste mit dem Gift, der andere mit dem Messer?«

»Eigentlich meinte ich zwei Täter. Aber du hast schon recht, die andere Variante, die mit dem Zweifachmörder, ist genauso gut denkbar«, antwortete sie. Noch während sie sprach, ging ihr eine Variation der zweiten Möglichkeit durch den Kopf: zwei Täter, die sich untereinander abgesprochen hatten, also in einer Beziehung zueinander standen.

Nur zu gern hätte sie sich mit dem Gerichtsmediziner noch über weitere Möglichkeiten zu diesem Doppelmord frei assoziierend unterhalten, aber da sie wusste, dass freie Gedankenassoziationen seine Sache nicht waren, beließ sie es dabei und sagte stattdessen:

»Dieses Thallium wurde doch auch als Rattengift verwendet, oder? Aber meines Wissens ist es gar nicht mehr frei im Handel erhältlich. Wer hat denn darauf überhaupt noch Zugriff?«

»Thalliumsulfat«, verbesserte Frieder sie. »Thallium ist ein Metall, Thalliumsulfat dagegen eine chemische Verbindung. Eine geruchlose. Aber mit dem anderen hast du recht: Dieses Rattengift – der Begriff Zelio-Giftkörner sagt dir bestimmt was? – ist Mitte der siebziger Jahre ganz rigoros vom Markt genommen worden, seitdem gibt es das offiziell nicht mehr. Doch bis dahin konnte sich jeder private Haushalt mit solchen Fraßködern nach Lust und Laune eindecken. Massenweise wurde das damals verkauft und verwendet, übrigens nicht nur als Rattengift, aber das nur nebenbei. Heutzutage kann Thalliumsulfat nur noch mit Genehmigung der Bundesgesundheitsbehörde zur Ratten- und Mäusevertilgung eingesetzt werden. In Werkshallen und Lagerräumen zum Beispiel.«

»Weil du sagst: nicht nur als Rattengift, wofür kann oder konnte man es denn sonst noch gebrauchen?«

»Pferden hat man es auch verabreicht. Damals glaubte man, dass sie dadurch ein schöneres Fell kriegen. Und blitzende Zähne.«

»Bei Pferden wirkt es dann wohl nicht tödlich beziehungsweise nicht so schnell tödlich?«

»Wie du sagst: Es wirkt nicht so schnell. Das kommt immer auf die Dosis an. Und da vertragen Rösser eben mehr als Menschen. Aber der Gesundheit dienlich ist es auch bei Pferden nicht. Beim Menschen gelten schon achthundert Milligramm als absolute Obergrenze.«

»Aha. Aber ich frage mich schon, wer an dieses Thalliumsulfat herankommen kann, wo es doch vor fast vier Jahrzehnten so rigoros vom Markt genommen und verboten wurde?«

»Tja, das ist eine interessante Frage, Paula. Es wurde zwar verboten, aber nicht immer wurde dieses Verbot auch streng eingehalten. Das musst du dir mal vorstellen: Bis Ende der neunziger Jahre konnte man es sogar noch in einigen Apotheken kaufen! Vereinzelt, aber immerhin. Und auch an den Unis hatte man noch Anfang der achtziger Jahre relativ leicht Zugriff darauf. Du weißt doch, ich habe in Erlangen studiert. Vor allem die Chemiestudenten haben während meiner Studienzeit alles aus den Labors mitgehen lassen, was nicht niet- und nagelfest war. Nicht unbedingt aus einem hochdramatischen kriminellen Motiv heraus, sondern um ihr eigenes Labor daheim zu komplettieren. Also, denkbar ist es durchaus, dass sich in dem einen oder anderen Privathaushalt noch solches Thalliumsulfat aus älteren Beständen befindet.«

Sie und Frieder beendeten das Gespräch mit dem üblichen Artigkeitsritual. Sie dankte ihm ausgesprochen herzlich für seine Informationen, und er wehrte diesen Dank wie immer mit den Worten ab: »Da nicht für. Dafür bin ich doch da.«

Anschließend wählte sie Dennerleins Nummer und stellte ihm die Frage, die ihr während des Gesprächs mit Müdsam wieder eingefallen war. »Klaus, du weißt doch sicher, ob die Wohnungstür bei der Platzer offen stand oder geschlossen war, während man mit dem Messer auf sie eingestochen hat.«

»Nein, woher soll ich das wissen? Wie kommst du überhaupt da drauf?«

»Na, ich dachte halt, wegen der Blutspuren auf dem Fußabstreifer.«

»Aber Paula, das wäre jetzt ein bisschen zu viel verlangt. Da sind Blutspuren, ja, aber so exakt lässt sich das nicht feststellen, ob die Tür während der Tat nun offen stand oder nicht. Beziehungsweise wo der Fußabstreifer zu der Zeit lag, vor oder hinter der Wohnungstür. Ist denn das so wichtig für dich?«

»Wie man es nimmt. Ich könnte daraus schließen, ob das Opfer den Täter näher gekannt hat. Denn nach den Angaben der Nachbarin hat die Platzer niemanden in ihre Wohnung gelassen. Aber egal. Wenn du es nicht weißt, geht es auch ohne dieses Detail.«

»Davon bin ich bei dir überzeugt, Paula. Das war's also?«

»Ja, im Moment schon. Halt, nein, noch eine andere Frage: Du wolltest doch zumindest die Diele genauer unter die Lupe nehmen, hast du was gefunden?«

»Das hätte ich dir doch schon längst gesagt. Nein, wir haben nichts gefunden.«

»Und die Wohnung habt ihr versiegelt?«

»Ja. Aber wir werden sie in den nächsten Tagen freigeben. Du hast ja selbst gesagt, dass eine eingehende Spurensuche in den anderen Räumen nichts bringen würde.«

»Der Meinung bin ich noch immer. Aber ich würde mich gern noch mal in aller Ruhe dort umsehen. Sei also so freundlich und lass das Siegel dran, wenn ihr endgültig damit durch seid.«

»Ja, mache ich. Holst du dir die Schlüssel bei mir ab, oder soll ich sie dir mit der Hauspost schicken?«

»Schick sie mir bitte rauf.«

Dann legte sie den Hörer auf und sah Heinrich grübelnd an. »Ich fürchte, das wird diesmal ein ganz vertrackter Fall.« Sie erzählte ihm von Frieders neuen Erkenntnissen.

Heinrichs Kommentar dazu beschränkte sich auf ein sibyllinisches: »Na, siehst du.«

»Was sehe ich, wie meinst du das?«

»Wie ich es vorhin schon gesagt habe: Deine Frau Platzer muss ja ein besonderes Herzchen gewesen sein. Wenn sich gleich zwei über sie hermachen. Da möchte man doch gern wissen, was die so alles auf dem Kerbholz hat, dass …« Den Rest des Satzes ließ er unausgesprochen.

Genau das wollte sie auch: herausfinden, wie es zu dieser Ausnahme-Konstellation – zweifacher Mord an ein- und demselben Opfer – gekommen war. Aber aus anderen Gründen als Heinrich, der die Ermordete bereits fest in eine Schublade eingeklemmt hatte. Sondern zum einen, weil sie die Einzige zu sein schien, die an der Altenpflegerin überhaupt ein Interesse, wenn auch nur eines auf den beruflichen Erfolg beschränktes, hatte. Zum anderen deswegen, weil eine HB-Raucherin eine andere nicht im Stich lässt.

Und schließlich gab es noch einen dritten Grund: weil Elvira Platzer einundfünfzig Jahre alt gewesen war, als man sie umbrachte, und damit genau in derselben Altersklasse, in der auch die Endvierzigerin Paula demnächst nolens volens mitspielen würde.

4

»So, und jetzt fahren wir in das Altersheim, wo die Platzer gearbeitet hat.« Sie stand auf und gab Heinrich ein Zeichen, ihr zu folgen.

»Ja, und unser Mittagessen?«

»Das entfällt heute. Wir können ja unterwegs irgendwo halten und uns eine Leberkäs-Semmel kaufen, wenn du so großen Hunger hast.«

»Ich habe um die Zeit immer großen Hunger«, mit schwerem Schritt stapfte Heinrich hinter ihr die Treppe ins Erdgeschoss hinab, »und zwar so großen, dass eine Leberkäs-Semmel dafür nicht ausreicht. Außerdem ist das auch Fast Food, deutsches Fast Food zwar, aber trotzdem hochgradig ungesund und überhaupt nicht für meinen empfindlichen Magen geeig…«

»Dann iss halt zwei Semmeln oder drei für deinen so großen Hunger.« Den zweiten Teil seines Vetos ignorierte sie. Sie hatte sich nämlich nach den Brunner'schen Eskapaden vorgenommen, ihren Laissez-faire-Stil als Vorgesetzte vorerst auf Eis zu legen und stattdessen ab sofort die stramm hierarchischen sowie vor allem intakten Befehlsstrukturen des Kollegen Trommen, die in dem Moment einen großen Reiz auf sie ausübten, zu imitieren. Und dazu gehörte ihrer Meinung nach eben auch, dass in ihrer Kommission nur sie die Definitionsgewalt darüber hatte, wie ein »großer Hunger« am besten bekämpft werden konnte und ob eine Leberkäs-Semmel nun ungesund war oder nicht.

Eine gute halbe Stunde später standen sie vor dem Philipp-Melanchthon-Heim in der Eichendorffstraße. Eine zahnpastaweiße Anlage aus den sechziger Jahren, davor eine ansehnliche Linde, ein gepflegter Grüngürtel aus Rasen und gestutzten Hecken, das Dach über dem Haupteingang lagerte auf ebenfalls weißen, zierlichen Säulen. Lediglich die weit geschwungene Auffahrt für Rollstühle an der rechten Seite deutete darauf hin, dass es sich hier nicht um ein Hotel handelte, sondern um ein sehr gepflegtes Seniorenstift, sprich: um ein besseres Altersheim.

Als sie die Stufen zum Eingang emporstieg, sagte sie zu Heinrich, der ihr stumm folgte, er solle bei dem folgenden Gespräch ausschließlich ihr das Wort überlassen. Diese Vernehmung werde sie führen, und zwar sehr kompakt und sehr effizient, er möge sich da ganz raushalten.

Worauf Heinrich mit einem spöttischen Lächeln nur erwiderte: »Jawohl, Chef, mach ich. Ist ja auch mehr dein Zuständigkeitsbereich, altersmäßig gesehen, meine ich.«

Langsam drehte sie sich zu ihm herum und formte mit spitzen Lippen ein stummes, aber deutliches »Arschloch«.

Links hinter der schweren selbst öffnenden Glastür befand sich der Empfang des Heims, der mit seinem niedrigen Tresen und den hellen Holzmöbeln eher einer Rezeption glich. Paula stellte sich und ihren »Kollegen, Oberkommissar Bartels« vor, worauf eine freundliche Endvierzigerin mit den prächtigsten goldblonden Locken, die sie je gesehen hatte, entsetzt von ihrem Drehstuhl aufsprang.

»Oh mein Gott, ist etwas mit einem unserer Bewohner?«

Jetzt war es Paula, die ihrerseits überrascht war, und zwar so, dass es ihr für einen Moment die Sprache verschlug. Das hatte sie nicht erwartet; sie war davon ausgegangen, Frau Rupp hätte zwischenzeitlich auch den Arbeitgeber ihrer Tochter über das Geschehene informiert, trotz der heftigen Abneigung ihr gegenüber. Schließlich antwortete sie, nachdem sie das Namensschild der Goldblonden, auf dem in großen Buchstaben »Irene Striegel/Verwaltungsleiterin« stand, gelesen hatte.

»Nein, Frau Striegel. Wir sind nicht gekommen, um mit Ihnen wegen eines Ihrer Bewohner zu sprechen, sondern wegen einer Ihrer Mitarbeiterinnen. Vielleicht ist es besser, wenn wir irgendwo hingehen, wo wir uns ungestört unterhalten können.«

Die Verwaltungsleiterin nickte. »Ich komme gleich, ich muss nur noch den Kollegen Bescheid sagen.«

Während sie warteten, studierte Paula die Tafel mit der Veranstaltungsliste des Heims. Da gab es ein Internetcafé mit monatlich wechselndem Programm, ein Gedächtnistraining wurde angeboten, eine spezielle Rückengymnastik, der Literaturkreis beschäftigte sich derzeit intensiv mit dem Schweizer Schriftsteller Max Frisch, und der Künstler Sowieso – offenbar ein Bewohner, der sein Atelier hier im Heim hatte – engagierte sich als Interpret seiner Werke, die einer Sonderausstellung gleich im ganzen Haus an den Wänden verteilt hingen.

Schließlich schlüpfte Frau Striegel hinter dem Tresen hervor, führte sie über einen langen Gang mit blauen Bänken, blauen Handläufen und blauem Teppichboden an etlichen großformatigen Bildern und Pflanzenkübeln vorbei zum rückwärtigen Teil. Sie betraten gemeinsam den Innenhof des u-förmigen Gebäudes – ein hübscher, an drei Seiten eingeschlossener Garten, in dem schon die Traubenhyazinthen und Rhododendronbüsche in blauer Blüte standen. Auf der geschützten Terrasse, die sich unter den Balkonen entlangzog, nahmen sie auf schneeweiß gestrichenen eleganten Gartenstühlen aus verzinktem Eisen Platz. Die Mittagssonne schien ihnen direkt ins Gesicht, dennoch war es hier im Freien immer noch frisch.

Irene Striegel sah sie besorgt und mit einer Spur Neugier an. Paula berichtete ihr von dem Mord an der Altenpflegerin Platzer.

Die Verwaltungsleiterin schlug sich die rechte Hand vor den Mund und sagte dann fassungslos: »Das ist ja furchtbar. Ganz furchtbar. Wer tut denn so was Schreckliches?«

»Um das herauszubekommen, sind wir unter anderem hier, Frau Striegel.« Paula überlegte. Durfte sie bei der nun folgenden Befragung ihrer wachsenden Neugier und Ungeduld nachgeben – oder musste sie der kanonischen Fragenliste einer Hauptkommissarin den zeitlichen Vorzug geben? Sie entschied sich kurzerhand für das Naheliegende, für ihre Neugier.

»Wussten Sie, dass Frau Platzer so etwas wie ein Messie war, dass ihre Wohnung bis zur Unbewohnbarkeit vollgestellt war?«

Irene Striegel nickte kurz, bevor sie antwortete. »Gewusst habe ich es nicht, aber geahnt. Sie hat ja niemanden in ihre Wohnung gelassen, wirklich niemanden, nicht einmal Kolleginnen, die sie ihrerseits hin und wieder besuchte, hat sie zu sich nach Hause eingeladen. Also, vermutet haben wir das alle hier.«

»Dann haben wir Aussagen von Zeugen, die sie als extrem geizig schildern. Können Sie auch das bestätigen?«

»Extrem geizig, tja, ich weiß nicht, ob es das trifft.«

Es war der Verwaltungsleiterin anzusehen, wie sie sich bemühte, diesen Spagat zwischen den Erfordernissen der Wahrheit und jenen des Anstands, der verlangt, über eine Tote nur Gutes zu verlautbaren, einigermaßen seriös zu schlagen.

»Aber sparsam war sie auf jeden Fall, nicht eben die Freigiebigste. Wenn wir zum Beispiel bei einem Geburtstag eines Kollegen alle zusammengelegt haben, hat sich Frau Platzer rausgehalten. Sie sagte in solchen Situationen immer, dass die Menschen hier in Mitteleuropa doch schon alles hätten. Oder wenn es um ein Geldpräsent ging, dass ihr das zu schäbig sei, einfach nur Geldscheine zu überreichen.«

»Weiter liegen uns Zeugenaussagen vor, Frau Striegel, dass sich Ihre Mitarbeiterin gemobbt fühlte. So sehr, dass sie schon überlegte, ihren Arbeitsplatz aufzugeben. Hatte Frau Platzer mit dieser Einschätzung recht?«

»Nein«, lautete die prompte und auch ein wenig empörte Antwort. »Damit hatte Frau Platzer ganz und gar nicht recht. Wobei ich mir aber schon vorstellen kann, warum sie so etwas Unrichtiges Ihren Zeugen gegenüber behauptet hat.«

Wieder überlegte die Verwaltungsleiterin, wie sie bei dem nun Folgenden der offenbar unangenehmen Wahrheit genauso wie dem Respekt gegenüber der Toten die Ehre geben könnte. Doch diesmal musste der Respekt gegenüber der Wahrheit in den Hintergrund treten.

»Der Grund dafür ist wahrscheinlich darin zu suchen, dass sich Frau Platzer geschämt hat. Denn gemobbt wurde sie meines Wissens hier im Haus nicht, aber wir haben ihr mehrere Male die Beendigung ihres Arbeitsverhältnisses nahegelegt.«

»Und warum das?«, fragte Paula.

»Weil sie in letzter Zeit so viele Fehlzeiten zusammengebracht hatte, dass wir ...« Irene Striegel unterbrach sich und sah zum Nachbartisch, an dem soeben eine scheinbar alterslose zierliche Dame Platz nahm, die weißen Haare frisch und akkurat onduliert, eine Perlenkette über dem beigefarbenen Rollkragenpullover.

Nach einer Weile fügte sie in deutlich gedämpftem Ton fort: »Wissen Sie, wir haben fünfundneunzig Bewohner, sechsundsiebzig davon im Modell betreutes Wohnen, fünfzehn in der stationären Pflege, der Rest in der Tagesbetreuung. Das ist für ein Seniorenstift wie das unsere viel. Was ich damit sagen will, ist: Wir können es uns auf Dauer einfach nicht leisten, dass unsere Pflegekräfte überraschend und über mehrere Wochen hinweg krankheitsbedingt ausfallen. Zusätzlich zu den üblichen Fehltagen. Frau Platzers Ausfälle konnten wir nur einigermaßen ausgleichen, indem die Kolleginnen und Kollegen immer wieder für sie einsprangen. Das haben diese am Anfang gern getan, aber irgendwann war mit dieser Hilfsbereitschaft Frau Platzer gegenüber auch Schluss.«

»Hat Ihnen Frau Platzer erzählt, was der Grund für dieses häufige Fehlen war?«

»Wir haben sie gefragt, anfangs vorsichtig, um sie nicht vor den Kopf zu stoßen, schließlich deutlicher, aber sie hat immer nur darauf geantwortet: Sie sei nicht verpflichtet, darüber zu reden. Das stimmt auch, das ist beziehungsweise war ihr gutes Recht. Aber ich musste ja auch sehen, wo ich blieb. Immer wieder war ich gezwungen, die komplette Diensteinteilung über den Haufen zu werfen, und das alles nur wegen Frau Platzer. Wenn ich gewusst hätte, was der Grund ihrer häufigen Krankmeldungen war, hätten wir ihr eventuell helfen können. Mit einer längeren Freistellung beispielsweise, damit sie sich gründlich auskuriert hätte und danach wieder voll einsetzbar gewesen wäre. Verstehen Sie?« Das klang wie eine Rechtfertigung.

»Wie viele Fehltage hatte sie denn in letzter Zeit?«

Irene Striegel brauchte keine Sekunde, um darauf zu antworten. »Im letzten Jahr waren es dreiundfünfzig Tage, und in diesem Jahr auch schon wieder achtzehn. In nicht einmal drei Monaten! Da mussten wir handeln.«

Diese Größenordnungen kamen Paula sehr vertraut vor: Das waren Zahlen, die auch Heinrich in einem solchen Zeitrahmen schaffte, und zwar locker schaffte. Sie sah amüsiert zu ihm, der ihrem Blick mit einer gewissen Forschheit standhielt.

»Das heißt: Sie haben ihr die Kündigung in Aussicht gestellt?«

»Ja. Leicht ist mir das nicht gefallen …«

»Und am vergangenen Montag, hatte Frau Platzer da Dienst?«

»Sie hätte Dienst gehabt, war aber wieder mal krankgeschrieben.«

»Mal was anderes, Frau Striegel. Wie viel verdient denn eine einundfünfzigjährige Pflegekraft bei Ihnen so im Schnitt?«

»Die Höhe des Gehalts hat weniger mit dem Alter zu tun. Sondern mehr damit, wie lange jemand in diesem Beruf arbeitet. Bei Frau Platzer waren es knapp zweitausendsiebenhundert Euro.«

Das überraschte Paula. Nach den zahlreichen und kontrovers geführten Diskussionen in den Medien, die auch das mickerige Gehalt von Pflegekräften streiften, hatte sie mit weniger gerechnet.

»Das ist ja ganz ordentlich. Davon kann man doch einigermaßen anständig leben?«

»Na ja, viel ist es nicht«, entgegnete Irene Striegel. »Wenn Sie nur an die körperliche Belastung denken. Das dauernde Heben, Lagern, die ständige Bückerei. Das geht über kurz oder lang auf die Wirbelsäule. Hinzu kommt noch die psychische Belastung, die die körperliche manchmal bei Weitem übersteigt. In diesem Beruf hat man immerzu und ausschließlich mit dem Alter, den Gebrechen und dem Tod zu tun. Das kann man nach Dienstschluss nicht einfach abschütteln, das nimmt man zwangsläufig mit heim. Ich habe immer wieder Mitarbeiter, die das überfordert, die diesen Stress nicht mehr packen. Die mir dann offen ins Gesicht sagen, sie wollten nicht länger täglich nur alte Leute um sich rumhaben. Und ich kann das gut verstehen.«

»Vielleicht war das bei Frau Platzer auch der Fall, dass sie unter einem Burn-out-Syndrom litt, es aber nicht zugeben wollte?«

»Das glaube ich nicht«, widersprach Irene Striegel sichtlich ungehalten und fast ein wenig ruppig. »Wenn Frau Platzer überhaupt unter etwas zu leiden hatte, dann unter einem Cool-out.«

Auf Paulas fragenden Blick fügte die Verwaltungsleiterin hinzu: »Das ist eine Art Selbstschutz der Seele. Man legt sich ganz bewusst eine harte Schale zu, und dabei bleibt die Empathie ganz und gar auf der Strecke. Das kann natürlich nicht in unserem Sinne sein, dass unseren Pflegekräften das Wesentliche, um ihren Beruf optimal ausüben zu können, fehlt. Eben das soziale Engagement. Es reicht nämlich nicht aus, nur höflich, freundlich und fachlich top zu sein, man muss auch mit den Menschen hier mitfühlen können, ihnen das Alter so angenehm wie möglich machen wollen, das ist eine Grundvoraussetzung, dann erst ist man eine gute Altenpflegerin beziehungsweise ein guter Altenpfleger.«

Die Ausführungen der Verwaltungsleiterin fielen bei Paula auf fruchtbaren Boden: Jetzt empfand auch sie zweitausendsiebenhundert Euro Monatslohn als viel zu wenig für jenes Zuviel, was in diesem Beruf gefordert wurde.

»War Frau Platzer bei Ihren Bewohnern beliebt oder eher nicht?«

»Eher nicht«, kam die Antwort wie aus der Pistole geschossen, wurde aber umgehend abgemildert. »Wissen Sie, wir haben es hier mit einer ganz besonderen Klientel zu tun. Auf der einen Seite sind einige unserer Bewohner dankbar, wirklich dankbar für jedes nette Wort, das an sie gerichtet wird. Andererseits gibt es viele, die in erster Linie den Pfleger für ihr Alter und ihre Gebrechen verantwortlich machen. Da genügt schon ein einziges falsches Wort, dann ist es ein für alle Mal aus mit einer gedeihlichen Beziehung. Und Frau Platzer war sehr mit sich beschäftigt. Wenn sie sich ausnahmsweise zu einer Unterhaltung mit unseren Bewohnern entschlossen hatte, dann sollte sich diese auch unter anderem um sie selbst drehen. Wenn Sie verstehen, was ich meine.«

Paula nickte. Verstand sie doch sehr gut, was die Leiterin ihr damit andeuten wollte. Dass das Mordopfer nicht nur hochgradig geizig und extrem unbeliebt, sondern auch eine Egoistin sondergleichen gewesen war.

»Und davon einmal abgesehen, wie war sie sonst?«, fragte sie weiter. »Erzählen Sie mir doch bitte, welchen Eindruck Sie von ihr hatten.«

Irene Striegel zögerte lange.

»Was soll ich Ihnen da erzählen? Es ist schwierig, einen Menschen zu beschreiben, den man nur an seinem Arbeitsplatz sieht. Im Beruf kennt man meist ja nur eine Seite von ihm. Die andere, die private, kennt man oft nicht so genau. Und privat habe ich Frau Platzer nie erlebt.«

Schließlich kam doch noch eine Beschreibung, wenn auch wieder nur eine auf den Beruf bezogene.

»Jede unserer Pflegekräfte hat einen Generalschlüssel. Das heißt: Sie kommen überall rein, in jedes Zimmer, um im Ernstfall sofort zur Stelle zu sein. Das birgt aber auch gewisse Gefahren oder besser«, die Leiterin suchte nach einem harmloseren Ausdruck und wurde schließlich auch fündig, »Angriffspunkte in sich. Unser Heim steht in dieser Hinsicht Gott sei Dank sehr gut da, aber auch bei uns kommt es vor, dass unseren Mitarbeitern vorgeworfen wird, Geld oder Schmuck entwendet zu haben.«

»Und Frau Platzer gegenüber wurde dieser Vorwurf erhoben?«, fragte sie.

»Ja, leider. Zweimal in den letzten zwei Jahren. Wir sind diesen Vorwürfen natürlich nachgegangen, aber es hat sich herausgestellt, dass daran nichts war. Nicht das Geringste«, betonte Irene Striegel nochmals.

Auch über diese pikante Information machte sich Paula Notizen. Dann stand sie auf und bedankte sich bei der Verwaltungsleiterin mit einem breiten Lächeln für deren Offenheit.

Als sie gemeinsam Richtung Empfang gingen, machte sie Irene Striegel noch ein etwas bemühtes, aber durchaus ernst gemeintes Kompliment, das diese mit einem freudigen Strahlen quittierte.

»Das ist schön, dass Sie das sagen, Frau Steiner. Das nämlich ist auch unser Ziel. Wir wollen weniger ein Heim als vielmehr ein Hotel sein. Mit allen Freiheiten, die es gibt. Wie die eigenen Möbel zum Beispiel, die jeder mitbringen darf, oder der Tatsache, dass unsere Gäste zum Essen kommen und gehen können, wann immer sie wollen. Sie müssen sich nicht dazu anmelden wie in anderen Heimen. Und das Wichtigste für mich ist: Es darf bei uns nicht riechen. Und das tut es anscheinend auch nicht, wenn Sie das schon so nett sagen mit dem Grand Hotel für die Generation sechzig plus.«

Als sie zu ihrem Wagen zurückmarschierten, blieb Heinrich plötzlich stehen.

»Was hältst du davon, Paula, wenn wir zum Platnersberg gehen, uns dort eine freie Bank suchen und uns ein wenig unterhalten, bevor wir ins Präsidium zurückfahren?«

»Das können wir schon machen, aber ich dachte, du bist so hungrig.«

»Jetzt nicht mehr«, lautete die rätselhafte Antwort.

Schweigend gingen sie zu dem weitläufigen Park, der nur einen Steinwurf entfernt von der Terrasse des Philipp-Melanchthon-Heims lag. Sie mussten nicht lange suchen – alle Parkbänke waren frei. Nachdem sie Platz genommen und sich rasch eine Zigarette angezündet hatte, begann Heinrich, der immer noch vor ihr stand, mit der Unterhaltung, um die er gebeten hatte.

»Ich möchte jetzt eine ehrliche Antwort von dir, Paula. Hast du schon jemals darüber nachgedacht, mich loszuwerden, also mich aus deiner Kommission wegzuloben?«

»Hä?«, lautete ihre erstaunte Gegenfrage. »Wieso und warum?«

»Na ja, weil das, was ich an Fehlzeiten zusammenbringe, doch auch über den Durchschnitt hinausgeht. Wie bei der Platzer, der sie deswegen auch kündigen wollten. Oder es schon getan haben.«

Ach das, das hatte sie ganz vergessen. Im ersten Moment war sie drauf und dran, ihm als Revanche für sein »Zuständigkeitsbereich, altersmäßig gesehen« eine entsprechend humorige oder gar ironische Antwort zu geben. Doch da er noch immer vollkommen ernst und mit einem gewissen bangen Gesichtsausdruck vor ihr stand, verkniff sie sich diese einmalige Gelegenheit zum Konter. Dachte stattdessen nach und versuchte sich zu erinnern.

»Nein, nie.«

»Wirklich wahr?«

»Wirklich wahr. Das soll aber nicht heißen, dass mir deine elenden Schwänzwochen immer in den Kram gepasst hätten. Das haben sie nämlich nicht.«

Und da passierte etwas Einmaliges. Heinrich nahm an ihrer linken Seite Platz, legte für einen kurzen Moment seine Hand auf ihre rechte Schulter und sagte dann: »Du bist ein guter Mensch, Paula. Ein richtig guter Mensch, weißt du das?«

Schließlich fügte er noch spöttisch hinzu: »Nicht immer, aber doch sehr oft.«

Dann stand er abrupt auf und sagte: »So, und jetzt spüre ich ihn wieder, meinen großen Hunger. Was meinst du, sollen wir für heute Schluss machen?«

»Hm«, brummte sie zustimmend.

»Du musst mich nicht ins Präsidium fahren, ich nehm gleich die Straßenbahn.«

Ihr war das recht, so konnte sie auf dem Heimweg noch bei einem anderen privaten Seniorenstift vorbeischauen – bei ihrer zweiundachtzigjährigen Mutter und deren fünfzehnjährigem Dackel.

In der nahen Schlieffenstraße wurde sie von der gebrechlicheren Hälfte der Heimbelegschaft empfangen. Max litt seit einigen Monaten unter starker Epilepsie, die mit regelmäßiger Tablettenvergabe im Zaum gehalten wurde. Diese »Hammer-Tabletten«, wie ihre Mutter sie nannte, legten sich allerdings wie ein dunkler Schatten auf das freudige und freundliche, einst allen Menschen und Tieren zugetane Wesen des Rauhaardackels, der das Helle und Sonnige seines Charakters fast unkenntlich machte. So war auch die Begrüßung am Gartentor längst nicht mehr so überschwänglich und herzlich wie früher, eher beiläufig, ja fast schon wurschtig wurde Paulas Kommen zur Kenntnis genommen.

Es war vor allem diese Gleichgültigkeit des Empfangs, die ihr jedes Mal einen derart tiefen Stich ins Herz versetzte, dass ihr die Tränen in die Augen schossen. Sie konnte und wollte sich einfach nicht an den Gedanken gewöhnen, dass ihr geliebtes Maxl dabei war, sein kümmerliches Restleben auszusitzen. Dass der Anfang vom Ende gekommen war. Sie holte ihn zu sich, nahm ihn auf den Arm und trug ihn, wieder und wieder sanft über den Kopf streichelnd, ins Haus. In der Diele wurden sie bereits von ihrer Mutter erwartet.

»Am besten ist, Paula, du legst ihn gleich auf das Kanapee. Von selbst kann er da nämlich nicht mehr hinaufspringen. Auch das geht seit letzter Woche nicht mehr.«

Dürre und scheinbar emotionslos vorgebrachte Worte, die den körperlichen Verfall umso eindringlicher dokumentierten. Als sie den Dackel behutsam auf das weiche Sofa, das bis zum Ausbruch seiner Krankheit das letzte Tabu in diesem Haus für ihn dargestellt hatte, ablegte, löste sich eine Träne aus ihrem rechten Augenwinkel und tropfte auf sein linkes Ohr.

»Ich fürchte«, sagte ihre Mutter, die nun hinter ihr stand, »irgendwann müssen wir uns was überlegen.«

Obwohl sie noch nie darüber gesprochen hatten, wusste sie, was damit gemeint war – der Gang zum Tierarzt, der letzte Gang für Max.

»Aber jetzt noch nicht«, wehrte sie heftig ab, »jetzt noch lange nicht. Schau, er hat doch noch Spaß an seinem Leben. Das Essen schmeckt ihm nach wie vor, und wenn er dich in der Früh sieht, freut er sich immer noch so unbändig, genau wie früher, das hast du mir selbst gesagt. Und«, sie dachte intensiv nach, war auf der Suche nach einem weiteren Grund, sich diesem Gedanken nicht stellen zu müssen, »deinen Garten mischt er auch noch gerne auf, auch daran hat sich nichts geändert.«

»Ich hab ja auch nur gesagt: irgendwann«, war alles, was Johanna Steiner darauf entgegnete.

Damit war das Thema »Irgendwann müssen wir uns was überlegen« abgeschlossen. Für beide. Vorerst.

Paula berichtete von ihrem neuen Fall. Ihre Mutter interessierte sich vor allem für ihre Stippvisite im Philipp-Melanchthon-Heim. Wie es da aussähe, ob das Personal freundlich sei und welchen Eindruck die Bewohner auf sie gemacht hätten? Bevor sie antwortete, fragte sie: »Warum willst du denn das so genau wissen, Mama?«

»Ach, das kann schneller aktuell werden, als man meint. Du hast es ja am Maxl gesehen.«

Das war zu viel für sie. Was für ein Scheißtag! Mit solchen Scheißthemen! »Gar nichts hab ich gesehen!«, schrie sie ihre Mutter so laut an, dass sogar der Hund aus seinem Dämmer erwachte, sich mühsam auf dem Sofa aufrappelte und sie beide böse anstarrte. »Was willst denn du im Altersheim? Da hast du noch gar nichts verloren! Das ist doch bloß was für …«

»… alte Leute«, ergänzte ihre Mutter lächelnd. »Und ich mit meinen zweiundachtzig Jahren bin ja noch so jung.«

»Genau, das bist du auch: viel zu jung, viel zu gesund und fit und überhaupt. Mal was anderes, Mama: Kannst du dich eigentlich noch an den Blumen-Rupp in der Breiten Gasse erinnern?«

»Ja, natürlich, sehr gut. Das war damals der erste Blumenladen am Platze. Ein wirklich feines Geschäft. Die hatten alles, sogar meine Mimosen. Die kriegt man ja heute nur noch auf Vorbestellung.«

»Ich weiß. Und die ältere Rupp-Tochter ist jetzt am letzten Montag umgebracht worden. Nein, eigentlich schon vorher, weil man sie …«

»Die Rupp-Tochter, sagst du?«, wurde sie erstaunt unterbrochen. »Hm, so was. Das war ja immer schon seltsam.«

»Was war immer schon seltsam?«

»Na ja, da hat ja damals die ganze Stadt gemunkelt, dass das kein Neun-Monats-Kind sei. Dass das Mädchen sehr abrupt auf die Welt kam und die Rupp sehr plötzlich Mutter wurde. Das Ganze kam für alle ein bisschen überraschend. Denn niemand hatte bis zu diesem Zeitpunkt etwas von ihrer Schwangerschaft gesehen, und nun hatte sie auf einmal ein Baby. Verstehst du?«

»Nein, verstehe ich nicht. Wollte man damit sagen, dass die Rupp ihrem Mann ein Kind, das nicht seins war, untergejubelt hat?«

»Nein.« Johanna Steiner schüttelte entschieden den Kopf und sah Paula verwundert an. Dass ihre Tochter, immerhin eine Kriminalhauptkommissarin, die doch für ihren Spürsinn und ihr Einfühlungsvermögen bezahlt wurde, aber auch so begriffsstutzig sein konnte!

»Das nicht. Die meisten glaubten halt, dass die Rupps ein Kind adoptiert haben, weil es bei ihnen selbst nicht geklappt hat. Verstehst du jetzt, Paula?«

»Ach so, aber das ist doch nichts, was man verbergen müsste.«

»Damals schon. Damals war das anders. Das war halt was, worüber sich ganz Nürnberg ausgelassen hat. Der stadtübliche Tratsch und Klatsch eben, der bei einigen sogar so weit ging, dass sie etwas noch Delikateres unterstellten. Kannst du dir vorstellen, was das sein könnte?«

»Etwas noch Delikateres?«, wiederholte Paula die rätselhafte Andeutung ihrer Mutter. »Was soll das sein?«

»Also, die Annegret zum Beispiel war felsenfest davon überzeugt, dass die Rupp nicht die Mutter, aber der alte Rupp der leibliche Vater dieses Babys war.«

»Und du, was hast du damals geglaubt?«

»Ich weiß es nicht. Kann sein, kann aber auch nicht sein. Na ja, das ist ja jetzt auch egal. Auf jeden Fall scheint es bei der zweiten Tochter dann ja auf dem üblichen Weg geklappt zu haben. Voller Stolz hat die Rupp ihren Bauch damals im Geschäft vor sich hin und her getragen, damit ihn auch wirklich jeder sieht. Das war schon eine elegante Frau, immer im Kostüm oder Kleid, immer hohe Absatzschuhe, perfekt geschminkt. Sehr auf Haltung bedacht, fast schon ein wenig herrisch. Also damals zumindest. Wie schaut sie denn jetzt aus?«

»Eigentlich so, wie du sie beschrieben hast, nur ein paar Jahrzehnte älter. Aber mal was anderes: Weißt du, wer damals als die leibliche Mutter gehandelt wurde? Oder hast du zumindest eine Vermutung?«

»Nein, ich habe keine Ahnung. Leider.«

Nach guten zwei Stunden verabschiedete Paula sich. Heute liebevoller als sonst. Als sie bereits an der Gartenpforte angelangt war, kehrte sie noch einmal rasch um, nahm ihre Mutter fest in die Arme und sagte ihr leise ins Ohr: »Und außerdem bin ich ja auch noch da.«

Damit machte sie endgültig kehrt und fuhr zurück Richtung Innenstadt.

Als sie bereits am Rathenauplatz angelangt war und auf das Grün der Ampel wartete, wanderten ihre Gedanken wieder zurück zu dem Seniorenstift mit seinem von ihr so hochgelobten Hotelcharakter. Warum hatten Heinrich und sie eigentlich nicht gleich im Anschluss nach dem Gespräch mit Frau Striegel die beiden Bewohner befragt, die Elvira Platzer des Diebstahls bezichtigt hatten? Wahrscheinlich weil sie – wie die meisten Menschen – froh waren, das Heim auf dem schnellsten Weg wieder verlassen zu können. Trotz der vielen Freiheiten, die es dort gab. Sie wendete und fuhr dahin zurück, woher sie gekommen war. In die Eichendorffstraße.

Forsch trat sie an den Empfangstresen des Philipp-Melanchthon-Heims. Frau Striegel sah fragend zu ihr.

»Kann ich Ihnen helfen, Frau Steiner?«

»Ja«, lautete die knappe Antwort. »Es geht um die beiden Herrschaften, die damals angaben, von Frau Platzer bestohlen worden zu sein.«

»Oh«, sagte Irene Striegel erschrocken, »aber Sie wollen doch nicht etwa …?«

»Doch, ich will und ich muss. Also, wie heißen die zwei Personen, und wo kann ich sie finden?«

»Ich weiß nicht, ob das jetzt möglich ist. Es ist bald Essenszeit, da wollen wir unsere Bewohner vorher nicht unnötig in Aufregung versetzen.«

»Das muss aber möglich sein. Andernfalls muss ich die beiden Polizeibeamten, die draußen auf mich warten, bitten, die für uns so wichtigen Zeugen ins Präsidium zu überstellen. Ich wollte Ihnen und auch den Bewohnern da entgegenkommen, Frau Striegel. Aber es geht auch anders.«

»Nein, dann besser doch hier. Wobei Sie Frau Andernach nicht mehr befragen können, die ist letztes Jahr verstorben. Das geht nur noch bei Herrn Schneider-Sörgel. Ich werde ihn anrufen und Sie avisieren. Einen Augenblick.«

Zehn Minuten später stand sie vor dem Zimmer ihres »wichtigen Zeugen«. Wilhelm Schneider-Sörgel erwartete sie bereits. Ein hochgewachsener Mann mit kerzengerader Haltung und fein geschnittenem Gesicht. Schmale Lippen, gerade Nase, blaue Augen und nackenlange graubraun melierte Haare. Braunes Sakko und braune Lederschuhe. Am meisten faszinierte sie der Seidenschal in rot-blauem Paisley-Muster, den der alte Mann lässig über die Schultern gelegt hatte.

»Sie also sind die Hauptkommissarin Steiner, die mich zu so später Stunde noch sprechen möchte.« Seine Stimme war so leise wie ausdruckslos.

»Ja, tut mir leid, Herr Schneider-Sörgel, dass ich Sie jetzt noch stören muss. Aber wir von der Polizei können uns halt auch nicht immer die Zeiten aussuchen, die unseren Zeugen genehm wären.«

»Dann zeigen Sie mir doch mal Ihren Ausweis, damit ich Sie auch identifizieren kann.«

Sie überreichte ihm das Gewünschte. Nach einem flüchtigen Blick darauf machte er einen Schritt zur Seite und ließ sie eintreten. Ein großer, heller Wohnraum mit einer kleinen Sitzgruppe, einem gemütlichen Ledersessel und einem Flachbildschirm an der Wand. Vor dem gardinenlosen Fenster eine Staffelei mit der fast fertigen Ölzeichnung eines Kleinkindes. Schneider-Sörgel wartete, bis sie auf einem der beigefarbenen Stühle mit hoher Lehne Platz genommen hatte, dann setzte er sich ihr gegenüber.

»Ach, Sie sind der Künstler des Hauses, dessen Bilder hier überall verteilt hängen. Sie bieten ja auch Führungen an.«

»Keine Führungen, Frau Steiner. Es handelt sich dabei um eine Exegese meiner Werke, um Erklärungen und Interpretationen. Und jetzt mal los, fragen Sie.«

»Ich bin wegen Frau Platzer da. Sie wurde vergangenen Montag in ihrer Wohnung ermordet aufgefunden.«

Er quittierte diese Nachricht mit einem millimeterkurzen Heben und Senken der Achseln. »Und jetzt wollen Sie wissen, ob ich der Mörder bin und ob ich für die Tatzeit ein Alibi habe?«, sagte er lächelnd und mit einer Stimme, die jede Betroffenheit vermissen ließ.

Sie schüttelte ebenso lächelnd den Kopf. »Nein. Es geht um etwas anderes. Sie selbst wurden von Frau Platzer bestohlen, wie man uns mitgeteilt hat. Vielleicht mag Ihnen das jetzt merkwürdig vorkommen, was das eine – der Mord – mit dem anderen – dem Diebstahl – zu tun hat, aber ich …«

»Nein«, unterbrach er sie, »das kommt mir nicht merkwürdig vor. Sie werden schon wissen, was Sie machen und warum Sie danach fragen. Ja, das ist richtig. Frau Platzer hatte mir Geld und einen Brillantring gestohlen.«

»Erzählen Sie mir doch bitte mehr dazu. Wie es dazu gekommen ist. Und auch, warum Sie Ihre Anzeige anscheinend wieder zurückgezogen haben. Denn Frau Striegel sagte mir …«

»Da gibt es nicht viel zu erzählen. Zuerst, zwei Jahre ist das mittlerweile her, fehlte der Ring, das einzige Erbstück von meiner Mutter. Ich habe eine kleine Schmuckschatulle, in der ich auch meine Krawattennadel und den Siegelring aufbewahre. Nun gut, dieser Ring war also eines Tages weg. Und da ich wusste, dass dafür nur eine Person in Frage kommt, habe ich Frau Platzer daraufhin angesprochen. Sie hat die Tat jedoch vehement abgestritten. Da blieb mir nichts anderes übrig, als ihr eine gründliche Hausdurchsuchung in Aussicht zu stellen, falls der Ring nicht schnellstens wieder in seiner Schatulle läge. Und raten Sie mal, was ich am Tag darauf in meiner Serviettentasche am Frühstückstisch gefunden habe?«, stellte er die rhetorische Frage.

»Den Ring. Und der Gelddiebstahl? Wie sind Sie da auf Frau Platzer als Tatverdächtige gekommen?«

»Ich brauchte dringend eine neue Herzklappe und habe mich zu diesem Behufe letztes Jahr ins Martha-Maria-Krankenhaus einliefern lassen. Das ging damals alles ein wenig hopplahopp, sodass ich in der Eile vergessen habe, meine Kreditkarte, eine MasterCard Gold, mit in meine Ausweismappe zu nehmen, die ich stets in solchen Fällen bei mir trage. Die lag, wie sie das für gewöhnlich tut, in jener Zeit also noch in meinem Nachtkasten. Und darunter, und da werden Sie über meine Nachlässigkeit jetzt sicher lachen, Frau Steiner, der Zettel mit der PIN-Nummer. Ich weiß natürlich, dass man beides immer strikt getrennt voneinander aufbewahren soll. Aber gehalten habe ich mich nicht daran. Eine Dummheit des Alters, die Sie mir verzeihen mögen.«

Nach einer längeren Pause fuhr er fort.

»Tja, und nach meiner Rückkehr ins Stift musste ich feststellen, dass sich in der Zwischenzeit jemand von diesem Konto zweimal kräftig bedient und dabei jeweils den Verfügungsrahmen von fünftausend Euro voll ausgenutzt hatte. Den Diebstahl bemerkte ich natürlich erst, als ich die Kontoauszüge erhielt und dabei auf die verdächtigen Abbuchungen stieß, mithin viel später. Mitte Juni fehlten dann auf dem Konto summa summarum zehntausend Euro.«

»Das ist bitter«, kommentierte Paula diesen emotionslos vorgetragenen Rapport.

Schneider-Sörgel zuckte mit den Schultern, als sei das nicht so tragisch, wie es sich vielleicht anhören mochte. »Jetzt war guter Rat teuer, im wahren Sinn des Wortes. Ich habe mir dann etwas einfallen lassen, das mir passend erschien und das letztendlich auch hochgradig wirksam war.«

»Darf ich fragen, was das war?« Paula war neugierig geworden.

»Dürfen Sie. Ich weiß, dass es in den Banken Überwachungskameras gibt, die rund um die Uhr, an sieben Tagen in der Woche, Aufzeichnungen von den Bankkunden vor diesen Automaten machen. Zudem kannte ich von den Kontoauszügen ja auch die Tage inklusive der bis auf die Minute genauen Uhrzeit, wann sich dieser Jemand an meinem Geld zu schaffen gemacht hatte. Und mit eben diesem Wissen habe ich alle Pfleger und Pflegerinnen, die für diesen Diebstahl in Frage kamen, konfrontiert. Es war dann nur Frau Platzer, die nicht wollte, dass ich dieses Wissen«, sagte er mit einem bedeutungsvollen Lächeln, »an die Polizei weitergab.«

»Das haben Sie gut gemacht.« Sie lächelte Schneider-Sörgel gespielt bewundernd an.

Er erwiderte das Lächeln und schob nach: »Wir haben uns dann schnell geeinigt, Elvira und ich. Ich bekam mein Geld zurück. Plus einen ganz ordentlichen Ausgleich für die Scherereien, die ich deswegen hatte.«

Paula horchte auf. »Sie nannten Frau Platzer gerade beim Vornamen?«

»Wir sprechen die Pflegekräfte hier mit dem Vornamen an, ein hausinterner Usus, den ich nach diesem Vorfall natürlich aufgegeben habe. Aber manchmal erliege ich noch, wie Sie gerade bemerkt haben, dieser Macht der Gewohnheit. Und sollten Sie mich nun fragen, warum Frau Platzer das getan hat … Es mag für Sie simpel klingen, aber ich habe keine bessere Erklärung für ihr Verhalten als die, dass Gelegenheit Diebe macht. Ein Sprichwort, das so einfach wie wahr ist. Und nun möchte ich Sie bitten zu gehen. Ich würde gern mein Abendessen einnehmen.«

Damit erhob sich Schneider-Sörgel und ging, ohne sie eines weiteren Blickes zu würdigen, auf die Tür seines Appartements zu. Er öffnete sie schwungvoll und blieb abwartend stehen. Sie trat auf ihn zu. Noch bevor sie den Dank für sein Entgegenkommen und ihre Entschuldigung für die späte Störung ausgesprochen hatte, schloss sich die Tür von innen.

Jetzt hatte sie es eilig, nach Hause zu kommen. Im Vestnertorgraben angelangt, marschierte sie zielstrebig in den Keller und entnahm dem untersten Fach ihres Weinregals die Flasche, die ihr vor einiger Zeit irgendwer zum Geburtstag geschenkt hatte. Sie konnte sich beim besten Willen nicht mehr daran erinnern, wer das gewesen war, wusste aber noch, dass dieser Blanc de Garance aus der Provence vom Weingut Rouge Garance des französischen Schauspielers Jean-Louis Trintignant stammte. Dass sie diesen Wein bislang verschmäht hatte, lag an ihrer grundlegenden Skepsis. Sie war der Überzeugung, dass solche Eigenanbauten von irgendwelchen abgehalfterten Schauspielern oder Politikern im Rentenalter nichts taugten und nur eine Art selbst gewählte Beschäftigungstherapie waren. Genau wie es unter Exschauspielerinnen und Exfotomodels und Exgeliebten Mode geworden zu sein schien, sich jetzt auf die Kreation von Parfüms und Handtaschen zu verlegen.

Mit einem kleinen Rest dieses Misstrauens öffnete sie die Flasche, nahm den ersten Schluck und war – angenehm überrascht. Dieser Weißwein war nicht schlecht, und er wurde mit jedem Schluck besser. Voller, fruchtiger, blumiger. Und eigenwilliger, richtig gut. Das genügte ihr als Abendmahl.

Es wurde ein kurzer Feierabend im Vestnertorgraben, bereits um halb zehn lag sie in ihrem Bett und schlief sofort, noch bevor sie sich auf ihre linke Schlafseite drehen konnte, weinselig ein.

Hunger und Durst weckten sie frühzeitig am nächsten Morgen aus einem unruhigen Schlaf. Noch bevor sich ihr Stalker zu Wort melden konnte, sprang sie aus dem Bett, lief in die Küche und schenkte sich ein Glas Mineralwasser ein. Sie nahm sich nach einem kurzen deprimierenden Blick in den Kühlschrank erneut vor, heute endlich für eine ebenso reichliche wie exquisite Vorratshaltung zu sorgen.

An diesem Tag betrat Paula Steiner bereits um Viertel vor acht das Präsidium, nachdem sie unterwegs noch die Zeitungen gekauft hatte. Der Mord in der Eichendorffstraße hatte es in allen vier Ausgaben nur zu einer kurzen einspaltigen Notiz gebracht; das würde für Reaktionen aus der Bevölkerung nicht langen, war ihre Überzeugung.

Sie fing an, sich eine Reihe von Dingen zu notieren, die sie demnächst erledigen wollte. Beim hiesigen Jagdverein nachfragen, was es mit diesem Nicker auf sich hatte. Außerdem sollte der ihr auch die Liste von all denjenigen, die im Großraum Nürnberg einen gültigen Jagdschein besaßen, zukommen lassen.

Dann wollte sie die Frage klären, wer die leibliche Mutter von Elvira Platzer war, wenn denn die Informationen ihrer Mutter stimmten. Darunter schrieb sie: »Stöbern/Eichendorffstr.«. Das Beste, das mit dem größten Spaßfaktor, hatte sie sich für den Schluss aufbewahrt.

Zuerst überprüfte sie die »delikaten« Aussagen ihrer Informantin Johanna Steiner. Das war einfach. Schon zehn Minuten später hatte sie es schwarz auf weiß, dass diese mit ihrer Vermutung recht gehabt hatte: Die leibliche Mutter von Elvira Platzer war nicht Apolonia Rupp, sondern eine gewisse Gertraude Klemm, 1942 in Fürth geboren, 2009 im Alter von siebenundsechzig Jahren in Nürnberg gestorben. Also war sie gerade mal neunzehn und ledig gewesen, als sie Elvira auf die Welt brachte. Beides zusammengenommen – das Alter und den Familienstand – war wohl auch der Grund gewesen, warum sie ihre Tochter zur Adoption freigegeben hatte.

Da Heinrich noch auf sich warten ließ, wählte sie anschließend die Nummer des Nürnberger Jagdschutz- und Jägerverbands e.V. Die wortreichen Auskünfte, die sie dort erhielt, bestätigten nur das, was sie schon wusste: dass Nicker aus der Mode gekommen waren und dass deren waidgerechte Handhabung Erfahrung und Geschick zugleich erfordert.

Als sie nach der Mitgliederliste fragte, erfolgte die Gegenfrage: »Wofür brauchen Sie die?«

»Für die Aufklärung eines Mordfalls«, antwortete sie kühl. Nach einer Kunstpause am anderen Ende der Leitung versprach man, ihr die Namen aller Vereinsmitglieder noch heute zu faxen.

»Mailen geht wohl nicht?«

»Die Mitgliedschaft in unserem Verband ist nichts, was sich für die öffentliche Zurschaustellung in einem internationalen Forum eignet«, lautete die rätselhafte Antwort.

Anschließend rief sie bei dem Exehemann der Toten an. Erst beim sechsten Klingeln meldete sich eine schlaftrunkene Stimme.

»Ja, Platzer Erwin hier. Wos is?«

Sie war von dieser Stimme sofort entzückt – ein ungemein männliches Brummknödeln, das sie schon lang nicht mehr gehört hatte und das aus der Tiefe einer unendlich weiten Brust zu kommen schien. Sie stellte sich vor, erläuterte den Grund ihres Anrufs und fragte, wann sie mit ihm über seine Exfrau sprechen könnte.

Eine Zeit lang hörte sie nichts von diesem verheißungsvollen warmen Brummknödeln. Sie wiederholte ihre Frage.

»Ich weiß gar net, ob ich das glauben soll, Frau Steiner. Steiner war doch Ihr Name, gell? Ich kann mir das gar nicht vorstellen, dass jemand die Elvira umbringt. Warum auch? Die hat doch nix. Und Sie sind sich ganz sicher, dass die tote Frau wirklich die Elvira, also meine Ex, die Frau Platzer ist?«

»Ja, wir sind uns ganz sicher, dass das Ihre Exfrau ist, Herr Platzer.«

»Trotzdem, irgendwie fehlt mir dafür die Vorstellungskraft, dass ausgerechnet …«

»Wenn ich Sie geweckt haben sollte, tut mir das leid.«

»Das passt schon. Sie haben ja einen wichtigen Grund. Darf ich sie sehen?«

»Die Leiche? Ja, natürlich. Aber Sie müssen sich das nicht antun. Identifiziert hat sie schon eine Nachbarin.«

»Trotzdem, ich möchte sie sehen. Vielleicht kann ich es dann glauben.«

Sie kamen schnell überein, sich um zehn Uhr vor dem Gerichtsmedizinischen Institut in der Tetzelgasse zu treffen.

Eine Stunde später traf Heinrich im Büro ein. Sie erzählte ihm rasch von ihren neuen, gestern Abend gewonnenen Informationen und dem bevorstehenden Termin.

»Und das mit der Adoption, das stimmt auch? Woher hast du denn das?«

»Aus bestens unterrichteten Kreisen der Nürnberger Gesellschaft.« Als Dreingabe zu diesen hohlen Worthülsen schenkte sie ihm ein breites Lächeln in der Hoffnung, dass ihm diese unverbindliche Antwort genügte.

»Also von deiner Mutter. Dann wird es auch stimmen.«

Er wartete ihre Bestätigung nicht ab, sondern fragte stattdessen: »Sag mal, müssen wir uns dann nicht langsam auf den Weg machen, wenn wir um zehn diesen Termin haben? Wir gehen doch zu Fuß, oder?«

»Diesen Termin haben nicht wir, sondern ich. Du kannst dich derweil ja schon mal um die Konteneinsicht kümmern. Wir brauchen Einsicht für den Schwager der Toten, ihre beiden Nichten, für die Rupp …«

»Du glaubst doch nicht, dass die alte Frau damit was zu tun hat?«

»Möglich ist alles. Und wir benötigen auch die Konteneinsicht für den Exmann, für Herrn Platzer. Kümmerst du dich darum?«

»Ja, natürlich.«

»Und was du noch machst: uns bei dem Schwiegersohn der Rupp und ihren Enkelinnen anmelden. Obwohl … Ich glaube, es ist besser, wenn wir die hier einbestellen. Denn ich fürchte, die sind genauso schwierig zu handeln wie unsere Apolonia. Ach, mach, wie du meinst. Anmelden oder vorladen, mir egal.«

»Aber so ein paar Telefonate dauern doch keine Stunden, Paula, das ist doch gleich erledigt. Ich kann mit dir gehen. Gestern hast du noch gesagt, wir arbeiten alle Termine gemeinsam ab.«

»Gestern war gestern, und heute ist heute. Außerdem sind die Zeitungen voll mit unserem Doppelmord, da können wir es uns nicht leisten, dass das Telefon so lange unbesetzt ist.« Und außerdem, was der eigentliche, der wahre Grund war, wollte sie dieses hoffnungsvolle Brummknödeln für sich allein haben. Heinrich würde da nur stören.

Gleichzeitig war sie überrascht, wie einwandfrei ihre Reproduktion der hierarchischen Befehlsstrukturen des Kollegen Trommen funktionierte. Denn auf diese klare Order erfolgte nämlich kein verbaler Widerspruch mehr, Heinrich schien sich ihr und damit auch ihrem neuen Führungsstil zu fügen. Wenn auch widerwillig, wenn sie sein nun betont angeödetes und muffiges Gesicht richtig deutete.

Auf dem Weg zur Gerichtsmedizin bedauerte sie ihre nonchalante Kleiderwahl von heute Morgen. Herrn Platzer wäre sie lieber in einer knackigen figurbetonten Jeans oder einem schmalen damenhaften Rock begegnet statt in der labbrigen, stellenweise ausgebeulten

Bundfaltencordhose und den flachen Schnürschuhen, die sie trug. Das Problem war nur – alles, was auch nur annäherungsweise knackig oder schmal war, eignete sich derzeit ausgesprochen schlecht, ihre Figur zu betonen. Dafür hatte sich in letzter Zeit einfach zu viel Speck auf den Hüften angesammelt. Und die Aussichten, dieses ungeliebte Hüftgold wieder loszuwerden, schienen nicht rosig, wenn man ihrer Mutter glauben wollte. Die nämlich vertrat die Anschauung, dass man ab einem »gewissen Alter« zur Quadratur neigte und diese »z'sammag'stauchte« Körperform allen Anstrengungen zum Trotz beibehalten werde. War sie schon in diesem »gewissen Alter«?

Eine Viertelstunde vor zehn bog sie in die Tetzelgasse ein. Schon von fern sah sie Erwin Platzer vor dem Gerichtsmedizinischen Institut rauchend auf und ab gehen. Ein riesiger Kopf auf einem kurzen Hals, eine untersetzte, kräftige Statur, ein respektabler Bauchansatz, das musste er sein. Von Weitem hatte er große Ähnlichkeit mit dem Bud Spencer der siebziger, achtziger Jahre.

Als sie ihm schließlich gegenüberstand und ihm die Hand reichte, vertiefte sich ihr unverbindliches Allerweltslächeln unwillkürlich und wurde sehr verbindlich. Was für ein Mann! Vollbart, nass zurückgekämmte glatte Haare, die sich hinten im Nacken kräuselten, minimalistische Mimik und ein müdes Gesicht mit wachen Augen. Ein Auslaufmodell jener altmodischen Männlichkeit, für die sie schon als junge Frau eine Schwäche gehabt hatte.

»Guten …« Zudem verfügte Erwin Platzer auch über eine dermaßen enorme physische Präsenz und Direktheit, dass ihr für den Bruchteil einer Sekunde die Stimme wegkippte. Sie räusperte sich. »… Morgen. Das hätte ich nicht gedacht, dass Sie so überpünktlich da sind. Ich habe Sie doch heute früh aus dem Schlaf gerissen, oder?«

»Schon, ja. Wissen S', ich bin Busfahrer und hab derzeit die Nachtschicht. Da komm ich vor halb zwei net ins Bett. Und steh entsprechend spät auf.«

Sie betraten das Gebäude, wobei Platzer ihr den Vortritt ließ. Ohne jede galante aufgesetzte Geste, aber mit einer großen Selbstverständlichkeit. Frieder Müdsam kam ihnen entgegen. Sie sagte ihm, dass Herr Platzer sich bereit erklärt habe, seine tote Exfrau zu identifizieren.

»Aber das hat doch schon die Nachbarin gemacht, diese Frau …«

»Vogel«, ergänzte sie. »Ja, aber wir befinden es für besser, wenn das zur Sicherheit ein nahestehender Angehöriger wiederholt.«

»Wenn das so ist, na gut. Herr Platzer, möchten Sie, dass Frau Steiner dabei ist, wenn Sie den Leichnam identifizieren?«

»Nein, das braucht's net. Das mach ich allein.«

Während die beiden Männer nach hinten in die Leichenkammer verschwanden, nahm Paula auf der einfachen Holzbank Platz, dem einzigen Sitzmöbel in dem riesigen Entree des Instituts. Warum hatte Elvira Platzer einen solchen Mann ziehen lassen? Oder gab es einen anderen, einen nachvollziehbareren Grund für die Trennung der Eheleute Platzer als den der Sammelwut? Das wollte sie wissen, und sie würde ihn danach fragen, ohne falsche Rücksichtnahme.

Als Platzer ohne Müdsams Begleitung in die Vorhalle zurückkehrte, hatte sein noch vor wenigen Minuten fahles Gesicht eine ungesunde Röte angenommen. Er eilte, ohne sie zu beachten, nach draußen, blieb auf den Stufen abrupt stehen und kramte ein verknittertes Päckchen Zigaretten aus der Jackentasche hervor. Nachdem er ein Streichholz angerissen und sich eine filterlose Reval angezündet hatte, blies er den Rauch durch die Nase aus und murmelte: »Wer tut so was? Das möcht ich wissen. Und wenn ich's weiß, dann dreh ich der Drecksau den Hals um.«

Paula, die ihm nachgeeilt war und jetzt zwei Stufen über ihm stand, antwortete: »Das wollen wir auch wissen, Herr Platzer. Und wir werden es herausbekommen, das verspreche ich Ihnen. Es ist besser, Sie überlassen uns das.«

Jetzt erst schien er sie wahrzunehmen. Er drehte sich zu ihr um. »Haben Sie sie gesehen?«

Sie nickte. »Ja, natürlich.«

»Haben Sie schon einmal einen Menschen gesehen, der so übel zugerichtet war?«

Erneutes Nicken. »Ja, und noch schlimmer.«

Er sah sie erstaunt an. »Gibt's das, noch schlimmer zugerichtet als Elvira?«

»Ja, das gibt es. Herr Platzer, wollen wir uns nicht hier irgendwo in ein Café setzen und reden? Oder haben Sie jetzt keine Zeit?«

»Ich hab Zeit. Und selbst wenn ich keine hätte, dann wäre mir das auch egal.«

Schweigend und mit großem Abstand zueinander liefen sie die Tetzelgasse hinab, bogen rechts in die Theresienstraße und steuerten auf das nächstbeste Stehcafé zu. Obwohl es nieselte, wollte Platzer seinen Kaffee im Freien, an einem der hässlichen runden Plastiktische trinken.

»Zum Kaffee brauch ich eine Zigarette, sonst schmeckt er mir nicht.« Eine Argumentation, der sie sich gerne anschloss.

Als schließlich zwei dieser üblichen unansehnlichen klobigen Becher vor ihnen standen, legte sie Block und Kugelschreiber auf den feuchten Tisch und begann ihre Befragung.

»Sie leben zwar schon einige Jahre von Ihrer Frau getrennt, aber vielleicht können Sie mir dennoch ein paar Namen von Freunden oder Bekannten nennen, mit denen sie – außer ihrer Familie – regelmäßig Umgang pflegte?«

Er sah erstaunt von seinem Becher auf. »Warum wollen Sie das wissen? Das hat doch nix mit dem Mord zu tun.«

Eine Gegenfrage, die sie sonst hellhörig und ungehalten werden ließ, die sie ihm aber nachsah. So antwortete sie: »Weil wir das immer fragen, um alle Eventualitäten auszuschließen.« Eine Plattitüde, die Platzer aber als Begründung zu genügen schien.

»Wissen S', Frau Steiner, viel Kontakt haben Elvira und ich nicht mehr gehabt. Sie wollte das nicht. Ich schon, ich hätte mich gern auch weiterhin mit ihr getroffen, sie ab und zu gesehen oder auch bloß mit ihr telefoniert. Bloß wohnen wollte ich nicht mehr bei ihr. Das ging nicht.«

Nach einem verständnisvollen Nicken wiederholte sie ihre Frage. »Also wissen Sie nichts von Frau Platzers Freunden beziehungsweise Bekannten?«

Die Antwort ließ lange auf sich warten.

»Wissen tu ich es nicht, da haben Sie schon recht. Aber ich glaube, Elvira hatte niemanden, keine Freundin oder so was in der Richtung. Das hatte sie früher, als wir noch zusammenlebten, auch nicht. Wir haben ganz allein gelebt, nur für uns, damals schon. Wenn ich mich mit jemandem treffen wollte, musste ich das außer Haus machen. In die Wohnung konnte man ja keinen mehr hereinlassen. Und warum sollte das jetzt anders geworden sein? Nein, das kann ich mir nicht vorstellen.«

»Würden Sie mir freundlicherweise beschreiben, wie Ihre Exfrau war? Welchen Charakter sie hatte, was ihr wichtig war und was nicht?«

»Elvira war im Grunde ein ganz lieber Mensch«, antwortete Platzer, wieder nach einer längeren Pause. »Die hat alles für einen gemacht, wirklich alles! Wenn sie helfen konnte, hat sie geholfen. Und man konnte sich gut mit ihr unterhalten. Über alles. Auf der anderen Seite war sie aber auch sehr empfindlich, nicht nur gegenüber anderen, auch bei sich selbst. Sehr empfindlich, sensibel eben. Fast schon ein wenig kompliziert. Ihr dumm daherkommen durfte man nicht, da war sie tagelang beleidigt. Aber das ist ja auch kein Wunder bei den Verhältnissen, in denen sie aufgewachsen ist.«

»Warum, welche Verhältnisse meinen Sie?«

»Sie haben doch sicher schon mit Elviras Mutter gesprochen, oder?«

Sie nickte.

»Dann wissen Sie ja, was sie durchmachen musste. Elvira hat keine schöne Kindheit und Jugend gehabt. In ihrem Elternhaus gab es nur eine Person, um die sich alles drehte. Ihre Schwester Claudia. Elvira war eigentlich nur ein besseres Dienstmädchen, das nichts zu melden hatte.«

»Aber von ihrem Vater wurde sie doch geliebt, schließlich hat er ihr die Eigentumswohnung vererbt und nicht seiner anderen Tochter oder seiner Frau.«

»Ach, der hatte doch, genau wie Elvira, zu Lebzeiten nichts zu melden. Das Regiment im Haus Rupp hat nur die Alte gehabt, dieser Drachen. Und das mit der Wohnung war bloß eine Art Rache von ihm, um den beiden anderen Weibern eins auszuwischen.«

»Diese Rache hat offensichtlich gut funktioniert. Ich hatte den Eindruck, dass Frau Rupp ihrem Mann diese Erbschaft nicht verziehen hat. Genauso wenig wie sie Elvira verziehen hat, dass sie das Erbe schließlich auch angetreten und nicht mit ihr geteilt oder es ihr – noch besser für Frau Rupp – ganz überlassen hat.«

»Na«, schnaubte Erwin Platzer empört und im tiefsten Bass, »da wär sie aber schön blöd gewesen. Und dumm war Elvira nicht, gutmütig ja, aber nicht dumm.«

»Sie sprechen immer noch sehr liebevoll über Ihre Exfrau. Darf ich Sie fragen, was der ausschlaggebende Grund war, dass Sie sich damals von ihr getrennt haben? Oder sie sich von Ihnen?«

Erstaunt sah er sie an. »Eigentlich haben wir beide eingesehen, dass es mit uns so nicht weitergeht. Die letzten zwei Jahr hab ich mich schon gar nicht mehr nach Haus getraut. Es wurde immer schlimmer. Jeden Tag war mindestens ein neues Trumm da und am nächsten Tag wieder eins und noch eins … Sie können sich das nicht vorstellen, wie das ist, wenn jemand alles sammelt, was er irgendwo findet, auch in der Mülltonne hat sie rumgekramt, und aufhebt und nichts hergeben will. Und dabei so stur ist, nicht zum Einlenken zu bewegen. Durch nichts.«

Resigniert starrte er auf seinen Kaffeebecher.

»Gegessen haben wir in der Küche. Im Stehen. Geschlafen hab ich auf der Luftmatratze in der Diele, Elvira in ihrem Sessel. Und dann kam der Tag, als ich die Beherrschung verloren hab. Elvira hatte mir noch am Morgen versprochen, Ordnung zu machen. Ganz fest versprochen hatte sie es mir. Doch als ich heimkam, war alles wie sonst. Nichts hatte sich geändert. Und da hab ich dann aufgeräumt. Angefangen hab ich in der Küche. Alles, was mir in die Finger kam, gepackt und an die Wand geworfen. Weiter ging's im Bad und von da aus im Schlafzimmer. Dort stand aber schon Elvira im Türrahmen und wollte mich nicht reinlassen. Im Schlafzimmer hat sie nämlich ihre größten Schätze aufgehoben, in einer Plastiktüte unter ihrem Sessel. Da war ich ganz kurz davor, dass ich ihr …« Er stockte und blickte ins Leere.

Nach einer Weile fuhr er fort. »… dass ich ihr eine schmier. Und zwar eine gewaltige. Und nicht nur eine. Dass ich ihr gegenüber mich nicht mehr im Griff hab. Das wollte ich nicht. Also bin ich gegangen. Eine Zeit lang hab ich bei einem Kumpel gewohnt, bis ich eine Wohnung gefunden hatte.«

»Und seit diesem Tag haben Sie sich nicht mehr gesehen?«, fragte Paula, die Verständnis für seinen Kontrollverlust hatte, es aber nicht zeigen wollte.

»Nein. Kein einziges Mal.«

Zum Abschluss musste sie ihm noch eine unangenehme Frage stellen, wusste aber nicht, wie sie diese anbringen sollte, ohne ihn zu kränken.

Doch sie sah keinen anderen Weg als den direkten, den unmissverständlichen, den mit dem hohen Verletzungsrisiko.

»Frau Platzer wurde am vergangenen Montag, in der Nacht gegen Viertel nach elf umgebracht. Wo waren Sie zu diesem Zeitpunkt?«

»Ah, Sie wollen wissen, ob ich ein Alibi habe«, stellte er ohne beleidigten Unterton fest. »Ich hab eins, und zwar das allerbeste, was man sich denken kann. Ich war mit dem Stadtbus in Nürnberg unterwegs. Die 36er Linie, vom Plärrer zum Doku-Zentrum und retour. Nachtschicht, Dienstbeginn achtzehn Uhr dreißig, Dienstende offiziell null Uhr dreiundvierzig am Plärrer. So steht es im Linienfahrplan, das können Sie jederzeit überprüfen. Und nachts werden die Fahrpläne auf die Minute eingehalten. Es ist ja wenig los auf den Straßen.«

Gutmütig, sensibel, hilfsbereit – in den vergangenen fünfzehn Minuten war aus Heinrichs geizigem und habgierigem »Herzchen«, aus der unbeliebten und egozentrischen Mitarbeiterin von Frau Striegel ein anderer Mensch geworden. Einer mit vielen Facetten und vor allem einer mit einer Vergangenheit, die wahrscheinlich so bewegend für die Tote wie aufschlussreich für ihre, Paula Steiners, polizeiliche Arbeit war. In diesem Moment ahnte sie, dass sie tief hinabsteigen musste in das Leben der Elvira Platzer. Und ebenso bewusst war ihr, dass dies nicht nur im übertragenen Sinn zu bewältigen war. Sondern auch im ursprünglichen, im wörtlichen Sinn – sie würde in dieser vollgemüllten Wohnung jedes Blatt einzeln in die Hand nehmen müssen, keinen Stein auf dem anderen lassen dürfen, um der Wahrheit auf die Spur zu kommen.

5

Als sie an diesem Donnerstag um halb zwölf ihr Büro wieder betrat, wurde sie von Heinrich mit einem triumphierenden »Mensch, Paula, hier war in der Zwischenzeit die Hölle los!« empfangen.

Auf ihre Nachfrage stellte sich heraus, dass für Heinrich die Hölle gleichbedeutend mit sechs Anrufen war.

»Da hattest du doch recht, dass es besser ist, wenn einer von uns hier Telefondienst macht. Auf die Zeitungsartikel hin, die ich im Übrigen sehr mickrig finde, haben sich gleich zwei Zeugen gemeldet, die angeben, zur Tatzeit einen Mann aus der Eichendorffstraße 73 herauskommen gesehen zu haben. Ich hab die beiden sofort hierher einbestellt, na eigentlich hab ich sie mehr gebeten, für die Anfertigung eines Phantombilds. Vielleicht ergibt sich ja daraus ein Fahndungsanhalt.«

Sie nickte, als hätte sie genau das erwartet. Doch im Grunde war sie wie Heinrich sehr erstaunt, dass sich auf diese Kurznotizen in der Presse überhaupt jemand gemeldet hatte. Hinzu kam die Tatzeit, zu der kaum mehr jemand unterwegs war: Nach dreiundzwanzig Uhr glich Nürnberg mehr einer Geisterstadt als einer »Metropolregion«, wie es seit Kurzem in der städtischen Werbung so vollmundig hieß.

Jetzt erst registrierte sie das in der Mitte stark gewölbte Briefkuvert auf ihrem Schreibtisch. Sie öffnete es und fand darin einen Schlüsselanhänger mit sieben Einzelschlüsseln sowie einen Vordruck des Präsidiums, der von Klaus Dennerlein unterschrieben war und sie darüber informierte, dass vier der sieben Schlüssel eindeutig als Haus-, Wohnungs-, Keller- und Briefkastenschlüssel der Platzer »zuweisbar« seien.

»Und wer hat noch angerufen?«

»Ja, wie ich dich kenne, wird dir das nicht so gefallen. Zum einen hat die Frau Rupp angerufen. Sie wollte wissen, wann sie über die Wohnung verfügen kann.«

»Was heißt hier verfügen?«

»Na, sie sieht sich halt als die Haupterbin. Und meint, dass ihr diese Eigentumswohnung jetzt endlich zusteht, und möchte sie baldmöglichst haben, besitzen, du weißt doch, was ich damit meine, Paula.«

»Das kann schon sein, dass ihr die Wohnung jetzt gehört. Aber erst nachdem wir mit der Spurensuche durch sind. Und die dauert speziell in meinem Fall sehr, sehr lang. Ich habe mir nämlich vorgenommen, die Wohnung komplett auf den Kopf zu stellen, bis ich was gefunden habe, was uns voranbringt. Dann erst sehen wir weiter, ob Frau Rupp das Erbe überhaupt zusteht. Es kann ja auch ein Testament da sein, entweder bei einem Notar hinterlegt oder irgendwo in der Wohnung. Denn ich bin davon überzeugt, die Platzer hatte mit ihrer Wohnung etwas anderes vor, als sie ausgerechnet ihrer Mutter zu hinterlassen.«

In diesem Augenblick wünschte sie sich, dass dem so wäre. Dass Elvira Platzer ein Testament aufgesetzt hatte, in dem sie ihre Mutter und auch die übrige zwangsweise adoptierte Verwandtschaft unmissverständlich von jedem Erbanspruch ausschloss. Auf jeden Fall würde sie in dem ganzen Müll danach suchen, eingehend und planvoll. Wenn es ein Testament mit dieser Ausschlussverfügung gab, dann würde sie das auch finden.

»Was noch?«

»Das Nächste wird dir auch nicht gefallen.« Heinrich wand sich hin und her. Erst nach einer längeren Pause rückte er mit der Sprache heraus. »Die Eva hat angerufen und wollte dich sprechen. Nicht einen von uns beiden, sondern ausschließlich dich.«

»Hat sie gesagt, was sie wollte?«

»Nein, eben nicht. Das möchte sie nur mit dir bereden.«

»Da gibt's nichts mehr zu bereden. Sag ihr das, wenn sie wieder anruft.«

»Ach, Paula, sei nicht so hart. Du kannst dir doch mal anhören, was sie zu sagen hat. Vielleicht geht es dabei ja nur um eine Formsache. Um irgendeinen Papierkram. Um irgendwelche Unterlagen, Zeugnisse oder Ähnliches.«

»Das hätte sie ja auch mit dir besprechen können. Nein, nein, ich denke, dabei handelt es sich um etwas, womit sie mir am Zeug flicken will. Wahrscheinlich glaubt sie, dass bei der Suspendierung irgendetwas nicht mit rechten Dingen zugegangen ist, und sieht da eine Chance für sich, mir eins auszuwischen. Und außerdem bin ich nicht hart, sondern ein guter Mensch, ein ganz guter Mensch. Das zumindest hat erst gestern ein gewisser Herr Bartels zu mir gesagt, und der muss es schließlich wissen – der arbeitet nämlich schon fast zehn Jahre mit mir zusammen.«

»Sie klang übrigens sehr gedrückt am Telefon, sehr kleinlaut. Überhaupt nicht mehr so forsch wie noch vor Kurzem. Ich denke, sie bereut ihr Verhalten mittlerweile. Weißt du, was ich glaube?«

»Ich fürchte, nein.«

»Ich glaube, sie möchte wieder zu uns zurück. Oder vielmehr, um genau zu sein, zu dir. Die hat sich das mit der Versetzung in Trommens Kommission gründlich überlegt. Zeit zum Überlegen hatte sie ja genug. Ich glaube, die Eva will nicht mehr wechseln. Die hat eingesehen, dass das ein Schmarrn ist, weil es bei uns halt doch am schönsten ist. Auf jeden Fall viel schöner als bei Trommen. Überleg dir das mit der Suspendierung halt noch mal. Denn eigentlich hat sie ganz gut zu uns gepasst, zumindest in der Anfangsphase.«

Sie suchte in Heinrichs Ton nach Ironie, fand aber nur eine fast schon kindlich-naive Aufrichtigkeit. *Weil es bei uns halt doch am schönsten ist.* Das erstaunte sie. Und auch von seinem Versuch, ihr Eva Brunners Rückkehr schmackhaft zu machen, war sie einigermaßen überrascht. Nach deren Unterstellungen ihm gegenüber war sie davon ausgegangen, dass für ihn das Thema Brunner, Eva erledigt sei. Genau wie für sie.

»Wenn dem so ist, wie du annimmst, was ich immer noch stark bezweifle, dann hat sie eben Pech gehabt. Das hätte sie sich früher überlegen müssen. Ich brauche hier niemanden, der mir ständig in den Rücken fällt und unsere Arbeit hintertreibt. Ich brauche motivierte, zuverlässige, fähige Mitarbeiter«, sagte sie.

Selbst in ihren Ohren klang das stark nach miefigem Stellenanzeigen-Deutsch, aufgesetzt, geschraubt, schief. Doch zumindest hatte sie damit auch ihm gegenüber ein für alle Mal klargestellt, dass charakterliche Abweichungen künftig gnadenlos von ihr sanktioniert würden.

»Für all diese feinen Sachen hast du ja mich«, entgegnete Heinrich mit einem sonnigen Grinsen, sichtbar unbeeindruckt von dem falschen Pathos und der versteckten Drohung. »Ich bin extrem motiviert, äußerst zuverlässig und der fähigste Mitarbeiter des Präsidiums überhaupt. Das müsste dir doch reichen.«

»Das Wichtigste hast du vergessen: Vor allem bist du der Mitarbeiter des Präsidiums mit den geringsten Fehlzeiten, du bist ja Gott sei Dank so gut wie nie krank. So, das sind jetzt vier Anrufer. Und die letzten zwei, wer war das?«

»Die habe ich«, betonte er, »angerufen. Zuerst den Schwager der Platzer, diesen Frank Weber, der noch mit seiner älteren Tochter zusammenlebt. Dann die jüngere Tochter.«

»Und wie waren die so am Telefon? Vom gleichen Kaliber wie unsere Apolonia?«

»Na ja, sie scheinen sich über meinen Anruf nicht gerade gefreut zu haben. Das war ein hartes Stück Arbeit, das kann ich dir sagen, einen Termin mit allen dreien zu vereinbaren. Aber auch das ist deinem fähigsten und zuverlässigsten Mitarbeiter gelungen. Um fünf werden wir die ganze Familie, Vater und Töchter, treffen. Bei ihm in der Wohnung. Herkommen wollten sie nicht.«

»Gut. Und hat mein fähigster und zuverlässigster Mitarbeiter denn auch schon die Kontostände überprüft?«

Heinrich sah sie entrüstet an. »Also, Paula, ich glaub, du spinnst. Wie soll denn das gehen, bei all dem Stress? Aber ich habe die Kontostände schon vorliegen, von allen im Übrigen. Und in einer ruhigen Minute werde ich sie dann auswerten, aber bisher war das eben nicht möglich. Was hast du eigentlich in der Zeit gemacht, in der ich hier nur am Rödeln war?«

»Ich war mit Herrn Platzer in der Gerichtsmedizin, anschließend in einem Stehcafé und habe da einiges Interessante herausgefunden.«

Sie erzählte ihm kurz von dem Ergebnis dieser Befragung. Sagte ihm, dass Elvira Platzer eben nicht nur der egozentrische Geizkragen gewesen war, sondern in den Augen ihres Exmannes auch andere Seiten hatte. Die der immensen Hilfsbereitschaft zum Beispiel. Dass sie sensibel und empfindlich gewesen sei. Und vor allem lediglich »ein besseres Dienstmädchen« für die alte Rupp und deren jüngere Tochter, zitierte sie Erwin Platzer mit einer gewissen Befriedigung ihm gegenüber.

Da aber Heinrich ihre interessanten Charakterstudien wie auch das Übrige stumm und ungerührt zur Kenntnis nahm, beließ sie es dabei und riet ihm zu einem Gang ins vierte Stockwerk.

»Du hast doch bestimmt schon wieder Hunger. Was hältst du

davon, wenn du jetzt in die Kantine gehst und ich mache mich auf den Weg in die Eichendorffstraße, um mir einen ersten Überblick zu verschaffen, und um fünf vor fünf treffen wir uns vor dem Haus dieses Herrn Weber?«

»Davon halte ich sehr viel. Warum gehst du eigentlich nicht mehr in die Kantine?«

»Weil mir die meisten meiner Sachen nicht mehr passen. Ich muss schauen, dass ich ein paar Pfund abspecke, sonst kann ich mir bald eine komplett neue Garderobe zulegen.«

»Wenn ich das mal sagen darf: Das gehst du völlig falsch an. Abends musst du aufs Essen verzichten, nicht mittags oder noch schlimmer: in der Früh. Dinner-Cancelling, das bringt's. Aufs Abendessen verzichten und nicht beim Frühstück oder Mittagessen knausern. Nur so kriegst du die Kilos wieder los, die du zu viel draufhast. Das, was du machst, ist kontraproduktiv. Das kannst du dir sparen.«

Sie fand, er hätte ihr ruhig widersprechen dürfen oder besser: sollen. Dass sie ein solches Vorhaben doch gar nicht nötig habe, sie bei ihrer immer noch schlanken und ranken Figur. Dass er das nicht getan hatte, nahm sie ihm ein wenig übel. Ein eindeutiges Zeichen, dass sie bereits in diesem »gewissen Alter« war, von dem ihre Mutter so abschreckend gesprochen hatte.

»Das lässt du bitte meine Sorge sein, wie ich das handhabe.«

»Meine Fresse, bist du aber in letzter Zeit empfindlich geworden! Das passt überhaupt nicht zu dir.«

»Ich bin nicht empfindlich, überhaupt nicht«, schoss sie erbost zurück. »Ich mag es nur nicht, wenn sich jeder in mein Leben hineinmischt und mir sagt, was ich zu tun und zu lassen habe. Schließlich mache ich das umgekehrt auch nicht. Ich finde nämlich, das gehört zum Thema gegenseitige Rücksichtnahme und Toleranz.«

Als sie ihre Sachen packte und die Jacke vom Garderobenhaken nahm, schwiegen beide. Ein ungutes Schweigen, weil jeder vom anderen ein deeskalierendes Wort erwartete.

Erst als sie die Bürotür öffnete, wurde dieses Schweigen von Heinrich gebrochen: »Ich fürchte, ich muss das mit dem guten Menschen von gestern wieder zurücknehmen, vorläufig zumindest.«

Sie musste ihn nicht ansehen, um zu wissen, dass sein Gesicht jetzt ein einziges Lächeln war, ein breites, selbstzufriedenes und liebevolles Lächeln.

Da drehte sie sich mit einem ebensolchen Grinsen zu ihm um und sagte: »Gut, dann nehme ich auch was zurück, und zwar das mit dem fähigsten und motiviertesten Mitarbeiter. Ebenfalls zumindest vorläufig.«

Eine Dreiviertelstunde später hatte sie den Nürnberger Osten erreicht. Diesmal hatte sie Glück, direkt vor der Eichendorffstraße 73 war ein Parkplatz frei. Sie marschierte auf das in der Wand eingelassene Geviert der Briefkästen zu – lediglich aus dem von Elvira Platzer quoll ein von der Regennässe zusammengeklumpter Wust aus bunten Werbesendungen hervor. Sie riss ihn aus dem sperrigen scharfgratigen Schlitz und entsorgte ihn in der danebenstehenden Papiertonne.

Dann stieg sie die Treppe in den ersten Stock hinauf. Als sie die Wohnungstür aufschloss, hörte sie hinter sich eine Stimme sagen: »Halt, das dürfen Sie nicht. An der Tür ist doch ein polizeiliches Siegel …«

Noch während man heute bereits zum zweiten Mal versuchte, ihr Vorschriften zu machen, was sie zu tun und zu lassen habe, drehte sie sich um und entgegnete mit ihrem unverbindlichen Allerweltslächeln, ihrer Betonmauer aus Freundlichkeit und Distanz: »Ich darf das schon, Frau Vogel. Denn ich bin von der Polizei.«

»Ach, Entschuldigung, Frau Steiner. Ich hab Sie von hinten gar nicht erkannt. Sie sind aber heute auch so … äh … anders gekleidet als letztens. Das konnte ich leider von hinten nicht sehen, dass Sie das sind. Entschuldigen Sie nochmals.«

Der missglückte Versuch einer Erklärung für diese Verwechslung. Ab morgen, nahm sich die heute so ganz anders gekleidete Frau Steiner vor, kommen wieder die schmalen und knackigen Sachen zum Einsatz. Selbst auf die Gefahr, dass ihr Körper da nicht mitspielen wollte. Dann schloss sie die Tür.

In dem schmalen Flur bot sich ihr das gleiche Bild wie am Dienstagvormittag. Bis auf ein Detail – der Boden, auf dem die tote Elvira Platzer gelegen hatte, war nun frei begehbar. Zwar hässlich gemustert von den braunen bis dunkelroten Blutspuren, aber auf einer Fläche von ein mal zwei Metern erfreulich leer.

Sie ging nach hinten durch und betrat das Schlafzimmer. Auch hier stapelten sich Obstkisten, Pappkartons und Regale bis an die Decke, Letztere vollgestopft mit Büchern, Plastiktüten, Klopapierrollen und, sofern sie das auf den ersten Blick richtig deutete, noch original verpackten Kleidungsstücken. Als sie in das nächstbeste Fach griff und eines dieser in Plastik verschweißten Kleidungsstücke herauszog, kam ihr die ganze Fracht des Regalfachs mit entgegen. Sie sah auf den bunten Haufen zu ihren Füßen, bückte sich und versuchte, alles wieder an Ort und Stelle zu legen. Ein vergebliches Unternehmen, denn spätestens nach der zur Hälfte geglückten Rückführaktion machte sich die Ladung jedes Mal wieder selbstständig und fiel vor ihre Füße.

Sie spürte, wie Ungeduld und Übellaunigkeit in ihr hochstiegen. Tief ein- und ausatmend besah sie sich die restliche Möblierung. Vor dem Obstkistenstapel unter dem Fenster stand ein Jugendbett mit ehemals weißem, jetzt fleckig-beigem Schleiflackfurnier, auch darauf thronten meterhohe Pyramiden aus getragener und unbenutzter Kleidung. Davor ein breiter Polstersessel mit einer welligen Mulde in der Mitte und einem leicht fleckigen Polsterschoner – sonst nichts. Hier also hatte die Platzer ihr Nachtlager aufgeschlagen, vermutete sie, denn eine zweite freie Sitzfläche oder gar Schlafgelegenheit gab es in dem Zimmer nicht.

Was für ein erbärmliches Leben, das einen sogar dazu zwang, die Nacht im Sitzen zu verbringen und auf das behagliche, ja lustvolle Ausstrecken der Arme und Beine am Ende des Tages zu verzichten. Stundenlang nur dazuhocken und abzuwarten, dass ein neuer Tag anbrach und alles wieder von vorne losging.

Da ging der ehemaligen Soziologiestudentin ein Begriff durch den Kopf, den sie in seiner akademischen Abstraktion nie so richtig verstanden hatte und der doch für diese zugemüllte Wohnung eine passende Erklärung lieferte. War es der Fetischcharakter der Warenwelt, der Elvira Platzer zum Verhängnis geworden war? Der sie all die Dinge, die ihr irgendwo in die Finger kamen, als Beute heimtragen und bewahren ließ, wertvollen Trophäen gleich? Und irgendwann hatten die so gehorteten Waren, die wesenlosen Wesen dann ihre eigene Ordnung entwickelt, eine harte und unversöhnliche, und ihrer Eigentümerin ein Leben diktiert, das sie zum Schlafen auf diesen Polstersessel mit seiner welligen Mulde verbannt hatte.

Wie sie auf den durchgesessenen Sessel starrte, war eine große Leere in ihr. Ihre anfängliche Neugier und die zwischenzeitlich aufkeimende schlechte Laune waren jetzt Verzagtheit und sogar Schwermut gewichen. In diesem Moment wollte sie nichts mehr mit dem Fall Platzer, Elvira zu tun haben. Abrupt drehte sie sich um und verließ die Wohnung.

Als sie bereits im Erdgeschoss angelangt war, fiel ihr ein, dass sie dort oben zwei entscheidende Sachen vergessen hatte. Vor allem hatte sie vergessen, machte sie sich insgeheim den Vorwurf, im Schlafzimmer nach den größten Schätzen ihres Mordopfers zu suchen. Vielleicht lagerten diese ja immer noch, wie Erwin Platzer ihr gegenüber beiläufig erwähnt hatte, in einer Plastiktüte unter dem durchgesessenen Schlafsessel? Widerwillig stieg sie die Treppe wieder hoch, schloss die Wohnungstür auf, ging zurück ins Schlafzimmer, schob die Kleiderberge vor dem Liegesessel mit dem Fuß zur Seite, bückte sich und griff mit der rechten Hand unter das Möbel. Zwei, drei, vier, fünf Taschenschirme, alle mit dem roten Punkt und alle ohne jeden Gebrauchswert, waren ihre ersten Fundstücke. Es folgten ein Federmäppchen aus braunem Leder, ein Briefumschlag mit vier Ersttagsbriefen, zwei gelbe Glaskugeln für Teelichte. Dann endlich bekam Paula die Preziosenkollektion der Elvira Platzer zu fassen. Zufrieden zerrte sie eine mit einem Bindfaden fest verschnürte Plastiktüte hervor. Nachdem sie die Wohnungstür verschlossen hatte, klebte sie sorgfältig ein Siegel auf die Nut zwischen Rahmen und Tür.

Vor dem Haus zündete sie sich eine Zigarette an und sah auf die Uhr. Noch nicht einmal Viertel nach zwei, sie hatte fast noch drei Stunden Zeit, um sich mit Heinrich zu treffen. Die Aussicht, dann mit drei Menschen zu sprechen, die ihr und Heinrich nur widerstrebend Auskunft geben und für ihre Tante respektive Schwägerin sicherlich wenig Gutes übrig haben würden, ließ sie vorerst nicht ins Präsidium zurückfahren, sondern den kurzen Weg in die Schlieffenstraße nehmen.

Kein Max tobte wie früher in dem Garten, der das kleine, einstöckige weiß gestrichene Häuschen mit seinem feuerroten Ziegeldach umgab. Sie klingelte an der Haustür. Es blieb verdächtig still. Erneutes Klingeln, nun wesentlich beherzter und druckvoller – wieder nichts. Sie trat zwei Schritte zur Seite und klopfte an das gardinenlose Küchenfenster. Nichts. Keine Reaktion. Als sie die Gartenpforte mit einem bangen Gefühl hinter sich zugezogen hatte, hörte sie von der gegenüberliegenden Seite des kleinen schmucklosen Rasenplatzes ein lautes und freudiges: »Paulchen, hallo, Paula!« Sie spähte mit zusammengekniffenen Augen hinüber und entdeckte ihre Mutter mit prall gefüllten Einkaufstaschen in beiden Händen im Gespräch mit einer Nachbarin. Zu ihren Füßen lag Max.

Paula rannte ihnen entgegen, riss Johanna Steiner die schweren Taschen aus den Händen und beugte sich erst dann zu dem Rauhaardackel hinab, der auf ihr Streicheln mit zwar kurzem, aber wiederholtem Schwanzwedeln reagierte. Eine deutlich erkennbare Steigerung zu seiner lethargischen Begrüßung von gestern.

»Mensch, Mama, du sollst doch nicht immer das schwere Glump hier rauftragen«, sagte sie, während sie gemeinsam ins Haus traten. »Wie oft hab ich dir schon angeboten, dass ich dich zum Einkaufen fahre und dich auch samt deinen Einkäufen wieder heimbringe. Du musst es mir bloß sagen. Aber du rufst ja nie an! Mach dir dein Leben halt auch mal ein wenig leichter und lass dich nicht immer so bitten.«

Das klang wie ein leichter Vorwurf, war aber im Grunde nur ihre Art, ihre große Erleichterung darüber zu zeigen, dass beide wohlauf waren. Sie war heilfroh, dass sich ihre dunklen Ahnungen vom Küchenfenster in keiner Weise bestätigt hatten.

»Ich will das nicht, das weißt du doch. Ich will autark« – ja, ihre Mutter sagte tatsächlich autark, nicht autonom oder unabhängig – »bleiben. Außerdem kann ich den Einkauf wunderbar mit der Nachmittags-Gassirunde fürs Maxl verbinden. Und dann, ich muss in Bewegung bleiben. Frau Färber sagt das auch. Ich darf mich nicht gehen lassen.«

»Du kannst ja meinetwegen in Bewegung bleiben, aber ohne Gepäck. Und was Frau Färber sagt, ist mir ziemlich wurscht. Was ist denn da überhaupt drin, dass das gar so schwer ist?« Schwungvoll hievte sie die zwei Taschen auf den Küchentisch und begann auszupacken. »Kartoffeln … Milch … Mehl … Zucker … also wirklich.«

»Andere gehen ins Fitnessstudio, ich brauch das nicht. Ich bringe mich so in Form«, erwiderte ihre Mutter mit einem verschmitzten Lächeln. »Aber mal was anderes: Ist dir auch aufgefallen, dass es dem Maxl heute wesentlich besser geht? Er hat dich gleich erkannt, und gefreut hat er sich auch, das ist doch ein gutes Zeichen.«

»Ja, das finde ich auch. Hoffentlich hält das recht, recht lange an.«

»Warum bist du eigentlich hier? Hast du heute frei? Oder baust du wieder mal Überstunden ab?«

»Weder noch. Ich war gerade in der Eichendorffstraße …«

»Wieder in diesem Altenheim?«, unterbrach ihre Mutter sie interessiert.

»Nein, in der Wohnung der Toten, dieser Messie-Frau. Aber da hab ich es nicht lange ausgehalten. Wie ein Mensch nur so leben kann! Was heißt hier leben? Vegetieren trifft es eher.«

»Tja, ich versteh so was auch nicht. Das muss doch eine Krankheit sein, diese ganze sinnlose Horterei, dieses Sam…«

»Quatsch, das ist keine Krankheit«, wurde sie von Paula heftig unterbrochen. »Das ist Disziplinlosigkeit. Solche Leute haben die Kontrolle verloren, das ist alles.«

Sie hörte dem Klang ihrer Worte nach und – erschrak. Jetzt hatte sie genau wie Apolonia Rupp gesprochen, hart, rechthaberisch und ohne jeden Anflug von Verständnis.

»Vielleicht handelt es sich dabei eher um einen Zwang«, schob sie, schon wesentlich milder im Ton, nach. »So wie Heinrich mit seiner Nägelbeißerei. Ich hab mal eine Sendung im Fernsehen gesehen, da haben sie einen Mann mittleren Alters, auch einen Messie, regelrecht vorgeführt. Bei dem war alles mit Werkzeugen vollgestellt, selbst der Garten. Und in seinem Computer hat er gespeichert, wo was in welcher Anzahl zu finden ist. Auf den ersten Blick das Chaos pur, auf den zweiten Blick aber ein Chaos mit System, Ordnung und Unordnung gleichermaßen. Genau wie bei meinem Mordopfer.«

»Die Sendung habe ich auch gesehen. Und mir noch gedacht, da muss aber was in der Kindheit ganz entschieden falsch gelaufen sein. Der ist bestimmt als Kind von seinen Eltern nicht genug geliebt worden.«

Mangelnde Liebe in frühen Jahren war für Johanna Steiner schon von jeher ein stimmiges Erklärungsmuster für jede Art von Fehlverhalten gewesen.

Und vielleicht war das ja auch die Erklärung, wenn auch eine sehr notdürftige, für die Sammelwut der Platzer? Dass das adoptierte und nach Aussage ihres Exmannes nicht eben wohlgelittene Kind zu wenig Zuneigung erfahren hatte?

»Du hast doch nächste Woche Geburtstag, Paulchen«, riss Johanna Steiner sie aus ihren Grübeleien, »und ich habe noch gar nichts für dich. Sag, womit könnte ich dir denn zumindest eine kleine Freude machen?«

»Das kann ich dir ganz genau sagen: damit, dass ihr zwei, du und das Maxl, noch recht lange lebt.«

»Das kann ich dir leider nicht schenken. Aber wir geben uns Mühe, gell, Maxl?«

Nach einer Pause fügte sie hinzu: »Vielleicht soll ich dir was kochen, was du gerne isst? Ochsenschwanzragout mit Basmati-Reis oder was anderes Feines, wofür bei dir die Zeit nicht langt?«

»Kommt gar nicht in Frage, dass du an dem Tag stundenlang in der Küche stehst. Nein, nein, an meinem Geburtstag lade ich«, betonte Paula, »dich zum Essen ein. Wir gehen irgendwo hin, wo es schön ist und wo der Max dabei sein darf – und machen uns einen ganz gemütlichen Abend. Und geschenkt will ich nichts haben, gar nichts. Ich habe jetzt gesehen, wohin das führt, wenn man sich die Bude mit allerlei Zeug vollbunkert, das man gar nicht braucht.«

»Ja, willst du denn nicht mit deinem Freund und deinen Kollegen feiern?«, fragte ihre Mutter. »Die erwarten das bestimmt.«

»Nein, will ich nicht. Das ist ungefähr das Letzte, was ich an diesem Tag will.«

Nachdenklich sah Johanna Steiner ihre Tochter an. »Ich glaube, Paulchen, du hast ein wenig Angst vor deinem fünfzigsten Geburtstag. Das brauchst du nicht. Du bist ja noch so jung. Für mich war die Zeit ab fünfzig mit die schönste in meinem Leben. Und für dich wird das genauso sein, da bin ich mir sicher.«

Das bezweifelte sie, sagte aber nichts dazu. Jetzt hatte sie sich doch tatsächlich zu einer Feierlichkeit, wenn auch nur zu einer im kleinsten Rahmen, hinreißen lassen. Aus freien Stücken. Das wunderte sie. Noch mehr wunderte sie ihre Vorfreude darauf. Denn ja, der Gedanke, dass sie den Abend dieses vermaledeiten Tages in Gesellschaft verbringen würde, stimmte sie wider Erwarten froh. Mehr und mehr.

Als sie den Nordring, der wie immer um diese Zeit in der Agonie des abendlichen Berufsverkehrs zum Erliegen kam, entlangfuhr, trällerte sie das alte Beatles-Lied »When I'm sixty-four«.

Frank Weber wohnte in Schniegling, im kleinbürgerlich-melancholischen Stadtteil des Nürnberger Nordwestens, in jener Stadtrandsiedlung, wo der Traum vom Eigenheim und der Alptraum der Langeweile auf bedrückende Weise nebeneinanderlebten. Nachdem sie vom Nordwestring in die Schnieglinger Straße abgebogen war, tauchten auch schon rechts die ersten Doppelhaushälften mit ihren übergepflegten Mini-Vorgärten auf. Links war das Nürnberger Ei, der dreihundert Meter lange Fernmeldeturm, zu ahnen, ein Schatten im nachmittäglichen Nieselregen. Schließlich hatte sie die Ganghoferstraße erreicht. Die Suche nach der Hausnummer erübrigte sich, sie erkannte Heinrichs Dienstwagen schon von Weitem und parkte ihren gleich dahinter.

Vor der schmucklosen Doppelhaushälfte mit ihrer billigen Fertigteilgaragenhälfte aus Blech und Beton sowie der unvermeidbaren gigantischen Satellitenschüssel auf dem Dach kamen sie und Heinrich schnell überein, dass er die Befragung führen würde. Sie war der Meinung, ein junger Polizeibeamter habe sicher einen leichteren Zugang zu zwei jungen Frauen als eine ältere Hauptkommissarin.

Als sie auf die Tür zugingen, flüsterte ihr Heinrich noch zu: »Paula, ich habe schon mal einen Blick in Webers Kontoauszüge geworfen. Finanziell sah es bei dem vor ein paar Jahren gar nicht gut aus. Der hatte Schulden ohne Ende.«

»Na, das ist doch schon mal was«, entgegnete sie in dem gleichen verschwörerischen Ton.

Dann klingelte sie. Ohne Erfolg. Zweiter Versuch. Wieder nichts. Sie grinste zu Heinrich hinüber und legte dann ihre rechte Hand mit großem Vergnügen und ebensolchem Druck auf den Klingelknopf.

Und dort lag diese Hand noch immer, als die Tür endlich von einer jungen, großen, überschlanken, weißblond gefärbten Frau – enge Jeans, weiße Ballerinas, ein über und über mit Strass besetzter breiter Gürtel, weißes nabelfreies Top – aufgerissen wurde, die sie anherrschte: »Was fällt Ihnen ein, hier so einen Terror zu veranstalten! Können Sie nicht warten, bis man Ihnen aufmacht! Oder glauben Sie, bloß weil Sie von der Polizei sind, können Sie sich ...« Das musste die ältere der beiden Töchter sein, Jeannette Weber.

Da erst nahm Paula ihre Hand vom Klingelknopf und flötete mit honigsüßer Stimme: »Guten Tag, Frau Weber. Das hier ist Oberkommissar Bartels, und mein Name ist Steiner. Wir hatten einen Termin mit Ihnen für siebzehn Uhr vereinbart. Und jetzt haben wir Punkt siebzehn Uhr. Oder täusche ich mich da? Dann dürfen wir ja hereinkommen.«

Sie trat noch immer lächelnd in die kleine Diele, blickte kurz nach links, wo eine Garderobe stand, und schritt dann forsch nach rechts in den offenen quadratischen Wohnraum. Auch dieses Zimmer war für ihren Geschmack viel zu vollgestellt, was vor allem an der dunkelbraunen Schrankwand – Nussbaum antik, aber keine Antiquität – und dem wuchtigen Sitzensemble, bestehend aus einem schwarzen Ledersofa und zwei ebensolchen Ledersesseln, lag. Die Fenstersimse hinter den floral gemusterten Kunststoff-Stores waren über und über beladen mit den derzeit so angesagten Orchideen in allen denkbaren Bonbonfarben in farblich abgestimmten Keramik-Übertöpfen. Zwischen den kleinen einfachen Kunststofffenstern und der Couchgarnitur standen eine zierliche, fast hübsche Blondine, auch sie in engen Röhrenjeans, auch sie mit gefärbtem hüftlangem Haar, und ein großer gebeugter Mann Arm in Arm. Paula wiederholte ihren Gruß.

Als sie unaufgefordert auf einem der beiden Sessel Platz nahm, knarzte das dicke Leder unter ihrem Hintern wie unter einer schweren Last. Mit einer kleinen Genugtuung hörte sie dieses quietschende Ächzen auch, als Heinrich sich setzte. Die drei Gastgeber blieben ostentativ stehen. Sie warf Heinrich einen langen Blick zu, der von ihm mit einem kurzen verständigen Nicken aufgefangen wurde.

»Möchten Sie nicht auch Platz nehmen? Wir können uns doch dann viel entspannter unterhalten«, sagte er.

Noch zeigte sich das Trio unentschlossen. Sollten sie dieser Frage, bei der man nicht wusste, ob es nun eine freundliche Bitte war oder eine unverschämte Aufforderung, nachkommen? Nach einer langen Weile riss sich die jüngere der beiden Weber-Töchter von ihrem Vater los und nahm auf der Armlehne des breiten Sofas Platz. Schließlich tat es ihr Frank Weber gleich und setzte sich rechts neben sie, steif und lauernd. Jeannette Weber dagegen, deren Strassgürtel selbst in dem gedämpften Licht dieses dunklen Zimmers bizarr blinkte und glitzerte, blieb mit vor dem Körper verschränkten Armen stehen.

Paula sah sie prüfend an, dann wanderte ihr Blick zurück zu der Zweierbesatzung des Sofas. Und sie sah in den hängenden Mundwinkeln und hängenden Augenlidern, in all den auf den Kopf gestellten Us, die gleiche Muffigkeit und Ablehnung. Aber auch die Anstrengung, die eine solche geballte wie übereinstimmende Demonstration der schlechten Laune kostete.

»Ihre Schwiegermutter beziehungsweise Großmutter hat Sie ja bereits über den Mord an Frau Platzer informiert«, eröffnete Heinrich seine Unterhaltung und legte Stift und Notizblock griffbereit auf den Couchtisch.

»Wann haben Sie Elvira Platzer denn zum letzten Mal gesehen oder mit ihr gesprochen?«

Keine Antwort. Sämtliche Mundwinkel blieben in ihrer nach unten gezogenen Position. Heinrich wiederholte seine Frage. Schließlich antwortete Weber leise, ohne seinen Blick von der Schrankwand zu nehmen. »Wir hatten schon seit Jahren keinen Kontakt mehr zu ihr.«

»Seit wie vielen Jahren? Und trifft das auf jeden von Ihnen zu?«

»Seit 2004.«

Heinrich sah zu den Töchtern, die diese Angabe mit einem kaum wahrnehmbaren Kopfnicken bestätigten.

»Können Sie uns dennoch etwas sagen, was das Leben des Opfers anbelangt?«

»Nein.«

»Oder wissen Sie von Feinden beziehungsweise Personen, die Ihrer Schwägerin und Tante nicht wohlgesonnen waren?«

»Nein.«

»Dann hätte ich von Ihnen gern zumindest eine kurze Beschreibung, wie Frau Platzer war, damals, als Sie noch Kontakt hatten. Wie lebte sie, wie verbrachte sie ihre Freizeit, wie hat sie sich Ihnen gegenüber verhalten?«

»Das wissen wir nicht. Wir haben sie auch davor nur selten gesehen.«

»Nun, dann schildern Sie eben bitte Ihren Eindruck, den Sie von diesen wenigen Zusammenkünften hatten. An irgendetwas müssen Sie sich doch erinnern können.«

»Ich kann mich an nichts mehr bei dieser Person erinnern, an gar nichts mehr«, sagte Frank Weber in einer Weise, die sein Gesicht so leblos erscheinen ließ wie eine erstarrte Fliege in Bernstein. »Und meine Töchter auch nicht.«

»Wo waren Sie am vergangenen Montag um dreiundzwanzig Uhr?«

»Wir waren alle drei hier und haben ferngesehen.«

Das Gespräch war jetzt, nach nicht einmal zwei Minuten, an einem aussichtslosen Punkt angekommen. Heinrichs Notizblock lag noch in demselben Zustand vor ihm wie zu Beginn seiner Befragung – leer, ohne einen einzigen Eintrag.

»Damit wäre unsere Unterredung vorerst beendet. Oder, Frau Steiner?«, sagte Heinrich und wollte sich soeben aus dem Sessel schälen.

Für die Hauptkommissarin sah es ganz danach aus, als hätten die drei Webers exakt diese Fragen von ihnen erwartet, so emotionslos, wie die Antworten darauf gekommen waren. Dann waren es die falschen Fragen gewesen. Zeit, endlich ein paar richtige Fragen zu stellen. Sie gab Heinrich zu verstehen, dass er sitzen bleiben solle.

»Nein, noch nicht ganz. Haben Sie derzeit Schulden, Herr Weber?«

Er sah sie mit großen Augen an, die Bernsteinfliege schien zum Leben erwacht zu sein. »Nein, ich habe keine Schulden. Wie kommen Sie denn da drauf?«

Ja, wie kam sie darauf? Durch Heinrich und seine leider sehr flüchtige Einsichtnahme in Webers Kontoauszüge. Noch bevor sie sich eine amtliche, einigermaßen glaubwürdige Antwort zurechtlegen konnte, sekundierte ihr Heinrich bereits mit der Geschmeidigkeit des versierten Lügners.

»Uns liegen Zeugenaussagen vor, dass dem so sei. Und wir sind natürlich – speziell bei einem solchen Kapitalverbrechen – verpflichtet, dem nachzugehen.«

»Das ist ja eine Frechheit, so was! Rufschädigung ist das!«, schrie Jeannette Weber im hellen Diskant. »Das lassen wir uns nicht gefallen. Dagegen gehen wir gerichtlich vor. Wer behauptet so was, wer war das? Los, sagen Sie uns die Namen!«

»Aber Frau Weber«, sagte Paula in dem milden, nachsichtigen Tonfall einer Kindergärtnerin, die ihre Schutzbefohlenen schon zum x-ten Mal zur Ordnung rufen muss und davon leicht genervt ist, »das dürfen wir Ihnen doch nicht sagen. Das wäre ja gegen sämtliche Vorschriften. Also, halten wir fest, keiner von Ihnen hier hat momentan Schulden? Da habe ich Sie doch richtig verstanden, oder?«

»Natürlich nicht. Das haben wir doch schon gesagt«, lautete die schnelle Antwort von Jeannette Weber, die mittlerweile auf dem Sofa neben ihrem Vater Platz genommen hatte und betont gelangweilt die Augen verdrehte.

»Gut, dann können wir ja in aller Ruhe Ihre Angaben dazu und die unserer Zeugen abgleichen. So, das wäre geklärt.«

»Was verstehen Sie denn unter Schulden?«, fragte Tanja Weber und sah dabei auf ihre von Spliss ausgedünnten Haarspitzen. Es war ihr erster Beitrag zu diesem Gespräch, und im Gegensatz zu ihrer Schwester gab sie sich Mühe, ruhig und herablassend zugleich zu wirken.

»Unter Schulden verstehe ich Kredite, Rückstände, Verbindlichkeiten. Gegenüber der Hausbank zum Beispiel. Ist Ihnen das Wort nicht geläufig?«

»Und wenn man sein Konto mal überzieht, wie das jedem einmal passiert? Was ist dann? Sind das in Ihren Augen auch Schulden?«

»Frau Weber, fürs Fragenstellen bin ich hier zuständig. Jetzt noch mal: Haben Sie Schulden, ja oder nein?«

»Ich glaube«, Tanja Weber lächelte sie ironisch an, »eher nein. Oder doch? Vielleicht. Vielleicht auch nicht.«

»Schon recht. Nächste Frage. Welchen Beruf haben Sie und üben Sie ihn auch aus oder sind Sie arbeitslos?«

Auch das schien eine richtige, eine gute Frage zu sein, wenn man die erstaunten bis unruhigen Reaktionen darauf richtig deutete.

»Wozu wollen Sie das wissen?«, fragte die jüngere der Weber-Schwestern nach.

Und wieder war es Heinrich, der mit seiner Antwort eine nette Kostprobe seiner Phantasie, gepaart mit einer großen Portion an Reaktionsschnelligkeit, zum Besten gab.

»Wir brauchen immer ein klares Profil der Angehörigen, um Rückschlüsse auf den oder die Mörder unserer Opfer ziehen zu können.«

Ein Satz, der sich in keinem Lehrbuch zur kriminalpolizeilichen Befragung fand. Weil er so blöd- wie unsinnig war, der aber hier in dieser Doppelhaushälfte ernst und für voll genommen wurde.

»Ich war fast dreißig Jahre Lagerverwalter bei der Quelle«, meldete sich als Erster Frank Weber, »bin aber jetzt, seitdem es die Quelle nicht mehr gibt, Arbeitssuchender. Also ohne Arbeit.«

Jeannette Weber arbeitete als ausgebildete Tierpflegerin, und ihre jüngere Schwester Tanja studierte im nahen Erlangen an der Friedrich-Alexander-Universität Tiermedizin. Heinrich machte sich eifrig Notizen.

Eine Frage schoss ihr in den Kopf, ohne Zeit für die Antwort zu lassen. Durfte sie diesem Mann und seinen Töchtern das zumuten oder …?

»Wie war eigentlich das Verhältnis Ihrer Mutter zu Elvira Platzer, die ja immerhin ihre Schwester war?«, wandte sie sich direkt an Jeannette Weber.

Diese reagierte überraschend neutral, fast schon freundlich. »Normal, würde ich sagen. Oder, Papa?«

Frank Weber nickte. »Ja, ganz normal. Wie unter Geschwistern halt so üblich.«

»Geht irgendjemand von Ihnen auf die Jagd – oder hat jemand von Ihnen den Jagdschein?«, fragte Paula weiter.

Alle drei Webers hoben verwundert den Blick und schüttelten verneinend den Kopf.

»Nicht? Gut. Haben Sie, Frau Weber«, Paula wandte sich der älteren der beiden Schwestern zu, »in Ihrer Arbeit als Tierpflegerin Umgang mit scharfen Messern?«

»Nein, warum?«, lautete die prompte Gegenfrage.

»Die meisten Tierpfleger sind doch auch für das Zerkleinern der Nahrung der ihnen anvertrauten Tiere zuständig?«

»Ich nicht. Ich arbeite im Delphinarium, da wird das Futter schon fix und fertig angeliefert.«

»Aha.« Sie sah auf Heinrichs Block, auf dem nun das Wort »Delphinarium« zweimal umkringelt war. Das bedeutete: Darum würde er sich kümmern.

»Haben Sie hier im Haus irgendeine Art Mäuse- oder Rattengift gelagert?«

»Was fällt Ihnen ein?«, blaffte Jeannette Weber sie an. »Sehen wir so aus, als ob wir Ratten …«

»Mir würde ein einfaches Ja oder Nein völlig genügen«, fiel Paula ihr ins Wort.

»Nein.«

»Gut. Das wäre es dann vorläufig. Nein, eine letzte Frage habe ich noch: Sie sind sich ganz sicher, dass Sie vor ein bis zwei Wochen mit Frau Platzer nicht«, sie betonte die Verneinung, »in Kontakt getreten sind? Und dazu benötigen wir von jedem von Ihnen eine gesonderte Aussage. Für das Vernehmungsprotokoll, verstehen Sie.«

Natürlich erhielten sie und Heinrich dreimal die gleichlautende Antwort – ein fast schon empörtes »Nein« – auf diese überflüssige Frage, die sich dennoch gelohnt hatte. Denn als sie sich von dem Weber-Trio, das bis zuletzt auf seinem knarzenden Ledersofa sitzen geblieben war, verabschiedeten, zeigten die drei Mundwinkel kein auf den Kopf gestelltes U mehr, sondern bildeten eher einen langen, schmalen, hie und da zittrigen Gedankenstrich. Diese sichtlich gereizte Anspannung wertete Paula als Ergebnis ihrer richtigen Fragen.

Vor dem Haus bedeutete ihr Heinrich, ihm zu folgen. Er eilte die Ganghoferstraße Richtung Kreuzsteinweg entlang, bog dort ab und blieb abrupt stehen.

»Noch eine Sekunde länger, und ich hätte mich nicht mehr beherrschen können«, prustete er laut lachend los. »›Für das Vernehmungsprotokoll, verstehen Sie.‹ – Das war wirklich einsame Spitze, Paula.«

Sie musste eine Weile warten, bis er sich wieder beruhigt hatte.

»Aber bei Weitem nicht so pfiffig wie dein klares Profil der Angehörigen. Das war um Klassen besser. Wie dir das nur so schnell eingefallen ist.«

So standen sie noch ein paar Sekunden schweigend an der Straßenecke und sonnten sich in den Komplimenten, die sie sich gegenseitig gemacht hatten. Dann marschierten die Hauptkommissarin und ihr Oberkommissar zum Haus der Webers zurück.

Bevor sie sich trennten, kamen sie überein, erst morgen weiterzumachen. Heinrich mit den Kontenüberprüfungen und dem »gründlichsten Gegenchecken, das du dir überhaupt vorstellen kannst«, sie mit einer Fortsetzung ihrer Wühlarbeit in der Eichendorffstraße.

Auf ihrem Weg in den Vestnertorgraben hielt Paula noch beim nächstbesten Supermarkt an und kümmerte sich um ihre Vorratshaltung.

Sie ging dabei nicht planvoll vor, sondern ausschließlich nach dem Zufallsprinzip. Alles, was ihr vor die Augen kam und verführerisch aussah, packte sie in den Einkaufswagen, der somit am Ende dieses Zickzackkurses mit allerlei gesunden wie ungesunden Lebensmitteln gefüllt war. Mit Knäckebrot und Fertigpizza, Studentenfutter und drei Lauchstangen, gesalzener Butter aus dem Périgord und einer Familienpackung Vanilleeis, einem Glas steinloser griechischer Oliven und Schokoladenkeksen aus der französischen Schweiz, tiefgekühltem Spinat und einer Flasche Himbeeressig, zwei Päckchen Spaghettini und hundertfünfzig Gramm Salamiaufschnitt, einer Tausend-Gramm-Packung »Frankenland«-Topfen und zweihundert Gramm frischem Parmesan von der Käsetheke, mit gerebeltem Majoran, einer Packung tiefgefrorener Fischstäbchen, einem Sack Kartoffeln der Sorte Quarta, einer Stange Baguette, sechs oberpfälzischen Bio-Eiern, einem Sechserpack Joghurt und einem Bund Petersilie.

Drei schwere Tüten schleppte sie aus dem Geschäft und wunderte sich, wie ihre zweiundachtzigjährige Mutter solche Einkäufe ohne Auto, mit einem steilen Anstieg und einem fünfzehnjährigen Rauhaardackel bewältigte. Ohne zu klagen.

Eine Stunde später war der Kühlschrank gefüllt. Nun stand sie vor der diffizilen Aufgabe, sich aus seinem konfusen Sortiment ein Menü zusammenzustellen. Sie traf ihre Wahl zugunsten der Fertigpizza und des Vanilleeises als Dessert. Eine Flasche Riesling von der Mosel für lächerliche fünf Euro – feinherb, Jahrgang 2010, Steillage – vervollständigte diese raffinierte Speisenabfolge.

Nachdem sie sich eine Zigarette angezündet hatte, ging ihr die dürre, abgemagerte Elvira Platzer durch den Kopf. Was sie wohl zu Abend gegessen hatte – und vor allem: wo? Zusammengekauert auf ihrem Schlafsessel?

Dann verselbstständigten sich ihre Gedanken. Niemand, mit dem sie bislang über das Opfer gesprochen hatte, schien Anteil zu nehmen an seinem vorzeitigen, gewaltsamen Tod. Niemand zeigte irgendein Zeichen von Mitgefühl, von Mitleid ganz zu schweigen. Niemand außer dem Exmann. Und selbst bei ihm hatte sie eher die rasende Wut auf den Mörder seiner geschiedenen Frau als die Trauer über ihren Tod erkannt.

Woran lag diese auffallende Teilnahmslosigkeit, mit der Elvira Platzers Angehörige, Nachbarn und Kollegen auf die Grausamkeit dieses Mords reagierten? Lag es am angeblichen Geiz der Platzer, an ihrem Egoismus, an ihrem Wesen also, oder an ihrem Müll?

Sie drückte die Zigarette aus, stellte Teller, Besteck und Weinglas ins Spülbecken und schaltete das Licht in der Küche aus. Noch ein langer Blick auf die erleuchtete Burg. Und da, im Angesicht der mittelalterlichen Kaiserstallung und des davor lagernden tiefen dunklen Burggrabens, fiel ihr die Antwort auf ihre Frage ein.

Es lag an ihrem ganzen armseligen Leben. Denn wenn eine solche Katastrophe wie ein Mord in ein Leben tritt, das reich mit Glück und Überfluss gesegnet ist, nur dann scheint es sich wohl um eine wahre, um eine von der Außenwelt auch nachvollziehbare Tragödie zu handeln. Gerade so, als nähme die Tragödie ihr Maß an der Höhe des Absturzes, die bei Elvira Platzer als zu gering schien, um sie als dramatisch zu empfinden.

Doch das war eine Täuschung, dachte Paula, die noch immer grübelnd im Rahmen ihrer Küchentür stand. Die Tragik dieses Todes der Elvira Platzer mochte zwar unauffälliger als bei anderen Mordfällen daherkommen, war aber nicht weniger grausam. Nein, ganz im Gegenteil.

Paula löste sich vom Türrahmen, nahm Elvira Platzers Tüte und trug sie ins Wohnzimmer. Dort, auf dem Couchtisch, breitete sie den Inhalt aus: vier Eierbecher, einer davon aus Alpaka-Silber, eine Baseballkappe, die ungetragen wirkte, ein Türknauf aus Messing, eine alte Polaroid-Kamera, ein kleiner Bilderrahmen, geschnitzt aus Lindenholz, eine alte Mundharmonika von Hohner mit Originalschachtel, ein leeres Parfümfläschchen, ein Operngucker in einem schwarzen Lederetui und ein Buch, noch in Zellophan verschweißt. »Simplify your Life«, der Klassiker unter all den Entrümpelungs- und Wegwerf-Ratgebern. Sicher in guter Absicht geschenkt von jemandem, der die Wirkung von gedrucktem Papier auf Elvira Platzer allerdings weit überschätzte. Kein Foto, kein Brief, nichts, was auf tiefergehende persönliche Kontakte der Toten hingewiesen hätte. Und damit auch nichts, was Paula irgendwie weiterhelfen konnte. Enttäuscht packte sie die Sachen wieder in die Tüte, stellte sie an die Wohnungstür und ging ins Bett.

6

Noch bevor sie ihr Stalker belästigen konnte, weckte sie am nächsten Morgen das Telefon aus dem Schlaf. Sie sah auf das Display: Es zeigte die Handynummer von Paul Zankl, der um diese Uhrzeit nicht mehr daheim, aber auch noch nicht an seinem Arbeitsplatz sein konnte. In dem bangen Gefühl, dass ihm etwas passiert war und er ihre Hilfe brauchte, nahm sie den Hörer ab.

»Ja, Paul, ist was?«

»Guten Morgen erst mal, nein, es ist nichts. Oder doch, natürlich ist was. Deshalb rufe ich ja an. Wir zwei haben heute eine Verabredung. Du erinnerst dich doch sicher, um halb sechs vor dem Polizeipräsidium.«

Oh, das Fußballspiel, das hatte sie tatsächlich vergessen. Erst jetzt, in diesem Augenblick, erinnerte sie sich an ihre Verabredung. Und so antwortete sie mit dem schlechten Gewissen der um ein Haar Ertappten: »Natürlich. Meinst du, ich vergesse so was?«

»Na, sicher war ich mir nicht. Aber dann ist ja alles in Ordnung. Also bis heute Nachmittag. Und bring gute Laune mit. Ich fürchte, die werden wir brauchen. Schalke spielt nämlich in letzter Zeit sehr stark.« Dann beendete er das Gespräch.

Das auch noch. Ihr Vorhaben, sich heute in der Eichendorffstraße einzuigeln und dort ohne Zeitlimit das Oberste zuunterst zu kehren, sprich: nach Hinweisen zu fahnden, war damit geplatzt. Somit würde sie das auf den Samstag verschieben. Schließlich hatte sie an diesem Tag sowieso Bereitschaftsdienst.

Nachdem sie Kaffee aufgesetzt, das Ei in den Wassertopf gelegt und den Küchentisch hübsch eingedeckt hatte, stellte sie sich ans Fenster und blickte auf ihre Burg, die wie immer um diese Zeit eine ergreifende Ruhe und Erhabenheit ausstrahlte. Erfreut registrierte sie das verheißungsvolle Blassblau des Himmels, das im Laufe des Tages zu einem satten wolkenlosen Blau mutieren würde, welches auch der Sonne zu ihrem Recht verhalf.

An der niedrigen Steinmauer vor dem Burggraben lehnte eine Frau und schien zu ihr heraufzusehen. Sie kniff die Augen fest zusammen und betrachtete die Gestalt mit dem rotblonden Haar genauer. Erschrocken tat sie einen Schritt zur Seite und stellte sich hinter die blickgeschützte Wand. Das durfte doch nicht wahr sein … das war doch nicht möglich … oder doch? Schnell lief sie ins Wohnzimmer, holte sich die Brille, die noch auf dem Couchtisch lag, und setzte sie auf. Dann huschte sie in die Küche zurück, gebückt und darauf bedacht, dass man sie von der Straße her nicht sehen konnte, und bezog vorsichtig Stellung am linken Fensterrahmen.

Ihr dritter Blick, nun geschärft durch die Sehhilfe, bestätigte, was sie befürchtet hatte: Tatsächlich, das war Eva Brunner, die da an der Steinmauer lehnte und in aller Seelenruhe darauf zu warten schien, sie an der Haustür abzufangen. Für Paula wirkte das wie eine Herausforderung zu einem Duell.

Mit dieser Hartnäckigkeit ihrer Mitarbeiterin, die schon Züge der Aufdringlichkeit trug, hatte sie nicht gerechnet. Sie setzte sich an den Küchentisch und dachte nach. Was wollte die Anwärterin von ihr? Wahrscheinlich reden, ja, aber worüber und mit welcher Absicht? Sie kam zu dem Schluss, dass da draußen eine Gefahr lauerte, die umso bedrohlicher schien, als sie nicht wusste, aus welcher Richtung das Gefecht eröffnet werden würde. Es war vor allem diese Ungewissheit, die sie bei der unvermeidbaren Begegnung störte. Paula hatte die Sachen gern im Griff.

Nachdem sie sich ihre Taktik – und zwar die des bedeutungsvollen Schweigens bis zur allerallerletzten Minute –, die ihr speziell für diese Situation äußerst raffiniert zu sein schien, für das Treffen draußen auf der Straße zurechtgelegt hatte, schenkte sie sich den Kaffee ein und klopfte das Ei auf. Gab sich Mühe, das opulente Frühstück, auf das sie sich schon seit gestern Abend gefreut hatte, zu genießen. Besonders gut gelang ihr das nicht.

Eine gute halbe Stunde später verließ sie die Wohnung. Unten vor der Haustür blieb sie stehen. Eva Brunner winkte zaghaft und kam dann über die Straße auf sie zu. Ohne jeden Morgengruß eröffnete sie das Gespräch.

»Mein Papa hat gemeint, wenn ich noch irgendeine Chance bei Ihnen hätte, dann nur, wenn ich mit Ihnen persönlich rede.«

Paula war so perplex, dass sie augenblicklich ihre äußerst ausgebuffte Taktik vergaß und, statt bedeutungsvoll zu schweigen, nachfragte. »Welche Chance?«

»Na ja, dass ich halt wieder zu Ihnen zurückkehren kann und nicht in Trommens Kommission wechseln muss.«

Wieder folgte kein strategisch bedeutungsschwangeres Schweigen, sondern die neugierige Frage: »Warum?«

»Weil es bei Ihnen viel aufregender, lehrreicher und auch schöner ist als bei Trommen. Beziehungsweise in allen anderen Mordkommissionen.«

»Schöner? Das hat aber vor Kurzem noch ganz anders geklungen, Frau Brunner. Sie haben doch selbst gesagt, das ist Ihnen alles viel zu eng und zu wenig professionell bei uns. Weil wir doch nur die Pamperl-Fälle haben, was ja auch stimmt. Sie wollten doch ausdrücklich in eine größere Kommission wechseln, in eine, die auch spektakulärere Fälle bearbeitet als wir, also als Herr Bartels und ich.«

»Das hab ich doch nicht ernst gemeint, das müssen Sie mir glauben. Das hab ich doch überhaupt nicht ernst gemeint. Ganz im Gegenteil. Das hab ich doch nur gesagt, damit ich nicht so blöd vor Ihnen dastehe. Noch blöder als ohnehin.«

Paula hatte Mühe, ihre Immer-noch-Mitarbeiterin zu verstehen, akustisch zu verstehen, so leise, wie diese sprach. Auch wenn Eva Brunner ihrem geraden Blick standzuhalten versuchte. Das wiederum gefiel ihr.

»… nachdem ich mich am Dienstag so aufgeführt habe. Ihnen gegenüber.«

»Stimmt, das haben Sie. Und nicht nur am vergangenen Dienstag. Mir ist auch schon vorher aufgefallen, und zwar sehr unangenehm aufgefallen, dass Ihnen die Lust an der Arbeit vergangen sein muss. So pampig und anmaßend, wie Sie in den letzten Wochen waren.«

Nach einem vorübergehenden Zugeständnis an ihre Strategie, das heißt: nach einer bedeutungsvollen Pause, fügte sie hinzu: »Ich glaube halt, dass Ihnen das, was Sie heute sagen, schon in kurzer Zeit leidtun wird. Dass Sie sich in Trommens Kommission doch wohler fühlen …«

»Nein, überhaupt nicht, Frau Steiner«, wurde sie unterbrochen, sehr lebhaft und diesmal sehr gut zu verstehen, »wirklich nicht. Ich hatte doch jetzt genug Zeit zum Nachdenken, und ich hab diese Zeit auch genutzt, wie Sie mir geraten hatten. Ich will wieder zu Ihnen.

Bitte. Wenn das irgendwie möglich wäre. Bitte überlegen Sie sich das doch noch mal mit mir.« Eva Brunner brachte bei ihrer Bitte sogar die Andeutung eines Lächelns zustande.

Paula hörte die Ernsthaftigkeit dieses dringenden Wunsches, blieb aber skeptisch.

»Gut, überlegen werde ich es mir«, versprach sie. »Und trotzdem hätte ich gern eine Erklärung von Ihnen gehört, was Sie zu Ihrem Verhalten in letzter Zeit geführt hat, das ja so ganz anders war als noch zu Beginn Ihrer Tätigkeit bei uns. Denn so etwas von der Art, was da am Dienstagvormittag vorgefallen ist, möchte ich nicht noch mal erleben.«

Da reagierte ihre sonst so redselige bis leider auch geschwätzige Mitarbeiterin völlig unerwartet – sie sagte nämlich nichts.

»Sie haben anscheinend auch keine Erklärung dafür.«

»Doch, schon. Aber ich weiß nicht, wie ich das jetzt ausdrücken soll.«

»Am besten so, dass ich es auch verstehe«, wurde sie von ihrer Vorgesetzten mehr ermuntert als aufgefordert.

»Also ich glaube halt, dass ich mich deswegen so danebenbenommen habe, weil … na ja, weil Sie und Heinrich sich doch so gut verstehen. Da habe ich anscheinend keine andere Möglichkeit gesehen, mich vor Ihnen zu behaupten, als dass ich mich entsprechend aufführe. Das hat auch mein Papa gemeint.«

»Was? Das habe ich jetzt nicht verstanden. Das müssen Sie mir schon genauer erklären.«

Und da zeigte Eva Brunner endlich wieder ihr wahres Gesicht und redete und redete und …

»… will ich damit nicht sagen, dass ich mir wie das sprichwörtliche fünfte Rad am Wagen vorkam, aber es geht schon in die Richtung … hatte ich immer das Gefühl, Sie schätzen Heinrich mehr als mich … obwohl, das stimmt schon, ich genau wie er bei allen Einsätzen dabei war … und trotzdem war ich überzeugt, wenn ich mal gehe, dass mir keiner eine Träne hinterherweint, weder Sie noch Heinrich … im Prinzip haben Sie und Heinrich ja auch alles gemacht, die ganzen Fälle gelöst … mich braucht's doch gar nicht in diesem Team, das habe ich mir oft gedacht … Sie stehen ja auch so«, sie presste Mittel- und Zeigefinger der rechten Hand zusammen, »zueinander, da passt kein Blatt Papier dazwischen …«

So viele Worte zu einer so frühen Zeit, das überforderte Paulas Aufnahmekapazität. Immer wieder schaltete sich – und das durchaus gegen ihren Willen – ihre auditive Hirnrinde selbsttätig ab, sodass sie von Eva Brunners Ansprache nur einzelne Satzfetzen mitbekam.

»Die kriegen das auch so hin, ohne mich … freilich ist das eine subjektive Ansicht von mir, das weiß ich, die gar nicht stimmen muss, aber … ganz oben stehen Sie, gleich daneben Heinrich, und wo steh ich eigentlich, das hab ich mich oft gefragt … obwohl Sie sich mir gegenüber nie, wirklich nie gönnerhaft gezeigt haben, also ein Lob ohne Ressourcen verteilt haben, wie das bei vielen Chefs jetzt so üblich ist, vor allem bei männlichen Chefs, die verteilen gern so Komplimente ohne jede Folgen, also ein Lob ohne Ressourcen, weil es …«

»Ich weiß, was ein Lob ohne Ressourcen ist«, sagte sie so ungehalten wie unaufrichtig.

»Ja, natürlich. Ich will damit auch nur sagen: Wenn Sie mich mal gelobt haben, dann hatte ich schon den Eindruck, Sie meinen es …«

»Und dann haben Sie sich gedacht«, unterbrach Paula schließlich diesen wortreichen Erguss, dem zudem am Schluss noch eine Kostprobe von Eva Brunners Lieblingslektüre »Psychologie heute« beigemischt war, »so, und jetzt ändere ich mal die Reihenfolge, jetzt stelle ich mich mal an die Spitze. Sollen die anderen doch mal sehen, wie das ist. Oder?«

»Ja. So ungefähr.«

Offen gesagt wusste Paula nicht, was sie von der ganzen Sache halten sollte. Irgendetwas fehlte ihr in der Brunner'schen Offenbarungskette noch. Doch auch das wurde jetzt prompt nachgeliefert.

»Ich entschuldige mich bei Ihnen, Frau Steiner. Es tut mir ganz furchtbar leid, alles. Und Sie können sicher sein, dass sich das nicht wiederholen wird. Nie! Ich wäre Ihnen sehr dankbar, wenn Sie sich das mit mir noch mal in aller Ruhe überlegen würden. Bitte nehmen Sie zumindest meine Entschuldigung an.«

Erwartungsvoll sah die Anwärterin sie mit jetzt vor Anstrengung geröteten Wangen an.

»Gut, Ihre Entschuldigung akzeptiere ich. Und am Montagmorgen sage ich Ihnen Bescheid, wie ich mich entschieden habe.«

»Früher geht es wohl nicht? Am Sonntag zum Beispiel?«

»Nein. Am Montag in der Früh. So, und jetzt muss ich mich auf den Weg machen.«

Sie verabschiedete sich mit einem Kopfnicken und ging raschen Schrittes den Vestnertorgraben nach rechts. Gerne hätte sie sich noch einmal umgedreht, um nach Eva Brunner zu sehen. Doch da sie sich diese Blöße der Neugier nicht geben wollte, blieb ihr gar nichts anderes übrig, als weiterzugehen, bis sie sich endlich im Schutz der Burg unbeobachtet und sicher fühlte.

Dort, in der Mitte des niedrigen, langen und immer leicht modrig riechenden Tunnels, der den Graben mit der Innenanlage der Burg verband, blieb sie stehen, kramte aus ihrer Handtasche die Reservepackung für Notfälle hervor, zündete sich die zweite Zigarette des Tages an und blaffte einen Touristen, der sie und vor allem die glimmende Zigarette böse und tadelnd anstarrte, wutentbrannt an: »Ist was? Passt Ihnen was nicht an mir?«

Hatte sie sich richtig verhalten? Oder hätte sie Eva Brunners Ansinnen kategorisch ablehnen sollen, gleich von Anfang an? Dass sie die Entschuldigung angenommen hatte, war auf jeden Fall richtig. Doch, ja. Sie war ja nicht nachtragend. Aber dass sie ihr das Versprechen gegeben hatte, die »ganze Sache« nochmals zu überdenken, war vielleicht voreilig gewesen? Obwohl, nein. Überdenken hieß ja nicht, dass sie jetzt verpflichtet war, sie wieder aufzunehmen. Überdenken hieß überdenken. Nicht mehr, nicht weniger. Das würde sie am Wochenende machen, das Pro und Contra abwägen – am besten schriftlich – und dann sicher zu einem Entschluss kommen, der Bestand haben würde. Jetzt nicht. Dazu brauchte sie Ruhe.

Drei Minuten später, sie stieg die steilen Steinstufen des Burgbergs hinab, hatte sie sich bereits entschieden. Ohne Ruhe, ohne Pro und Contra und ohne dass ihr das bewusst gewesen wäre. Bewusst war ihr in dem Augenblick nur, dass sie sich über die Vorstellung schlichtweg freute, wieder in dieses Gesicht schauen zu können, auf dem der Arbeitseifer und die Leidenschaft nur so brannten, zumindest in der Vergangenheit gebrannt hatten. Und heute, bei diesem Gespräch vor dem Burggraben. Das vor allem hatte sie in den vergangenen Tagen am meisten vermisst. Diese ansteckende, mitreißende Begeisterung von Eva Brunner für das, was sie tat.

Mit diesem instinktiven Entschluss hatte sie sich gleichzeitig auch von dem Führungsmodell des Kollegen Trommen verabschiedet, das ihr bis vor Kurzem noch so verlockend erschienen war. Von dessen zwar intakter und nach außen hin auch bestens funktionierender linearer Befehlsstruktur. Aber oben und unten – ihr lag das nicht. Wahrscheinlich weil es sie zu sehr in die Pflicht nahm. Weil sie dann bei allem, was sie tat, auf einen sehr engen, kleinen Rahmen festgelegt war. Sie war ja nicht Hauptkommissarin geworden, um machtpolitische Spielchen zu organisieren, sondern um einigermaßen frei über ihren eigenen Arbeitsstil entscheiden zu können. Und überhaupt, das mit den strammen Hierarchien widersprach zu sehr ihrer Vorstellung von Gemütlichkeit, von einer Arbeitsatmosphäre, in der zuallererst sie sich wohlfühlen konnte.

Als sie vor dem Hauptmarkt stand, auf dem die ersten Händler ihre Obst- und Gemüsekisten ausluden, hatte Trommens Modell von Oben und Unten, von Befehl und Gehorsam endgültig ausgedient. Paula Steiner war wieder zu ihrem eigenen Modell zurückgekehrt. Zu dieser vielschichtigen und mitunter anstrengenden Allianz aus Loyalität und Leidenschaft. Sie wusste, dass das eine nicht ohne das andere zu haben war. Und intuitiv ahnte sie, dass ihre Kommission umso effizienter arbeitete, je weniger sie selbst mit den Keulen der Unterdrückung hantierte. Dass Einfühlungsvermögen und Macht keine Widersprüche sein müssen. Im Gegenteil. Dass sogar das eine zur Optimierung des anderen beitragen kann. In einer scheinbar machtfreien Sphäre.

Auf dem Flur im zweiten Stock sprach Jörg Trommen sie an.

»Ich hab gehört, du willst die Brunner loswerden. Ich nehme sie dir ab. Gern sogar. Wir brauchen immer fähige Leute.«

»Du täuschst dich, ich will Frau Brunner nicht loswerden. Ich brauche nämlich auch fähige Leute.«

»Aber Fleischmann hat doch gesagt, du hast sie suspendiert und versuchst jetzt, sie …«

Diesen durchaus richtigen Einwand überhörte sie und fragte stattdessen: »Weißt du überhaupt, was ein Lob ohne Ressourcen ist?«

»Ein Lob ohne Ressourcen, was soll das sein?«

»Du weißt es nicht, das hatte ich schon befürchtet.«

Damit verschwand sie in ihrem Büro und zog die Tür hinter sich zu.

Sie bedachte Heinrich mit einem beiläufigen »Guten Morgen, gleich, ich muss mich erst mal schlaumachen«, dann ließ sie ihren Computer hochfahren, loggte sich ein und googelte nach »Lob ohne Ressourcen«. Sie wurde schnell fündig: Laut »Psychologie heute« handelte es sich dabei um ein gönnerhaftes Lob, das ohne Folgen bleibt, da es keine Beförderung oder Gehaltserhöhung nach sich zieht. Und das darum in der Regel von den Mitarbeiterinnen als diskriminierend empfunden wird. Männliche Mitarbeiter schienen von ihren männlichen Chefs also kein derartiges Lob spendiert zu bekommen.

Nein, solche Art Komplimente verteilte sie wirklich nicht, weil sie nämlich überhaupt keine Komplimente oder Belobigungen verteilte. Das hatte auch sein Gutes, wie sie jetzt erfuhr, denn die mit solcher Art ressourcenlosem Lob bedachten Mitarbeiterinnen reagierten darauf erst verärgert und dann mit Leistungsabfall. Vor allem jene, dachte sie, die »Psychologie heute« abonniert hatten.

»Paula, willst du jetzt hören, was ich Hochinteressantes herausgefunden habe?«

Sie sah Heinrich mit einem strahlenden Lächeln an. »Aber natürlich, ich bin schon ganz gespannt.«

Dann stand sie auf und ging zum Faxgerät. Der Vorsitzende des Nürnberger Jäger- und Jagdschutzverbandes hatte Wort gehalten und ihr die Mitgliederliste gestern Abend noch zugefaxt. Immerhin vierhundert eingeschriebene Mitglieder zählte der regionale Verband. Allerdings keines mit dem Namen Weber.

»Die Platzer war eine richtig reiche Frau. Allein auf ihrem Girokonto hatte sie gut dreißigtausend Euro. Und zwei Sparbücher hatte sie auch. Rat mal, wie viel da drauf waren?«

Ah, das Lieblingsspiel des Oberkommissars. Meist weigerte sie sich, den ahnungslosen Gegenpart bei diesen ungleichen Partien zu geben. Doch heute war ein guter Tag und sie blendender Laune. Also antwortete sie: »Auch noch mal so viel.«

»Ha«, schnaubte Heinrich verächtlich und triumphierend zugleich, »du hast recht. Aber erst, wenn du eine Null dranhängst. Exakt einhundertvierzigtausend Euro waren da auf jedem Sparbuch gebunkert. So ein altmodisches Sparbuch, das hat doch heutzutage gar keiner mehr.«

»Doch, ich. Ich bin nämlich mit dem neumodischen Sparen damals dermaßen reingefallen, dass ich mir gedacht habe: Das passiert dir nicht wieder. Ab sofort wird das Geld mündelsicher angelegt, auf einem richtigen Sparbuch, das man auch in die Hand nehmen und darin nachschauen kann, wie es wächst und wächst. Und, weiterer Vorteil, ich sehe den ganzen Zinsschwankungen sehr gelassen entgegen. Ich«, betonte sie, »kann mir sicher sein, am Ende des Jahres ist mehr drauf als am Jahresanfang. Geringfügig mehr, aber immerhin. Und genauso wird auch die Platzer gedacht haben.«

»Das hätte ich jetzt nicht von dir gedacht, Paula. Dass du ausgerechnet da so konservativ bist«, stellte Heinrich mit echter Verwunderung fest.

»Jawohl, da bin ich konservativ. Und ich stehe auch dazu. Warum, wie hast denn du dein Geld angelegt?«

»Welches Geld?«

»Na, komm, so schlecht verdienst du auch nicht. Dir muss doch mindestens die Hälfte deines Gehalts am Monatsende übrig bleiben.«

»Du, ich zahle schon mal unsere Miete allein, und das sind immerhin fünfhundertfünfzig Euro jeden Monat. Gut, meine Oma übernimmt die ganzen Nebenkosten, aber trotzdem … Dann erledige ich alle Einkäufe, weil ich ihr die Schlepperei nicht zumuten will, da kommt auch einiges zusammen. Also, die Hälfte bleibt mir auf keinen Fall. Vielleicht ein Viertel, wenn überhaupt. Und das leg ich brav auf die Seite, um meine HiFi-Anlage zu optimieren. Leider habe ich immer so ausgefallene Wünsche in der Richtung, sprich sehr teure. Im Augenblick spare ich auf einen Tonarm von SME, aber natürlich nicht auf einen in der noch bezahlbaren Preisklasse, sondern auf das absolute Top-Modell, auf den SME V gold für fünftausend Euro. Genau der muss es sein und kein anderer. Da sind aber die NF-Kabel schon dabei.«

»Ja, der Wahnsinn. So viel Geld für einen lumpigen Tonarm. Und wie lang sparst du da schon hin?«

»Zwei Jahre. Und im Herbst ist er fällig. Du könntest so was bestimmt locker aus der Portokasse bezahlen.«

»Pah!« Sie lachte kurz auf. »Da überschätzt oder unterschätzt du mich, je nachdem. Jetzt rat einmal, wie viel auf meinem Sparbuch – und ich habe nur ein einziges – ist?«, fragte sie.

»Vierzig- oder fünfzigtausend?«

»Exakt zwölftausend Euro.«

»Das wundert mich. Du verdienst doch gut. Und du hast – großer Vorteil in den heutigen Zeiten – eine Wohnung, die dir gehört. Du zahlst also schon mal keine Miete. Was machst denn du mit deinem ganzen Geld?«

»Ich? Ich habe zum Beispiel keine Oma, die für die ganzen Nebenkosten aufkommt. Ich muss alles selbst zahlen. Also Strom, Gas, Wasser, Telefon, Hausmeister, Hausverwaltung, Einlagen bei der Eigentümergemeinschaft für größere Reparaturen, Versicherungen – das ist wie eine zweite Miete. Dazu kommen noch Steuer, Versicherung und Benzin für mein Auto. Dann zahle ich seit zwei Jahren den Klavierunterricht für mein Patenkind, das sind im Monat auch über zweihundert Euro. Und schließlich überweise ich meiner Mutter jeden Monat noch zweihundertfünfzig Euro, damit sie einigermaßen anständig über die Runden kommt. Da bleibt nicht so viel hängen. Vielleicht ist es auch ein Viertel wie bei dir.«

Heinrich und sie hatten soeben ein Tabu gebrochen. Sie hatten über Geld gesprochen, nicht über fremdes Geld, sondern über ihre eigenen finanziellen Verhältnisse. Offen und ehrlich. Diese Offenbarung verlangte auf beiden Seiten nach einer längeren gedankenvollen Pause. Schließlich gewann das fremde Geld, die finanziellen Verhältnisse von Elvira Platzer, wieder die Oberhand.

»Im Verhältnis zu uns war die Platzer also steinreich«, sagte Heinrich.

»Nicht nur im Verhältnis zu uns. Und hat dabei doch so ein armseliges Leben geführt. Aber ich frage mich schon, woher sie all das Geld hatte. Bei einem Gehalt von zweitausendsiebenhundert Euro im Monat. Da blieben ihr als Alleinverdienerin vielleicht die Hälfte, also dreizehn-, vierzehnhundert. Und damit kommt man auf über dreihunderttausend Euro? Das kann ich mir nicht vorstellen.«

»Ich mir schon«, widersprach Heinrich. »Wenn du so sparsam beziehungsweise so extrem geizig bist, wie sie es anscheinend war, da kommt schon einiges zusammen. Und du musst auch ihr hohes Alter bedenken. Die hatte ja jahrzehntelang Zeit, dieses Vermögen anzusammeln.«

»Hohes Alter? Heinrich, kann das sein, dass du nicht mehr richtig tickst? Die Platzer war einundfünfzig, als sie umgebracht wurde. Eine Frau in den besten Jahren, also fast in den besten Jahren.«

»Ach, das hatte ich ja ganz vergessen, entschuldige, damit haben wir hier ja ein Problem«, lächelte Heinrich ihr zu.

Sie ignorierte seine süffisante Bemerkung.

»Du hältst es also für möglich, dass jemand bei äußerster Sparsamkeit so viel auf die hohe Kante legen kann, nur mit seiner Arbeit?«

»Aber klar, Paula. Die Platzer war ja dreißig Jahre berufstätig. Da kommt schon was zusammen. Die hat doch an allem gespart: an der Kleidung, der Ernährung, an ...«

»Trotzdem musste sie ja von was leben und was essen. Nehmen wir mal an, ach, da müssen wir uns auch noch drum kümmern, sie hatte ein Auto ...«

»Ein Auto hatte sie nicht. Ich habe die Kontoauszüge der letzten Jahre überprüft, da waren keine Zahlungen für Kfz-Steuer oder Autoversicherung dabei. Also könnte meine Überlegung doch stimmen, zumindest in etwa.«

»Das glaube ich nach wie vor nicht. Aber vielleicht hat ihr Vater damals auch Bargeld an sie vererbt. Oder ihr Mann musste Miete zahlen, als er noch bei ihr wohnte.«

»Hm. Das ist bei der gut möglich. Und außerdem kann es uns doch wurscht sein, wie die das zusammengerafft hat. Tatsache ist jedenfalls, es ist da. Plus die Eigentumswohnung.«

»Du magst die Platzer nicht, gell?«

»Nein. Nach allem, was ich bisher über sie gehört habe, muss das ein habgieriger und nur an sich interessierter Mensch gewesen sein, der so gar nichts Nettes an sich hatte.«

»Und ihre schwere Vergangenheit?«

»Interessiert mich so viel wie das Schwarze unter meinen Fingernägeln. Andere haben auch eine schwere Kindheit oder viel durchgemacht, das ist doch kein Freifahrtschein, so ekelhaft zu werden, so ... ja, fast schon unsozial. Und du, magst du sie denn?«

»Sie tut mir leid.«

Das tat sie wirklich.

Paula, der es manchmal nur sehr schwer gelang, auch nur einen Funken Mitgefühl für die massenhaften Opfer von Katastrophen zu empfinden, die ihr der Fernseher tagtäglich ins Wohnzimmer flutete, hatte tatsächlich Mitleid mit dieser allseits unbeliebten Frau. Auch weil sie wusste, dass sie die Einzige war, die an deren schrecklichem Tod irgendeine Form von Anteil nahm. Und an ihrem vertanen Leben.

Geld strukturierte die Welt, es organisierte das Leben, nolens volens. Doch bei Elvira Platzer, die so viel davon hatte, führte es dazu, dass ihr Leben aus dem Ruder lief. Dass es unberechenbar und chaotisch wurde. Leer und voll zugleich, einsam, in der maßlosen, erdrückenden Gesellschaft von Ramsch und Schrott. Da ging der ehemaligen Soziologiestudentin Steiner ein Zitat durch den Kopf. Es stammte von dem Soziologen Niklas Luhmann, der dem Geld eine »geradezu abartige Indifferenz und metallene Herzenskälte« attestierte.

Und wer sich so danach sehnt, sein ganzes Leben danach ausrichtet, wie es bei der Toten offensichtlich der Fall war, auf den färben diese Charaktereigenschaften irgendwann einmal ab. Man kann gar nichts dagegen tun, wird genauso kalt und gleichgültig wie das, was man im Überfluss besitzt. Und dann hatte diese Sehnsucht auch andere gepackt und Elvira Platzer zu Fall gebracht. Gleich zweimal zu Fall gebracht.

»Ich denke«, sagte Paula, »das Motiv ist jetzt klar: Es geht ums Geld. Beide Male.«

»Ja, das habe ich ja von Anfang an geglaubt. Geld ist immer ein gutes Motiv.«

Dann erzählte sie ihm von ihrem Gespräch von heute Morgen vor der Haustür. Nur das Nötigste. Dass Frau Brunner sich bei ihr entschuldigt habe, dass sie unbedingt zu ihnen beiden zurückkehren wolle und dass sie, Paula, ihr versprochen habe, das zu überdenken. Von den Gründen, die zu dem auffälligen Verhaltenswechsel der Anwärterin geführt hatten, sagte sie nichts.

»Du hast ja gestern schon angedeutet, dass wir sie deiner Meinung nach wieder aufnehmen könnten. Oder täusche ich mich da?«

»Nein, du täuschst dich nicht. Meinetwegen kann sie ruhig wiederkommen. Aber letztendlich ist das doch deine Entscheidung, Paula. Und wenn sie wieder das Spinnen anfängt?«

»Dann fliegt sie hochkantig raus. Und zwar endgültig. Doch ich bin überzeugt, dass sich das nicht wiederholen wird. Mal etwas anderes: Weißt du eigentlich, was ein Lob ohne Ressourcen ist?«

»Aber natürlich. Das ist ein folgenloses Lob, wird vor allem gern von männlichen Chefs an weibliche Mitarbeiterinnen verteilt, um sie ruhigzustellen. Damit sie auf der Karriereleiter nicht weiter nach oben oder gar mehr Geld haben wollen. Kommt aber in der Regel überhaupt nicht gut an bei den so mit Lob überhäuften Damen. Da staunst du, wie gut ich informiert bin?«

»Schon, ja.«

»Habe ich aber aus zweiter Hand«, lächelte er. »Die Eva hat mich immer – ich betone: immer – auf dem Laufenden gehalten, was in ihrem Psychologie-Heftel so drinsteht. Ich weiß alles, bis ins kleinste Detail. Und jetzt frag mich mal, ob ich das alles wissen will.«

»Ich fürchte, nein.« Sie musste lachen.

»Da hast du vollkommen recht. Diese ganze Psycho-Schiene interessiert mich überhaupt nicht.«

»Frau Brunner sagte nämlich heute Morgen, dass ich kein derartiges Lob, also ein Lob ohne Ressourcen, ausspreche. Und ich hatte den Eindruck, das meinte sie durchaus positiv.«

»Da hat sie vollkommen recht, mit dem Lob. Weil du nämlich gar nicht lobst, nie. Weder mit noch ohne Ressourcen.«

»Fehlt dir das manchmal?«

»Ach nein, ich kenne dich ja. Das passt schon so.«

Sie nahm sich vor, in Zukunft besser darauf zu achten, überdurchschnittliche Leistungen ihrer Mitarbeiter zu würdigen. Und da man solche Vorhaben nicht auf die lange Bank schieben soll, machte sie jetzt gleich beherzt den Anfang.

»Auf jeden Fall bin ich dir sehr dankbar, dass du mir sofort zu Hilfe gekommen bist am Mittwoch. Das wollte ich bloß mal in aller Deutlichkeit zum Ausdruck bringen. Und auch dass du so schnell die Konteneinsicht beantragt hast, finde ich ganz prima. Danke.«

»Mensch, Paula, das ist doch Routinearbeit, das ist nichts Besonderes. Dafür bin ich ja da.«

»Schon, aber bei mir hätte es viel länger gedauert.«

Sie hatte den Eindruck, dass ihr Lob Heinrich vollkommen egal war. Da gab sie ihr Vorhaben wieder auf. Denn im Prinzip hatte er ja recht: Dazu war er da und dafür wurde er bezahlt, damit er solche Arbeiten erledigte.

»Hast du jetzt schon die Konten ausgewertet?«

»Ja, noch nicht bis ins letzte Detail, das mache ich dann im Anschluss, aber einen Überblick hab ich mir verschafft. Also, die Rupp steht finanziell gut da, zwar nicht so gut wie ihre Tochter, aber sie hat eine Witwenrente und eine fast so hohe eigene Rente. Keine Schulden.«

»So, na ja, das habe ich mir fast schon gedacht. Und bei der Familie Weber, wie sieht es da aus?«

»Nicht so rosig. Frank Weber hat schon seit Längerem mit Schulden zu kämpfen. Er und seine Frau haben sich wohl bei dem Hauskauf finanziell übernommen. Die Mitarbeiterin der Sparkasse, bei der ich nachgefragt habe, sagte mir, dass sie ihm im letzten Jahr die Zwangsversteigerung des Hauses ankündigen mussten. Die wusste auch von seiner langjährigen Arbeitslosigkeit. Dem ist einfach peu à peu das Geld ausgegangen. Im Herbst letzten Jahres hat er das Haus dann auf seine Töchter überschreiben lassen. Die beiden kommen den Verbindlichkeiten zwar besser nach als ihr Vater, aber es reicht halt hinten und vorn nicht. Zumal ja nur die eine, diese Jeannette, ein geregeltes Einkommen hat.«

»Aha. Das ist doch schon mal was. Da haben sie uns also angelogen. Und insofern werden wir ihnen demnächst wieder einen Besuch abstatten. Ach nein, die laden wir vor. Alle drei. Und vernehmen sie getrennt. Und wie schaut es bei Herrn Platzer aus?«

»Genau wie bei der Rupp: keine Schulden, nichts Auffälliges. Aber große Sprünge kann er auch nicht machen.«

»Was ist eigentlich aus den Phantombildern geworden? Sind die zwei Zeugen gestern noch gekommen?«

»Das hätte ich jetzt fast vergessen.« Heinrich griff unter seine aufgeschlagene Zeitung und hielt ihr eine dieser hellgrauen Akten entgegen, wie sie im Präsidium benutzt wurden. »Das ist was zum Lachen.«

Sie schlug die Akte auf, sah sich die beiden Computerausdrucke an und – musste tatsächlich hellauf lachen. Die Zeichnungen zeigten zwei Männerköpfe, die unterschiedlicher nicht hätten sein können. Der eine hatte ein rundes Gesicht, eine Stupsnase, große dunkle Augen, volle Lippen und Wangen, der andere schmale helle Augen, dünne Lippen, eine gekrümmte Nase und eingefallene Wangen. Nur in zwei Punkten stimmten die Porträts überein: in der dunklen Baseballkappe und dem funkelnden Ohrstecker im linken Ohr, den beide Zeichnungen aufwiesen. Die Kappe hatte zudem in der Mitte über dem Schirm ein kreisrundes Logo, das nicht näher ausgeführt war.

Paula kam die Schatztüte des Opfers in den Sinn. Die Kappe, die, wenn sie sich richtig erinnerte, oberhalb des Schirms doch ebenfalls einen runden Aufdruck – oder war es eine Stickerei? – aufwies. Jetzt bedauerte sie, die Plastiktüte samt Inhalt daheim gelassen zu haben. Sie hatte Eva Brunner nicht mit so einer billigen Discounter-Tasche gegenübertreten wollen. Aber vielleicht hatte diese Ähnlichkeit auch gar nichts zu bedeuten? Mit Sicherheit hatte sie das nicht.

»Na ja«, sagte sie nach einer Weile, »für eine Öffentlichkeitsfahndung gibt das nichts her. Aber es ist trotzdem besser als gar nichts.«

Heinrich, der sie die ganze Zeit beobachtet hatte, meinte dazu nur: »Das hilft uns doch in keiner Weise weiter. Das reicht nicht mal für einen Fahndungsanhalt. Was glaubst du, wie viele allein hier in Nürnberg mit so etwas umeinanderlaufen? Mit so einem Ohrring und so einer Kappe. Zehntausende!«

»Ehrlich? Bei der Kappe geb ich dir recht, aber nicht bei dem speziellen Stecker. Das ist kein normaler Ohrstecker, der ist mit einem Hochkaräter besetzt. So was kann sich doch nicht jeder leisten.«

»Ach, Paula, von manchem hast du wirklich wenig Ahnung. Auch so was kriegt man doch heutzutage billig.«

»Ich kenn keinen Mann, der mit einem Brillantohrstecker rumläuft. Du?«

»Also direkt auch nicht …«

»Na eben. Und darum ist das eine wichtige Spur für uns, der wir nachgehen werden.«

»Ach nein«, stöhnte Heinrich, »das bringt doch nichts. Das widerspricht jeder Art von Ermittlungsökonomie.«

Sie schwieg. Nachdem sein Einspruch bei ihr ohne die gewünschten Folgen blieb, setzte er ironisch hinzu: »Und wie willst du dieser Spur nachgehen? Wahrscheinlich mit einer auf breiter Front angelegten Rasterfahndung im Großraum Nürnberg?«

»Nein«, antwortete sie lächelnd. »Das machen wir alles selbst, dazu brauchen wir keine Rasterfahndung. Dafür haben wir unsere Frau Brunner, die am Montag wieder im Einsatz ist. Die wird eine entsprechende Umfeldbefragung machen. Und das ist ausgesprochen ermittlungsökonomisch. Denn erstens haben wir bis jetzt nur wenige Verdächtige, und zweitens ist sie dafür bestens geeignet. Sie war ja bei keiner Vernehmung dabei, man kennt sie also nicht. Und drittens macht sie solche Befragungen gern, hat sie mir mal gesagt.«

»Ja, das hat was. Das ist eigentlich sehr gut«, sagte Heinrich nach einer Weile anerkennend. »Und du bist dir sicher, dass sie am Montag wieder hier ist? Fleischmann muss doch erst die Suspendierung aufheben.«

»Genau, darum werde ich mich als Erstes kümmern. Und du nimmst dir, wenn du mit den Konten fertig bist, die Mitgliederliste von diesem Jagdverband vor. Von den Webers scheint allerdings keiner dabei zu sein.« Sie legte ihm die zehn Blätter auf den Schreibtisch.

Und da das selbst in ihren Ohren noch sehr hierarchisch-dominant klang und sie sich doch von Trommens Führungsstil endgültig verabschiedet hatte, setzte sie noch ein verbindliches »Bitte« hinzu.

Heinrich nickte und vertiefte sich wieder in seine Kontenunterlagen, nachdem er die Mitgliedsliste ein wenig unwillig zur Seite geschoben hatte.

Jetzt der Brief an Fleischmann. Sie hatte sich gegen ein persönliches Gespräch mit ihrem Vorgesetzten entschieden. Zu groß war die Gefahr, dass er versuchen würde, ihr die Aufhebung der Suspendierung wieder auszureden. Das musste ein Schreiben werden, das ihm gar keine andere Möglichkeit ließ, als ihrem Gesuch wohlwollend stattzugeben. Nur – wie formulierte man so einen Antrag, der im Grunde die Bewilligung des Chefs schon voraussetzte, der also weniger ein Gesuch als vielmehr eine Information war über ihre, Paula Steiners, Entscheidung, die Anwärterin Brunner ab kommenden Montag wieder in ihre Kommission aufzunehmen?

Über eine Stunde kostete sie dieser Brief, in dem sie Fleischmann bis ins kleinste Detail über ihr morgendliches Gespräch und ebenso ausführlich über ihre Gründe, es nochmals mit Frau Brunner zu versuchen, ins Bild setzte. Am Ende hatte sie ein leichtes Ziehen in der rechten Stirnhälfte. Sie las sich die Mail durch und erschrak. Zu viele salbungsvolle Exkurse über Fairness, menschliches Augenblicksversagen und den Diensteifer der Jugend, zu viel, was nach einer Rechtfertigung aussah, und zu wenig, was nach seiner bereits von ihr vorweggenommenen Entscheidung klang. Sie markierte die dreiundvierzig Zeilen, löschte sie und schrieb dann unter die Anrede:

Hiermit möchte ich Sie darüber in Kenntnis setzen, dass wir die Suspendierung von Frau Brunner mit Wirkung vom kommenden Montag wieder aufheben. Ein eingehendes Gespräch mit ihr hat uns davon überzeugt, dass ein derartiges Verhalten bei ihr in Zukunft ausgeschlossen ist. Ihr Einverständnis in dieser Sache vorausgesetzt, verbleibe ich
mit freundlichen Grüßen,
P. Steiner.

Jawohl – sie war nicht wenig stolz auf sich –, so schreibt man ein Gesuch, das dessen Bewilligung schon vorwegnimmt. Das keine Ablehnung duldet.

Und da sie gerade in der richtigen Formulierlaune zu sein schien, kam gleich anschließend die zweitwichtigste Mail der Woche zum Zug. Dieses Mal wurden die »lieben Kolleginnen und Kollegen« darüber in »Kenntnis gesetzt«, dass sie ihren runden Geburtstag »leider nicht« werde feiern können. Sie bearbeite derzeit einen dringenden Fall, bei dem Eile geboten sei und der zudem aufgrund seiner Komplexität ihre ganze Zeit und Aufmerksamkeit fordere. Doch habe die ausgefallene Feier auch ihr Gutes, setzte sie neckisch hinzu, denn damit würden sich ja auch das an diesen Tagen übliche Geschenk sowie die damit verbundene Arbeit des Geldeintreibens erübrigen. In dem Wissen, dass die »lieben Kolleginnen und Kollegen« dafür »sicher Verständnis haben werden«, schloss sie das Schreiben.

Als sie auch diese Mail abgesendet hatte, klingelte das Telefon. Ohne auf die Nummer zu sehen, nahm sie ab und meldete sich mit einem forschen »Ja, bitte«.

»Fleischmann. Ich habe soeben Ihre Mail gelesen, Frau Steiner, und habe dazu doch noch ein paar Fragen, wenn Sie gestatten. Wer ist wir und uns?«

Sie musste erst eine Weile überlegen, bevor sie verstand, was er meinte. »Das sind Herr Bartels und ich. Denn ich denke, es ist für ihn genauso wichtig wie für mich, dass er mit dieser Entscheidung einverstanden ist. Also damit, dass wir Frau Brunner wieder in unser Team aufnehmen.«

»Aha. Bemerkenswert finde ich auch Ihre Formulierung ›Ihr Einverständnis in dieser Sache vorausgesetzt‹. Da weiß ich nicht so recht, was ich davon halten soll. Ist das nun eine Frage an mich oder eine Feststellung?«

»Natürlich eine Frage, Herr Fleischmann.« Diesmal kam die Antwort umgehend.

»So, eine Frage. Sie fragen mich also, ob ich mit Ihrer Entscheidung – oder sollten wir nicht besser sagen: mit Ihrem Wunsch – einverstanden bin.«

»Ja.«

»Dann erzählen Sie mir doch mal, welche Gründe Ihrer Meinung nach für die Aufhebung dieser Suspendierung, also für Ihren doch sehr überraschenden Gesinnungswechsel sprechen. Denn noch vor drei Tagen hatten Sie mich ausdrücklich gebeten, Frau Brunner in Trommens Kommission zu versetzen.«

Jetzt bedauerte sie, Mail Nummer eins schon gelöscht zu haben, sonst hätte sie diese nun einfach ablesen können. So aber musste sie aus dem Stegreif referieren. Es wurde ein langes, stellenweise konfuses und auch sehr emotionales Referat, das Fleischmann mit einem verhängnisvollen Schweigen parierte.

»Und außerdem brauche ich Frau Brunner für unseren derzeitigen Fall. Dringend. Sie wird eine wichtige Befragung auf breiter Front ab nächster Woche allein übernehmen müssen, da Herr Bartels und ich anderweitig beschäftigt sind«, setzte sie hinzu, in der Hoffnung, mit dieser Zusatzinformation weitere Nachfragen zu verhindern. Eine vergebliche Hoffnung.

»Ach ja, der Fall Platzer, der ja Ihre ganze Zeit und Aufmerksamkeit erfordert, sodass Sie sogar Ihre Geburtstagsfeier ausfallen lassen müssen. Ich wusste gar nicht, dass Sie da unter so großem Zeitdruck stehen, Frau Steiner. Von meiner Seite kann das aber nicht kommen.«

»Wir bemühen uns, jeden Fall zügig zu lösen, Herr Fleischmann. Und meist gelingt uns das ja auch.«

Eine Plattitüde, die unkommentiert blieb. »Gut, dann gehe ich davon aus, dass Sie sich die Suspendierungsaufhebung gut überlegt haben. Und erkläre Ihnen hiermit mein Einverständnis.«

Sie dankte ihm dafür und wollte das Gespräch schon beenden, als er sie noch fragte: »Und ich gehe davon aus, dass Sie sich das mit der Ausladung zu Ihrem Geburtstag auch gut überlegt haben, oder?«

»Auf jeden Fall, Herr Fleischmann. Es geht halt im Moment nicht anders.«

»Wie weit sind Sie denn in diesem so dringenden Fall? Ich habe bis jetzt keinen Bericht von Ihnen dazu erhalten. Oder gibt es nichts Berichtenswertes?«

»Doch, schon.« Auch das hatte sie vergessen. »Aber ich wollte den heutigen Tag und auch das Wochenende noch abwarten, um den Spuren, die sich bislang aufgetan haben, Schritt für Schritt nachzugehen und sie zu erhärten. Ich habe ja am Wochenende Bereitschaft und werde diese auch für den Fall Platzer nutzen. Aber wenn Sie möchten, dann schreibe ich Ihnen selbstverständlich heute noch einen vorläufigen Bericht.«

»Jawohl, das möchte ich.«

Fleischmann hängte grußlos ein. Ein sicheres Zeichen, dass er verärgert war. Sie sah auf die Uhr. Schon gleich eins. Sie machte sich auf den Weg in die Kantine, nachdem sie sich von Heinrich, der noch immer über seinen Papierwust so still wie vergnügt gebückt saß, verabschiedet hatte. Als sie die Bürotür bereits hinter sich geschlossen hatte, hörte sie ihr Telefon erneut klingeln. In der Annahme, dass es Fleischmann war, eilte sie zurück. Es war aber nicht Fleischmann, sondern Eva Brunner.

»Entschuldigen Sie, Frau Steiner, dass ich Sie noch mal störe. Aber vielleicht haben Sie sich die Sache mit mir schon durch den Kopf gehen lassen …«

Sie hörte an der rauen, tonlosen Stimme, wie angespannt Eva Brunner auf ihre Antwort wartete.

»Ja, das habe ich. Die Suspendierung ist hiermit aufgehoben. Fleischmann hat auch bereits sein Okay dazu gegeben. Wir sehen uns also am Montag wie …«

Noch bevor sie den Satz zu Ende gesprochen hatte, brach ein Schwall von Dankesworten, Ergebenheitsfloskeln und Beteuerungen über sie herein.

»… das wird sich nie wiederholen, Frau Steiner … Sie können sich da auf mich verlassen, zu hundert Prozent … ich bin ja so froh …

das wird ein richtig schönes Wochenende für mich … hab ich Ihnen schon gesagt, wie dankbar ich Ihnen bin … denn selbstverständlich ist das nicht … Herr Trommen hätte mich nach so einem Vorfall sicher nicht mehr in seine Kommission gelassen …«

»Ja, ist schon gut. Mal etwas anderes: Wo sind Sie gerade?«

»Bei mir in der Wohnung. Warum?«

»Sie haben doch Ihre Uniform noch daheim?«

»Ja. Soll ich am Montag in der Uniform erscheinen?«

»Am Montag nicht, heute wäre mir lieber. Um halb drei in der Pilotystraße, geht das?«

»Ja, natürlich. Ich bin pünktlich da, Sie können sich auf mich verlas…«

Paula nannte ihr die Hausnummer von Apolonia Rupp und sagte ihr, dass sie sich dort Punkt vierzehn Uhr dreißig treffen würden. Dann dachte sie über das Gespräch mit ihrer Mitarbeiterin nach. Es sprach für deren grenzenlosen Diensteifer, dass sie nicht wissen wollte, warum sie in der Pilotystraße uniformiert erscheinen sollte und was sie dort erwartete. Paula hätte derartige Fragen derzeit auch nur sehr vage beantworten können.

Als sie aufgelegt hatte, wedelte Heinrich aufgeregt mit der Mitgliederliste des Jagdschutzverbandes vor ihrer Nase herum. »Du, Paula, ich hab etwas Hochinteressantes für dich. Rat mal, wer in dieser Liste als Mitglied aufgeführt ist? Zwar derzeit mit einer ruhenden Mitgliedschaft, aber immerhin.«

»Na, von den Webers ist keiner dabei. Vielleicht die Rupp?«

»Nein, falsch. Weiterraten.«

»Jemand hier vom Haus?«

»Ganz kalt. Eine Chance hast du noch.«

»Die Platzer?«

»Warm, sehr warm. Nicht die, sondern der Platzer.«

Er reichte ihr das Blatt, auf dem er den Namen »Platzer, Erwin« gelb markiert hatte. Sie hatte Mühe, sich den bulligen, rustikalen Busfahrer auf einem Hochsitz im grünen Jagdornat mit Flinte und Gewehr vorzustellen. Und doch, hier stand es schwarz auf weiß: »Platzer, Erwin – Mitglied seit 1999«. Dahinter der Vermerk »staatl. Jägerprüfung 1998/ruhende Mitgliedschaft seit 2002/gültiger Jagdschein«.

Sie haderte mit sich selbst. Dass ihr das passiert war! Sie wusste doch, wie sehr einem die Antipathie oder das Gegenteil: die Sympathie einen Strich durch die Rechnung machen konnte! Gerade bei den Ermittlungen. Kein Urteil über das Opfer, nicht das geringste, genauso wenig eines über Zeugen und Verdächtige, nur auf das reine Betrachten und Abwägen kam es doch an. Auf die ungerührte Neutralität, nicht auf das moralische Empfinden einer kleinen Kommissarin mit ihren Pamperl-Fällen.

Wahrscheinlich war ihr dieser Lapsus unterlaufen, weil die an diesem Fall Beteiligten ihr so herzlich zuwider waren. Sie war empört gewesen. Gegenüber allen, gegenüber den Webers, der Rupp ... Nur bei dem Exmann hatte sie eine Ausnahme gemacht. Bei Erwin Platzer in seiner herrlich altmodischen Männlichkeit und seinem elektrisierend knödelnden Bass.

»Was machen wir mit Platzer?«, riss Heinrich sie aus ihren Erinnerungen. »Soll ich den vorladen?«

»Nein, das hat keinen Sinn. Du wirst später zu ihm hinfahren, und zwar unangemeldet. Nimm Klaus mit. Ruf aber vorher bei der VAG an und frag, wann er dienstfrei hat. Damit ihr nicht umsonst dorthin ...«

»Das weiß ich selbst, wie man so was macht«, unterbrach Heinrich sie ungehalten. »Ich bin kein Anfänger.«

Sie kannte den Grund seiner Verärgerung – soeben hatte sie ihn um einen frühen Feierabend gebracht, um ein sanftes Hineingleiten in sein freies Wochenende. Und da sie sich immer noch Vorwürfe für ihre Pflichtvergessenheit machte, fügte sie noch lächelnd hinzu: »Das weiß ich, Heinrich. Danke, dass du mir das abnimmst.«

Nach dem Mittagessen machte sie sich mit den beiden Phantombildern in der Tasche auf den Weg. Sie ging zu Fuß und erreichte die Pilotystraße zehn Minuten vor der verabredeten Zeit. Schon von Ferne sah sie Eva Brunner in Uniform vor dem Haus auf und ab gehen. Sie machte einen konzentrierten, geschäftigen und zufriedenen Eindruck.

»Schön, dass Sie so pünktlich sind.«

»Aber das ist doch selbstverständlich, Frau Steiner. Die Waffe oder den Dienstausweis brauche ich aber nicht, oder? Die sind ja noch im Büro.«

»Nein, die brauchen wir nicht.«

»Was machen wir denn hier?«

»Jemandem zwei Fragen stellen und sehen, wie er reagiert. Das wird nicht lange dauern.«

Das klang selbst in ihren Ohren rätselhaft. Aber Eva Brunner schien diese Antwort zu genügen.

Schweigend stiegen sie die Treppen hinauf und wurden oben von einer offensichtlich missvergnügten Apolonia Rupp erwartet.

»Nicht Sie schon wieder!«, lautete die abweisende Begrüßung.

»Ja«, sagte Paula, »ich schon wieder. Diesmal in Begleitung von«, sie deutete mit einer knappen Handbewegung auf die Uniformträgerin neben sich, »Frau Brunner. Ich verspreche Ihnen, Frau Rupp, es dauert nicht lang. Ich habe nur zwei Fragen an Sie. Dürfen wir hereinkommen?«

»Nein. Ich habe Gäste.«

»Gut, dann führen wir die Vernehmung gleich hier im Stehen vor Ihrer Wohnungstür durch. Wie gesagt, zwei Fragen. Die erste betrifft Ihre Aussage vom …«

Und da passierte etwas, was sie nicht erwartet hatte. Denn genau um das zu vermeiden, hatte sie eigens Frau Brunner in ihrem hoheitsrechtlichen Ornat mitgenommen. Frau Rupp knallte ihnen die Tür vor der Nase zu.

Paula holte tief Luft, klopfte an die Tür und rief laut: »Aufmachen, hier ist die Polizei.« Dann wartete sie.

Wenige Sekunden später wurde die Tür aufgerissen, und Frau Rupp funkelte sie erbost und zornbebend an. Noch bevor sie etwas sagen konnte, zischte Paula: »Ich kann Sie jetzt und hier auch in Beugehaft nehmen, wenn Ihnen das lieber ist. Warum, meinen Sie, dass Frau Brunner dabei ist?«

Das Funkeln blieb, aber es wurde gemildert durch die Sorge, dass die Nachbarn von diesem Intermezzo im Hausflur etwas mitbekommen könnten. Sie wurden hereingelassen.

Im Wohnzimmer, das, wie sie erwartet hatte, frei von Gästen war, blieb Paula stehen und wiederholte ihre abgebrochene Frage.

»Am Mittwoch sprachen Sie zweimal von dem Mordopfer als Ihrer Erstgeborenen. Warum haben Sie uns angelogen, es war ja nicht Ihr Kind. Sie haben es nicht zur Welt gebracht.«

Apolonia Rupp antwortete nicht, heftete ihren Blick auf Eva Brunner und musterte diese von oben bis unten und, nachdem sie bei den schwarzen, auf Hochglanz polierten Schuhen angelangt war, wieder bis oben.

Sollte sie es bei der Adoption belassen oder gleich das »Delikatere«, das tief im Nebel des Nürnberger Tratsches der sechziger Jahre waberte, zur Sprache bringen? Paula entschied sich für das Letztere.

»Es war nicht Ihr Kind, aber das Ihres Mannes. Bewusst falsche Zeugenaussagen sind im Übrigen strafbar. Ich gehe zu Ihren Gunsten davon aus, dass Sie das nicht wussten, als Sie mich angelogen haben. Aber jetzt will ich die Wahrheit hören.«

Apolonia Rupp blickte die Kommissarin perplex an. »Woher wissen Sie …?«

»Wir wissen es eben. Das muss Ihnen genügen«, antwortete Paula betont amtlich.

Der unangenehm strenge Ton tat seine Wirkung, denn da passierte die zweite Überraschung während dieser Vernehmung.

»Bitte setzen Sie sich doch«, sagte Frau Rupp. Und diese Aufforderung klang tatsächlich wie eine Bitte, höflich und freundlich.

Nachdem Paula und Eva Brunner auf dem Sofa Platz genommen hatten, setzte sich auch Frau Rupp auf ihren Stammplatz, den Holzstuhl mit der geraden Lehne.

»Ja, das stimmt. Elvira war nicht meine leibliche Tochter. Sie war das Kind meines Mannes und einer unserer Angestellten.«

Noch bevor Paula nachfragen konnte, fuhr Frau Rupp fort. »Mein Mann jedoch wollte mich deswegen nicht verlassen, er beteuerte, dass er nur mich liebe und dass das andere, das Techtelmechtel und die Schwangerschaft also, nur ein unbedeutender Unfall gewesen sei. Aber das Kind, also Elvira, wollte er haben, unbedingt. Das heißt: bei sich aufnehmen. Koste es, was es wolle. Wenn er Elvira nicht bekommen hätte, hätte er auch mich verlassen. Das hat er mir offen ins Gesicht gesagt. Ja, dieses Bankert war ihm das Wichtigste und Teuerste in seinem Leben. Die ganze Zeit über, von dem Moment an, wo er sie als Neugeborenes in den Armen hielt, bis zu dem Zeitpunkt, als er gestorben ist. Wichtiger auch als seine eheliche Tochter, als Claudia. Können Sie sich das vorstellen?«

Paula zog es vor, darauf zu schweigen. Nur die Schultern zog sie hoch, eine Geste, die ihre echte Verwunderung und Verständnislosigkeit für Herrn Rupp andeuten sollte.

Frau Rupp schien diese Reaktion zu genügen, denn nach einer kurzen Pause sprach sie weiter.

»Das war damals eine schwere Entscheidung für mich. Entweder ich verlasse meinen Mann und verliere damit nicht nur meine finanzielle Sicherheit. Denn als geschiedene Frau hatte man es Mitte der sechziger Jahre nicht einfach, egal, welche Gründe einen dazu bewogen hatten, sich von seinem Mann zu trennen; alleinstehende Männer hatten damals ganz andere Möglichkeiten, waren in allem viel freier und geachteter. Oder ich bleibe bei ihm, habe so zwar weiterhin den finanziellen Rahmen, den ich gewohnt war, und auch den gesellschaftlichen Umgang, auf den ich immer Wert legte, und werde dafür aber jeden Tag, jede Stunde, jede Minute an seine Affäre erinnert.«

»Sie haben sich dann für das Bleiben entschieden?«

»Ja. Mir blieb ja gar nichts anderes übrig.«

Anstand und auch ein Funken Mitgefühl für die betrogene und derart unter Druck gesetzte Ehefrau verboten es Paula, zu widersprechen. Sie erkannte das Leid dieser Frau, der jahrelang das Fremdgehen ihres Mannes so leibhaftig vor Augen geführt worden war. Sie sah aber auch das Elend von Elvira Platzer, unter solchen Bedingungen aufzuwachsen, ohne eine liebende Mutter, stets Ablehnung und Abneigung spürend. Auch wenn ihr Vater sicher nach Kräften versucht hatte, die Kälte und den Hass seiner Frau gegenüber seiner Tochter aufzufangen und auszugleichen. Doch was waren ein paar hübsche Kleider, das neueste Spielzeug und selbst eine Eigentumswohnung gegen eine derart verkorkste Kindheit?

»Und die leibliche Mutter, hatte die im Folgenden noch Kontakt zu ihrer Tochter?«

»Nein. Das wäre auch gegen seinen Willen gewesen. Wir haben Elvira adoptiert …«

»Und das war auch in Ihrem Sinn?«, fragte Paula verwundert.

»Nein. Aber das war seine Bedingung. Dass wir sie an Kindes statt annehmen und adoptieren. Und dass die Mutter auf sämtliche Rechte verzichtet. Aber, das dürfen Sie mir glauben, die war daran auch gar nicht interessiert, ihre Tochter aufzuziehen. Die wollte ihre Freiheit, sich austoben, ihr liederliches Leben weiterführen. Ein Kind wäre nur eine Last gewesen für diese Person«, sagte Apolonia Rupp mit einem bitterbösen Lächeln. »Wie ich gehört habe, hat sie ein paar Jahre später schon das nächste Bankert gehabt. Da ist sie aber nicht so billig wie bei uns davongekommen, das hat sie dann schon selbst aufziehen müssen. Ohne den Vater und ohne solch großzügige finanzielle Unterstützung wie bei uns.«

»Wissen Sie auch den Namen von dieser zweiten Tochter?«

»Nein. Und er interessiert mich auch nicht.«

Paula notierte in ihrem Block in Anführungszeichen »das nächste Bankert?«.

»Wir haben eine Aussage vorliegen, nach der Ihre Adoptivtochter jede Woche einmal, meist am Wochenende, zu Ihnen zu Besuch kam. Sie aber sagten, dass Sie den Kontakt schon seit acht Jahren zu ihr gänzlich abgebrochen haben. Oder täusche ich mich da?«

»Nein, das ist richtig. Seitdem sie bei Claudias Beerdigung nicht dabei war, hatte ich wie auch meine Familie, hatten wir also keinen Kontakt mehr zu ihr. Wer so etwas behauptet, lügt offensichtlich.«

Paula glaubte ihr. Allerdings glaubte sie auch Elisabeth Vogel. Wer in dem Fall gelogen hatte, würde Elvira Platzer gewesen sein. Aus einleuchtenden Gründen – die einsame, bindungslose Altenpflegerin wollte ihrer Umwelt damit vermutlich so etwas wie ein intaktes Familienleben vorspiegeln.

Paula wollte sich schon erheben, da gab ihr Frau Rupp ein Zeichen, sitzen zu bleiben.

»Da Sie schon mal da sind, kann ich Sie ja auch gleich etwas fragen. Ihr reizender Kollege Herr Bartels sagte mir nämlich am Telefon, dass Sie dafür zuständig seien. Wann, meinen Sie, kann ich denn mit der Freigabe der Wohnung rechnen?«

»Ich fürchte, da werden wir uns alle in Geduld üben müssen.«

Sie hoffte, dass sich Apolonia Rupp mit dieser Antwort begnügen würde. Das tat sie aber nicht.

»Warum dauert das denn so lang? Also ich, wenn ich was zu sagen hätte, würde ein paar Container kommen und dann ratzfatz die Wohnung entrümpeln lassen. So schwierig kann das doch nicht sein.«

»Aber Sie, Frau Rupp, haben in diesem Mordfall nichts zu sagen. Entrümpelt wird erst dann, wenn auch die letzte Spur in dieser Wohnung sichergestellt ist. Und nachdem Sie ja eine ungefähre Vorstellung haben, wie es bei Ihrer Adoptivtochter aussah, können Sie sich sicher denken, dass so etwas nicht von heute auf morgen geht.«

Sie und Eva Brunner erhoben sich wie aufs Stichwort, als Apolonia Rupp ihre letzte Attacke gegen sie ritt.

»Ich habe das Gefühl, es macht Ihnen Spaß, mir mein Erbe, das mir von Gesetzes wegen zusteht, vorzuenthalten. Ich werde mich da wohl an eine höhere Stelle wenden müssen. Zumal ich Herrn Meussel, Ihren Chef, sehr gut persönlich kenne.«

Eine ganz gewöhnliche Drohung, wie sie im Polizeialltag tagtäglich ausgesprochen wurde, nichts Besonderes also. Und doch erregte dieser Einschüchterungsversuch Paulas Unmut in einem Maße, dass sie für einen Moment die Beherrschung verlor und Interna preisgab.

»Zu Ihrer Information: Erstens war Herr Meussel nie mein Chef, dafür stand er in der Rangordnung viel zu weit unten. Und zweitens hat uns Herr Meussel vor bereits vier Jahren verlassen müssen. Er wurde wegen einseitiger Informationsvorteilsgewährung nach Straubing strafversetzt. Wenn Sie sich an ihn wenden möchten, was Ihnen natürlich jederzeit freisteht, dann also bitte an das Polizeipräsidium Niederbayern.«

An der Wohnungstür hatte sie sich wieder im Griff. Darum sagte sie mit all der falschen Freundlichkeit, die ihr in diesem Augenblick zur Verfügung stand: »Und während Sie den Kontakt zu Herrn Meussel suchen, werden wir – zusätzlich zu unseren Ermittlungen – nach dem Testament fahnden. Und ich bin mir hundertprozentig sicher, wir werden auch eines finden.«

Eine überflüssige Anmerkung, gewiss. Und doch, nicht ganz. Jetzt, nachdem sie eine ungefähre Vorstellung davon hatte, wie die Kindheit ihres Opfers ausgesehen haben mochte, glaubte sie, das der HB-Raucherin schuldig zu sein. Sie war sich sicher, auch Elvira Platzer hätte diese Gemeinheit, dieser höchst überflüssige und vielleicht auch unrichtige Hinweis, gefallen.

7

Eva Brunner hätte ihre Komparsenrolle nicht besser spielen können – schweigsam und mit dem strengen Habitus einer unnahbaren Amtsperson. Jetzt aber, nachdem sie beide die Pirckheimerstraße überquert hatten, brach sie ihr Schweigen und gab ihre Amtsattitüde auf.

»Darf ich Sie mal was fragen, Frau Steiner?«

»Ja, natürlich.«

»Haben Sie mich da mitgenommen, um mir zu signalisieren, dass Sie mir die Geschichte von der Eichendorffstraße nicht mehr übel nehmen?«

Erstaunt sah Paula sie an. »Nein. Ich habe Sie mitgenommen, weil ich davon ausgegangen bin, dass Sie mir in dieser Situation hilfreich sind. Und so war's ja auch letztendlich. Ohne Ihre Anwesenheit hätte Frau Rupp nämlich nicht so schnell und nicht so offen geredet. Wenn sie überhaupt geredet hätte.«

Die Antwort schien der Anwärterin zu gefallen. Sie nickte zweimal, blieb dann stehen und fragte: »Und kann ich Ihnen heute noch anderweitig behilflich sein?«

»Nein. Heute nicht. Am Montag wieder. Ich habe eine ganz wichtige Aufgabe für Sie.«

»Welche denn?«

Da war er endlich wieder, dieser einzigartige Diensteifer, vermischt mit dieser ansteckenden Arbeitslust. Beides hatte Paula in den vergangenen Monaten vermisst. Eva Brunner hatte aus dieser Geschichte gelernt. Und sie auch.

»Eine Befragung auf breiter Front.«

»Gerne. Da bin ich richtig gut.«

»Ich weiß. Und zwar suchen wir einen Mann mit einem Brillantohrstecker im linken Ohr.«

Sie langte in ihre Handtasche und zog die beiden Computerausdrucke der Phantomzeichnungen hervor.

»Das ist neben der Kappe leider der einzig sichere Anhaltspunkt, den wir haben. Sie sehen ja selbst, wie unterschiedlich die beiden Zeugen diesen Mann beschrieben haben.«

Sie reichte Eva Brunner die Papiere. »Das ist Ihre Aufgabe für die kommende Woche. Sich im Umfeld des Opfers, also der Rupp, ihres Schwiegersohns und der beiden Enkelinnen, umzuhören. Ach ja, bei den Nachbarn natürlich auch und in dem Altenheim, wo das Opfer gearbeitet hat. Möglichst unauffällig. Andernfalls wecken wir eventuell nur schlafende Hunde.«

»Der Ansicht bin ich auch, Frau Steiner, dass so was nur undercover sinnvoll ist. Gut, dann gehe ich jetzt gleich mit Ihnen mit und hole mir die Adressen und meinen Ausweis. Und morgen in der Früh fange ich an.«

»Also, mir würde Montag auch noch reichen«, widersprach Paula. »Wegen mir müssen Sie nicht Ihr Wochenende opfern.«

»Aber wegen mir. Ohne Arbeit ist es ja so was von langweilig und fad daheim. Sie können sich gar nicht vorstellen, wie mir die Arbeit gefehlt hat, Frau Steiner. Und es waren ja bloß ein paar Tage. Zwar heißt es in der psychologischen Fachliteratur dazu, dass Langeweile eine produktive Kraft sein kann. Für den, der die Zeit zu nutzen weiß. Aber ich konnte die Zeit nicht nutzen. Wofür auch?«

So gingen sie also gemeinsam zum Jakobsplatz. Oben in ihrem Büro angekommen, kümmerte sich Eva Brunner eilfertig um die Unterlagen und Adressen. Paula kramte in ihrer Tasche nach dem Notizblock.

»Haben Sie noch zehn Minuten Zeit?«, fragte sie, nachdem sie einen Blick darauf geworfen hatte.

»Ja, natürlich.«

»Wir suchen den Halbbruder oder die Halbschwester von Elvira Platzer. Die Mutter ist eine gewisse Gertraude Klemm. Und wenn die Rupp recht hat, dann ist deren zweites ebenfalls uneheliches Kind nur wenige Jahre nach Elvira Platzer auf die Welt gekommen.«

Immer wieder hatte die Anwärterin während ihrer Rede zustimmend genickt. »Ich weiß, Frau Steiner. Ich war ja bei der Vernehmung gerade dabei.«

Jetzt endlich begann die Hauptkommissarin mit ihrem Bericht an Fleischmann.

Kurze Zeit später ein triumphaler Brunner'scher Aufschrei.

»Es ist eine Halbschwester. Sie heißt Melitta Ruckdäschel. Mädchenname Klemm, geboren 1963 in Nürnberg. Keine Vorgänge, wohnhaft in der Waltherstraße.«

»Das ist ja gleich in der Nähe. Da können wir gut zu Fuß hingehen.« Sie griff nach ihrer Jacke und sah ihre Mitarbeiterin auffordernd an.

Bei dem Marsch Richtung Deutschherrnwiese, in die Rosenau, eilte sie Eva Brunner voraus. Erst als sie an der Ampelanlage vor dem viel befahrenen vierstreifigen Spittlertorgraben stand, konnte die Anwärterin sie einholen. Gemeinsam sahen sie zu, wie die Ampel auf Grün schaltete.

»Soll ich mich bei der Befragung jetzt besonders verhalten, Frau Steiner? Haben Sie einen bestimmten Verdacht?«

»Nein, weder das eine noch das andere«, antwortete sie. »Wir werden lediglich der Elvira Platzer am nächsten stehenden Verwandten, eben dieser Frau Ruckdäschel, die Nachricht vom gewaltsamen Tod ihrer Halbschwester überbringen. Und ein paar Fragen stellen.«

Schließlich hatten sie die Waltherstraße erreicht und standen vor einem lang gezogenen Kasten mit winzigen Wohnungen, wie sie an der Vielzahl der Klingelschilder ablesen konnten. Zu ihrer Überraschung sprang die Tür bereits kurz nach dem ersten Läuten auf.

Melitta Ruckdäschel wohnte in der obersten Etage. Im Türrahmen der Wohnung stand abwartend eine hübsche große, fast hagere Blondine in einem dunkelblauen Hausanzug aus Nickistoff. Langes Haar, das ihr in einer üppigen weichen Welle auf den Schultern aufsprang, dezentes Augen-Make-up.

Paula stellte sich und ihre Mitarbeiterin vor. In diesem probaten Ton der Amtsperson, der es oblag, eine unerfreuliche Botschaft zu überbringen, fragte sie: »Dürfen wir kurz hereinkommen, Frau Ruckdäschel? Ich fürchte, wir haben Ihnen etwas Trauriges mitzuteilen.«

Erstaunt und doch bereitwillig wurden sie in die Wohnung gebeten. Die kleine L-förmige Diele war dermaßen vollgestellt mit meterhohen Metallgestellen, die allesamt verblasste Gebinde aus Trockenblumen enthielten, dass Paula froh war, in das zwar ebenfalls kleine, aber doch einigermaßen begehbare Wohnzimmer treten zu können. Während Eva Brunner darauf bestand, stehen zu bleiben, setzte sie sich auf das Zweiersofa mit dem schwarzen Lederbezug.

Dann nahm auch Melitta Ruckdäschel Platz, auf einem tiefen Sessel mit rotem Wollbezug.

Schließlich sagte Paula ihr, dass ihre »Schwester Elvira am vergangenen Montag bedauerlicherweise einem brutalen Gewaltverbrechen zum Opfer gefallen« sei.

Melitta Ruckdäschel reagierte so, wie sie erwartet hatte: schweigsam, mit einem entsetzten Gesichtsausdruck.

»Und ein Irrtum ist ausgeschlossen?«, fragte sie in einem Ton, der die Antwort schon vorwegnahm.

»Ja. Leider.«

»Warum kommen Sie mit dieser furchtbaren Nachricht zu mir? Also, ich meine, wie haben Sie herausgefunden, dass Elvira und ich Halbschwestern sind?«

»Das war nicht schwer«, antwortete Paula freundlich, »für uns von der Polizei gibt es da ja alle Möglichkeiten.«

Angestrengtes Schweigen. Nach einer Weile sagte Melitta Ruckdäschel: »Jetzt hab ich das erst richtig begriffen. Dass Elvira tot ist. Ermordet wurde. Wer tut denn so etwas?«

Dieselbe Frage hatte Paula erst vor Kurzem gehört, von einem fast so verzweifelten wie wütenden Erwin Platzer. Aber weder das eine – die Rage – noch das andere – den Schmerz – hörte sie bei der Frage der Halbschwester Elvira Platzers heraus.

»Das wissen wir leider auch nicht – noch nicht. Deswegen sind wir ja unter anderem zu Ihnen gekommen. Vielleicht können Sie uns irgendetwas sagen, was uns bei der Recherche weiterhilft?«

»Gern, wenn ich Ihnen behilflich sein kann«, antwortete Melitta Ruckdäschel mit einem zaghaften Lächeln.

»Wann haben Sie Frau Platzer zuletzt gesehen?«

»Da muss ich überlegen.« Schließlich sagte sie: »Ich glaube, am Dienstag vor drei Wochen. Aber hundertprozentig sicher bin ich mir nicht. Wenn Sie möchten, schaue ich in meinem Kalender nach.«

»Nein, das braucht es nicht, das genügt uns schon. Fürs Erste. Können Sie sich jemanden vorstellen, der für diese Tat in Frage kommt? Oder anders formuliert: Wissen Sie von Personen, die Ihrer Schwester feindlich gesonnen waren, die sie vielleicht sogar hassten?«

»Na, so gut kannte ich sie auch nicht. Aber nach dem, was sie mir erzählt hat, nein, Feinde in dem Sinne hatte Elvira meiner Kenntnis nach nicht. Vielleicht ihre Verwandtschaft väterlicherseits? Denn die haben es nie gut mit ihr gemeint. Hat mir Elvira zumindest erzählt.«

»Wie gut kannten Sie selbst denn Ihre Halbschwester? Wie oft haben Sie sich gesehen?

»Nicht oft. Vielleicht vier- oder fünfmal im Jahr. Mehr nicht.«

»Und wo?«

»Meist hier bei mir.«

»Und Sie, haben Sie Ihre Schwester denn auch in deren Wohnung besucht?«

»Nein, nie. Elvira hat niemanden bei sich hereingelassen, nicht einmal mich. Aber sie hatte einen Grund dafür«, dabei senkte Melitta Ruckdäschel die Stimme bedeutungsschwer, »sie war nämlich ein Messie. Das hat sie mir gesagt. Und dass es ihr leidtue, dass sie mich nicht bei sich empfangen könne, aber das bringe sie einfach nicht fertig. Und das musste ja auch nicht sein, wir hatten es ja hier auch gemütlich.«

»Dann haben Sie also keinen Schlüssel für Frau Platzers Wohnung?«

»Natürlich nicht«, lautete die Antwort.

»Wie haben Sie sich eigentlich kennengelernt, Sie und Frau Platzer?«

»Zufällig, durch einen sehr traurigen Anlass. Bei der Beerdigung unserer Mutter. Elvira hatte die Todesanzeige in der Zeitung gelesen.«

Nach einer Pause fügte Paula mit einem aufmunternden Lächeln hinzu: »Wo waren Sie am letzten Montag gegen dreiundzwanzig Uhr?«

»Am Montag vor einer Woche?«, wiederholte Melitta Ruckdäschel. »Ah, jetzt hab ich's. Da war ich hier, in meiner Wohnung.«

»Zeugen?«

»Brauche ich die?«

»Besser wäre es.«

»Ich habe sogar welche. Meine Tochter und mein Enkel waren bei mir zu Besuch.«

»Sagen Sie uns bitte noch den Namen Ihrer Tochter? Und wo ich sie erreichen kann?«

Bereitwillig gab Melitta Ruckdäschel die gewünschten Auskünfte.

Paula stand auf und sagte: »Sicher möchten Sie nun eine Weile allein sein, um diese Nachricht in Ruhe verdauen zu können.«

An der Wohnungstür verabschiedete sie sich von Frau Ruckdäschel betont herzlich. Dann eilte sie zurück, Eva Brunner im Schlepptau, ins Präsidium, zu ihrem Schreibtisch, zu ihrem überfälligen Bericht.

»Ich gehe jetzt heim, Frau Steiner. Das ist doch recht?«

»Aber natürlich.« Paula sah kurz von ihrem Computer auf. »Wenn Sie schon morgen mit den Befragungen beginnen wollen, machen Sie sich's wenigstens heute noch gemütlich. Und – Frau Brunner, Sie gehen kein Risiko ein, klar? Kein Alleingang. Wenn Sie fündig werden, rufen Sie mich sofort an. Ich habe am Wochenende Bereitschaft, ich bin die ganze Zeit auf meinem Handy zu erreichen.«

»Nicht auf dem Festnetz?«

»Nein, ich fahre morgen in die Eichendorffstraße und werde die Wohnung durchsuchen.«

»Vielleicht brauchen Sie da Unterstützung? Soll ich mitkommen?«

Eine großzügige Offerte, wenn man bedachte, mit welchem Ekel Eva Brunner erst am Dienstag von der »stinkenden« Wohnung des Opfers gesprochen hatte.

»Nein, das braucht es nicht. Ich denke, das ist etwas, worin ich richtig gut bin. Aber danke für das Angebot.«

Noch lange nachdem sich Eva Brunner von ihr verabschiedet hatte, hing ein großes Lächeln in dem gemeinsamen Büro. Paula war froh, dass sie die Anwärterin wiederhatte. Und diese schien auch froh über den glücklichen Ausgang dieser »Geschichte von der Eichendorffstraße« zu sein.

Nachdem sie den Bericht an Fleischmann fertig hatte, las sie ihn sich noch einmal durch. Sie ahnte, dass er damit nicht zufrieden sein würde. Sie hatte einfach zu viele Verdächtige aufgelistet; jeder, den sie bisher befragt hatte, kam in ihrem Bericht als Täter in Frage. Die Mutter, die so scharf auf die Eigentumswohnung des Opfers war. Die verschuldeten Nichten, denen das Wasser bis zum Hals stand. Der Schwager sowieso. Dann jetzt auch der Exmann, Jäger und Mitglied im Jagdverband. Sogar Schneider-Sörgel mit seinen Diebstahlsbeschuldigungen Elvira Platzer gegenüber war in dem Bericht nun auf einmal zu einem »Tatverdächtigen« herangereift. Und bei allen sah sie dasselbe Motiv – die Habsucht, die Gier nach dem Geld der Elvira Platzer. Sie hätte Fleischmann gern auch ein weniger banales, ein diffizileres kriminelles Motiv unterbreitet.

Aber ihr wollte einfach kein anderer Grund einfallen, dessentwegen jemand die einsame, schon seit Jahren wie eine Eremitin lebende Altenpflegerin umgebracht haben könnte. Ihr Mann war freiwillig ausgezogen, nachdem er es nicht mehr bei ihr ausgehalten hatte; die übrige Verwandtschaft hatte ebenfalls von sich aus den Kontakt mit ihr abgebrochen; und selbst der Seniorenstiftbewohner, der sie des Diebstahls bezichtigte, hatte von ihr nur den Ring und das Geld zurückhaben wollen, das sie ihm abgeluchst hatte. Für die großen Emotionen, für Liebe und Eifersucht und Hass, schien Elvira Platzer kein geeignetes Objekt gewesen zu sein. Obwohl …

Wie hatte Frieder die auf dem Unterleib der Toten kreuz und quer verteilten Wunden bezeichnet? Ja, jetzt erinnerte sie sich – als das Diagramm eines regelrechten Jähzornausbruchs. Das passte nicht zur Habgier als ausschlaggebendem Mordmotiv, genauso wenig wie es zu dem kalkuliert-raffinierten Giftmord passte.

Und dann tauchten vor ihrem inneren Auge plötzlich, sie wusste selbst nicht, warum, die renitente Eva Brunner und der aggressive Polizeifotograf auf. Beide waren an diesem Tatort eklatant aus ihrer Rolle gefallen. Die Anwärterin mit der offenen Weigerung, in diese »stinkende« Wohnung noch einmal zurückzukehren, und auch der sonst so ruhige Bernd Schuster, der direkt auf sie gewartet zu haben schien, um sich mit ihr anlegen zu können.

Jetzt, mit dem Abstand von drei Tagen, sah sie bei diesen Entgleisungen beide Male denselben Auslöser: Abscheu, Ekel. Wenn das Opfer mit seiner Müllhalde schon bei Polizisten, die von Berufs wegen einiges gewöhnt waren und die zudem nach kurzer Zeit die Stätte des Grauens wieder verlassen durften, solche heftige Reaktionen hervorrief, wie mochte das erst bei jenen ausgesehen haben, die mit dem Messie dauerhaft Tür an Tür leben mussten? Wie waren eigentlich die anderen Hausbewohner mit der Tatsache umgegangen, dass sie jemanden wie Elvira Platzer in ihrer direkten Umgebung hatten? Hass, das war doch in diesem Fall auch ein mögliches, ein gutes Motiv. Morgen würde sie die Nachbarn danach fragen müssen, aber erst nach absolvierter Stöberaktion. Wenn sie in der Wohnung das gefunden hatte, was sie zu finden hoffte.

Froh, Fleischmann doch noch ein zweites Motiv, und zwar ein sehr emotionales, anbieten zu können, ergänzte sie ihren Bericht entsprechend. Und sie informierte ihn in einem Postskriptum ausführlich darüber, dass sowohl sie selbst als auch ihre »MA Brunner« am morgigen Samstag die Ermittlungen bereits in aller Frühe aufnehmen und das Wochenende über zielgerichtet und mit aller Entschiedenheit vorantreiben würden. Das sollte ihn in seiner Entscheidung bestärken und ihm das Gefühl geben, mit der Aufhebung der Suspendierung das einzig Richtige getan zu haben. Dann sandte sie die Mail ab.

Um kurz vor halb sechs packte sie ihre Sachen und verließ das Büro. Auf dem Jakobsplatz erwartete sie bereits Paul Zankl. Er trug einen rot-schwarzen Schal mit dem Aufdruck »Die Legende lebt« um den Hals und winkte ihr gut gelaunt zu. Da sie noch genug Zeit hatten, kamen sie schnell überein, zu Fuß zum Hauptbahnhof zu gehen und von dort mit der S-Bahn ins Frankenstadion zu fahren.

Je näher sie dem Bahnhof kamen, desto höher wurde die Fan-Dichte. Zwei Farben bestimmten jetzt das Straßenbild. Es schien, als ob sich am Bahnhofsplatz ein unsichtbarer Magnet befände, der alles, was in Rot und Schwarz daherkam, in seinen Bann zog.

»Sag mal, müssen wir unbedingt mit der S-Bahn fahren?«

»Ja, es ist der schnellste Weg. Du brauchst keine Angst zu haben, dass die S-Bahn voll ist. Selbst wenn wir keinen Platz mehr in der ersten Bahn kriegen, haben wir noch genügend Zeit, um auf die nächste zu warten.«

Während sie in der überaus vollen S-Bahn stand, in engem Körperkontakt zu grölenden, betrunkenen und auch schlecht riechenden Menschen, fasste sie einen Entschluss. Das war das erste und letzte Fußballspiel, zu dem sie gehen würde. Zumal sie den Eindruck hatte, Paul sah ihr Entgegenkommen in dieser Sache nicht als das, was es war – ein riesengroßes Opfer ihm zuliebe.

Als sie in der Schlange mit ihrer Chipkarte in der Hand vor dem Drehkreuz wartete, vor ihr eine Frau, von deren Handgelenken je sechs Fanschals baumelten, drehte sich diese Frau mit dem mittellangen gelockten Haar plötzlich zu ihr um und – war ein Mann. Sein breites Grinsen wurde von einer eindrucksvollen Bierfahne begleitet.

»Oh, was haben wir denn da Schönes! Eine schöne Frau mit einem schönen Platz. Eine Dauerkarte im 15er Block, hallo, hallo. Das kann sich unsereins als armer Schlucker nicht leisten.«

Paul, der in der Parallelschlange wartete und frei von jeglichen Eifersüchteleien war, lächelte ihr selbstzufrieden zu. So als ob beide Komplimente ausschließlich auf sein Konto zu verbuchen seien.

Sie hatte erwartet, dass das Stadion noch leer sei, so früh, wie sie ihre Plätze einnahmen. Doch es war bereits rappelvoll. Ihre zweite Erkenntnis: Ein Live-Fußballspiel ist nicht einfach nur ein Fußballspiel, so wie im Fernsehen, sondern viel mehr. Es folgt einer ausgeklügelten Liturgie, bei dem auf und ab hüpfende junge Burschen eine wichtige Rolle spielen. Und Spruchbänder. Sogar nackte Oberkörper. Pfeifkonzerte und Gesänge. Und vor allem – die Club-Hymne.

Als die erste Zeile von »Die Legende lebt …« erklang, streckte ihr Nebenmann, gut über die siebzig, grimmiger Blick, nikotingelbe Finger, ihr das Ende seines Schals hin.

»Da, dass d' a wos zum Halten hast.«

Das gefiel ihr. Sie, die sich sonst die in Mode gekommene Jedermannsduzerei stets von vornherein und mit Nachdruck verbat, fühlte, wie sie mit dieser Schal-Offerte soeben in eine Gemeinschaft aufgenommen worden war. Und zwar mit dem zusätzlichen Ritterschlag des Duzens.

Die Partie begann als zähes Schachspiel mit sehr dezent offensiven Franken, die erst kurz vor der Halbzeitpause erste Vorstöße wagten, und noch tiefer stehenden Gelsenkirchenern. Gelaufen wurde auf beiden Seiten viel, das imponierte ihr, vor allem die Schalke-Spieler besichtigten die Arena aus allen möglichen Perspektiven. Doch entscheidend war nicht die Kondition, über die alle Spieler gleichermaßen verfügten, erkannte sie bereits nach dem 1:0. Entscheidend war die Spieltaktik der zwei Phasen. Erster Schritt: die Balleroberung, zweiter Schritt: was mit dem Ball dann passiert. Der erste Schritt war auf beiden Seiten, fand sie, ganz okay, vor allem in der zweiten Hälfte. Doch der FC Schalke verzichtete zugunsten der Gastgeber großzügig auf den zweiten Schritt, sehr zur Freude des gesamten 15er Blocks, und kassierte ein verheerendes 4:1.

Auf der Heimfahrt war die S-Bahn wieder proppenvoll, die Menschen um sie herum grölten und rochen noch mehr nach Bier und Schweiß als auf der Hinfahrt. Aber es störte sie nicht. Im Gegenteil. Sie fand nun, das gehörte dazu. Als ein weiterer fester Bestandteil dieser Veranstaltung. Genau wie die nackten Oberkörper und das Schmettern der Club-Hymne. Vergessen war auch ihr erst vor zwei Stunden gefasster Entschluss, es bei diesem einen Spiel ein für alle Mal zu belassen.

»Das war ein richtig schöner Abend«, flüsterte sie dem neben ihr stehenden Paul zärtlich ins Ohr. »Danke, dass du mich mitgenommen hast. Du hättest ja auch jemand anderen damit eine Freude machen können. Hoffentlich ist dein Kollege in Zukunft noch recht oft verhindert.«

Am nächsten Morgen wurde sie ausnahmsweise mal nicht durch ihren imaginären Stalker wach, sondern durch einen sehr realen Oberpfälzer. Paul Zankl lag auf dem Rücken neben ihr, noch in festem Schlaf, mit kreisrund geöffnetem Mund, und schnarchte. Draußen war es stockfinster, sie hörte die ersten Vögel zaghaft zwitschern. Es war so still an diesem frühen Samstagmorgen, dass sie fürchtete, das ohrenbetäubende Ritzeratze in ihrem Bett würde nicht nur sie aus dem Schlaf reißen, sondern das ganze Haus.

Sie sah auf den Wecker. Erst halb fünf. Sie beugte sich über Paul, küsste ihn leicht auf die Nasenspitze, kletterte dann über ihn hinweg und stieg aus dem Bett.

Bevor sie sich unter die Dusche stellte, schaltete sie die Kaffeemaschine ein und nahm die Butterdose aus dem Kühlschrank. Als sie sich die Frühstückabschlusszigarette angezündet hatte und ihrer Kaiserburg einen langen, freundlichen Blick zuwarf, tauchte Paul in der Küche auf. Noch schlaftrunken, aber schon sehr ungehalten.

»Bei dem Krawall hier kann ja kein Mensch in Ruhe ausschlafen.«

Sie sah ihn fragend an und lauschte in die Stille des Mehrparteienhauses.

»Welcher Krawall? Hier ist es doch mucksmäuschenstill.«

»Du weißt anscheinend nicht, was du für einen Lärm mit deinem Rumgetrietschel im Bad veranstaltest.«

Ach so, das. Sie sah ihn amüsiert an.

»Gegenfrage. Warum, meinst du, dass ich an einem Samstagmorgen schon kurz nach fünf Uhr mit dem Frühstücken fertig bin?«

»Weil du es mal wieder nicht erwarten kannst, zu deiner Arbeit zu kommen.«

»Falsch, ganz falsch. Die richtige Antwort wäre gewesen: weil ein gewisser Herr Zankl so laut schnarcht, und zwar schon die ganze lange Nacht über, dass mein Rumgetrietschel dagegen sozusagen geräuschlos vonstatten geht. Das ist so, wie wenn du ein dreistündiges Oratorium mit einem Pianissimo-Klavierstück von, sagen wir, zehn Sekunden vergleichst. Wenn du verstehst, was ich meine.«

»Ich bin ja nicht blöd.«

»Nein, aber laut, sehr laut.«

»Paula, mal was anderes. Musst du heute unbedingt arbeiten? Hat das nicht nächste Woche auch noch Zeit?«

»Ja beziehungsweise nein. Ja, ich muss heute arbeiten, und nein, das hat keine Zeit.«

Als sie eine Viertelstunde später die Wohnungstür hinter sich schloss, lag der Ritzeratze-Mann wieder in ihrem warmen Bett. Sie hörte ein von rhythmischen Schnaufern untermaltes leises Pfeifen und ahnte, dass sich das bald zu einem Crescendo fortissimo steigern würde.

Eine weitere Viertelstunde später hatte sie die Eichendorffstraße erreicht, die ruhig einem trockenen, kalten Tag entgegendämmerte. Für einen Besuch in Elvira Platzers Wohnung schien ihr diese Stunde besonders günstig. Mit einer gewissen freudigen Erregung stieg sie in den ersten Stock. Als sie den Schlüssel ins Schloss stecken wollte, sah sie, dass das Siegel abgerissen war. Und zwar auffällig abgerissen war. Rahmen und Türkante dagegen wiesen keine Spuren eines gewaltsamen Eindringens auf. Also würde derjenige, der hier eingedrungen war, sich den Zutritt mit einem Schlüssel verschafft haben.

Sie zog die Handschuhe aus ihrer Tasche, stülpte sie über, hob mit spitzen Fingern die zwei Siegelhälften auf, die auf dem Boden lagen, und verstaute sie in einer der durchsichtigen Plastiktüten, die sie für gewöhnlich immer bei sich trug. Dann sperrte sie die Tür auf. Nach den Spuren des anonymen Besuchers hatte sie erwartet, in der Wohnung ein noch größeres Chaos vorzufinden als bei ihrer letzten Stippvisite. Doch es schien alles an seinem Platz zu sein.

Nach einem prüfenden Blick in die Diele trat sie auf den schmalen Pfad im Wohnzimmer und sah sich dort ebenfalls um. Auch hier das gewohnte Bild. Doch nein, irgendetwas war anders. Sie schloss die Augen, lud sich das Video vom vergangenen Dienstag auf ihre mentale Festplatte – und öffnete die Augen wieder. Jetzt erkannte sie, was dieses Etwas war. Der Pappkoffer mit den Plastikkleiderbügeln war nicht mehr an seinem Platz. Er war nach hinten geschleudert worden, die schwarzen Plastikkleiderbügel lagen nun achtlos verteilt über den sorgsam aufgeschichteten Kleiderstapeln. Darauf verstreut die Fahrrad-Luftpumpen. Wie ein überdimensionales Mikado, das man mitten im Spiel abgebrochen und liegen gelassen hatte. Hier war jemand auf die Suche gegangen. Hatte dieser Jemand gefunden, was er gesucht hatte? Sie spürte, wie sich ihr Herzschlag beschleunigte.

Sie verließ das Wohnzimmer und ging in den Schlafraum. Schloss wieder die Augen, schaltete das Schlafzimmer-Video vom Donnerstag ein und klappte die Augen auf. Nein, hier war noch alles an seinem Platz. Oder schien es zu sein.

Enttäuscht setzte sie sich auf den Liegesessel. Insgeheim machte sie sich den Vorwurf, wertvolle und vielleicht unwiederbringliche Zeit verstreichen haben zu lassen. Was, wenn sie gestern Nachmittag nicht zu Frau Rupp und zu dem Fußballspiel gegangen wäre? Dann wäre sie dem anonymen Besucher vielleicht zuvorgekommen.

Sie dachte nach. Versuchte, sich in den Eindringling hineinzuversetzen. Schätze, die sich schnell zu Bargeld machen ließen, würde er hier nicht gesucht haben. Einfach deswegen, weil es hier nichts gab, was sich weder schnell noch langsam zu Bargeld machen ließ. Was also dann? Die Tatwaffe? Das war unwahrscheinlich, so etwas vergaß man nicht. Blieb nur mehr das, wonach sie selbst auf der Jagd war – Papiere, Unterlagen, Formulare, Aufzeichnungen und vor allem das Testament. Und da hatte er ausgerechnet im Wohnzimmer gesucht! Wie dumm von ihm. Denn dort in dieser Müllhalde, da war sie sich sicher, hatte Elvira Platzer solche wertvollen Schriftstücke und Dokumente auf keinen Fall deponiert. In der mit den Obstkisten vollgestellten Diele auch nicht. Genauso wenig wie in der Küche oder im Bad. Blieb nur das Schlafzimmer, der einzige Ort, wo man sich einigermaßen häuslich niederlassen konnte. Und dieses Schlafzimmer würde sie jetzt so lange auf den Kopf stellen, bis sie fündig geworden war. Die Suchaktion war nunmehr zur kniffligen Denksportaufgabe geraten, die sie mit Entschlossenheit lösen würde.

Sie stand auf und marschierte in die Diele, stieß einen der Stapel mit dem Fuß um, griff nach zwei leeren Obstkisten und ging ins Schlafzimmer zurück. Hier wurden die Kisten mit den erstbesten Sachen gefüllt, die ihr in die Finger kamen, zum Wohnzimmer getragen und dort mit Schwung möglichst weit nach hinten, zur Wand, geschleudert. Vier lange Stunden später war das Schlafzimmer zumindest überschaubar und die Mülldeponie im Wohnzimmer an die Grenzen ihres Fassungsvermögens angelangt.

Zeit für eine kleine Pause. Sie packte die Thermosflasche und die zwei Käsebrote aus, die sie von daheim mitgebracht hatte, setzte sich in den Sessel und empfand eine große Genugtuung über ihr Werk. Jetzt erst, nach diesem zweiten Frühstück, das mit einer Zigarette seinen krönenden Abschluss fand, machten ihr der Staub und die abgestandene Luft zu schaffen. Sie trat auf das Bett und riss den Fensterflügel weit auf. Dabei fiel ein stark lädierter Osterhase aus gebranntem Ton vom Fenstersims zu Boden. Als sie nach den Scherben sah, entdeckte sie das schmale Bücherregal mit zwei langen Fächern, das, eingezwängt zwischen Wand, Obstkisten und Bett, unter der Fensterbank stand.

Die vier Obstkisten trug sie ebenfalls ins Wohnzimmer, dann nahm sie, kniend auf der Bettmatratze, den Inhalt ihrer Ausgrabungsarbeit in Augenschein. Da war zunächst ein altes Telefon. Sie notierte sich die Nummer und starrte wieder in das Regal, das aber außer dem Telefon keine nennenswerten Fundstücke zu bieten schien. Das obere Fach enthielt lediglich Teile einer fragmentarischen Gesamtausgabe der Werke der Literaturnobelpreisträger von 1901 bis in die späten sechziger Jahre. Weißer Leineneinband mit Golddruck auf dem Titel. Langsam strich sie mit dem rechten Zeigefinger über die Buchreihe … alles Bücher von diesem Buchclub … billig und ungelesen … dann blieb ihr Finger an etwas hängen, und sie musste lächeln.

Die Goldgräberin Steiner hatte soeben einen Zwölfkaräter aus den verborgenen Tiefen dieser Wohnung gefischt: zwei, drei, sechs, insgesamt neun Terminkalender, chronologisch geordnet. Alle in schwarzem Kunststoffeinband, alle mit einer relativ aktuellen Jahreszahl auf dem Rücken und alle – hastig schlug sie den ersten Kalender vorne auf und blätterte ein paar Seiten um – mit handschriftlichen Eintragungen. Hochzufrieden verstaute sie ihre Preziosen in einer Plastiktüte, einem Überbleibsel ihrer Aufräumarbeiten, und schloss das Fenster.

Jetzt fehlte nur noch das Testament, von dem sie allerdings nicht mehr sicher war, es in dieser Wohnung zu finden. Oder was, wenn Elvira Platzer es doch irgendwo unter dem Müllhaufen im Wohnzimmer aufbewahrt hatte, der durch ihr Zutun in den vergangenen Stunden noch um einiges in die Höhe gewachsen war? Nein, das schien ihr nicht plausibel. Wo dann?

Natürlich, dass sie daran nicht gleich gedacht hatte, nur das gab noch einen Sinn – der Keller. Sie griff nach dem Schlüsselbund und ging zur Wohnungstür.

Als sie die Türklinke bereits in der Hand hatte, bemerkte sie den dicken beigen Filzvorhang rechts neben der Wohnungstür, der vor ihrer Aktion von Obstkistenstapeln verdeckt gewesen war. Sie schob ihn zur Seite und stieß auf eine weitere Tür, die weiß gestrichen war. Dahinter verbarg sich ein Abstellraum. In dem trüben Licht konnte sie nur die Umrisse dessen erkennen, was hierher verbannt worden war. Für sie sah das nach einer respektablen Staubsaugersammlung aus.

Sie schaltete das Dielenlicht ein, und tatsächlich – vor ihr stapelten sich sieben Staubsauber unterschiedlichsten Alters, mit und ohne Gebrauchsspuren. Sogar ein neuer kleiner Miele wie der ihre, den sie erst vor einem knappen Jahr gekauft hatte, war dabei. Hinter der Sammlung befand sich ein weiteres Regal. Sie riss die Wohnungstür auf und trug die sperrigen Stücke eines nach dem anderen in den Hausflur.

Als sie den letzten Staubsauger draußen vor der Tür abgestellt hatte, schritt ein massiger Mann in den Sechzigern – Adiletten, dunkelblauer Trainingsanzug, weißer Haarkranz, ungesunde Röte im Gesicht – schwerfällig und schwer atmend die Treppe hinunter.

Er blieb vor ihr stehen, musterte sie und das Depot zu ihren Füßen mit bösem Blick.

»Das schaffen Sie schleunigst wieder in diese Wohnung da«, er deutete mit dem abgespreizten Daumen zur Tür, »andernfalls erfolgt Anzeige. Was fällt Ihnen eigentlich ein, unser Haus so vollzustellen? Und machen Sie gefälligst die Tür zu, es riecht hier nach Zigarettenrauch.«

»Sie sehen zu, dass Sie hier schleunigst verschwinden, andernfalls erfolgt Anzeige von mir. Zum einen wegen mutwilliger Behinderung einer polizeilichen Aktion. Und zum anderen wegen Widerstands gegen die Staatsgewalt. Strafmaß bis zu zwei Jahren.«

Sie sagte tatsächlich »Staatsgewalt«, obwohl »Polizeivollzugsbeamte« doch der richtige, viel passendere Terminus gewesen wäre. Für einen kurzen Moment war der Mann, dessen Gesicht nun in einem flammenden Rot leuchtete, verwirrt. Aber nicht lang.

»Zeigen S' mir erst amal Ihren Ausweis, hopp.«

Da öffnete sich die Tür von gegenüber, und Frau Vogel betrachtete erst die Kommissarin mit diesem gewissen Lächeln des Wiedererkennens, dann ihren Nachbarn. Da erstarb das Lächeln.

»Aber Herr Holzbauer, das ist doch die Frau Steiner von der Mordkommission. Frau Steiner untersucht den Mord an Frau Platzer. Und irgendwohin muss sie ja die ganzen Sachen stellen, wenn sie in der Wohnung nach Spuren sucht, gell?«

Schade. Sehr schade. Diese Klarstellung hätte sie lieber selbst erledigt. Aber sie genügte immerhin, um Frau Vogels Nachbarn ein grollendes »Ah so« abzuringen.

Bevor er die Treppe weiter hinuntergehen durfte, nutzte Paula ihre Chance. Verspätet zwar, aber dafür umso offensiver.

»Ach, Sie sind also der Herr Holzbauer, der sich über die Ermordete immer so lauthals beschwert hat. Das trifft sich ja hervorragend. Sie wollte ich sowieso heute noch vernehmen. Sie halten sich ab sofort zu meiner Verfügung. Ich komme dann später zu Ihnen rauf. Klar?«

Ihr Schuss ins Blaue war ein Treffer ins Schwarze gewesen. Bei dem Wort »beschwert« hatten sich die beiden Nachbarn in diesem stummen Einverständnis angesehen, das ihre Vermutung als wahr bestätigen sollte.

»Heute hab ich ka Zeit. Morgen ist Sonntag, da passt's auch nicht, vielleicht …«

»Da werden Sie sich die Zeit nehmen müssen«, unterbrach sie ihn scharf. »Sonst lasse ich Sie nämlich polizeilich suchen und dann im Präsidium vorführen.«

Sie hoffte, dass Holzbauer nicht über so viel juristisches Knowhow verfügte, um ihre Drohung als wirkungslos einschätzen zu können, ja sogar als illegale Amtsanmaßung in diesem Augenblick. Doch Holzbauer verfügte anscheinend nicht über ein derartiges Wissen.

»Gut, dann gehe ich wieder rauf und warte auf Sie. Die Zeitung darf ich mir aber schon noch holen?«

An dem devoten Ton hörte sie, dass das tatsächlich eine Frage war, mit der er sie um Erlaubnis bat, und keine ironische Spitze. Sie würde bei der Vernehmung leichtes Spiel mit ihm haben.

»Ja, das ist erlaubt.«

Dann ging sie zurück in die Räuberhöhle. In dem Regal des winzigen Abstellraums lagerten Dinge, die anderswo längst ihre letzte Fahrt zur städtischen Müllverbrennung hätten antreten müssen. Wolldecken mit faustgroßen Mottenlöchern, Ikea-Kataloge aus vergangenen Dekaden, eine stattliche Kollektion leerer Joghurtbecher, billige Kugelschreiber mit Werbeaufdruck und immer wieder Stapel von alten Illustrierten, Werbebroschüren und kostenlosen Wochenzeitungen. Aber auch ein prall gefüllter Leitz-Ordner mit der Aufschrift »Dokumente« war dabei, eingeklemmt zwischen den Decken und den Katalogen. Sie zerrte den Ordner aus seinem Versteck, dabei fielen einige Decken und Kataloge ihr zu Füßen. Sie ließ alles so liegen und ging mit dem Ordner unter dem Arm zurück ins Schlafzimmer.

Auf dem Bett schlug sie ihr Fundstück auf. Obenauf war ein Register aus braunem Kunststoff mit Goldrand, das den Inhalt nach den Gebieten »Bank/Sparkasse«, »Wohnung/Haus«, »Steuern«, »Garantie«, »Urkunden, Ausweise, Bescheinigungen« einteilte. Und das Schöne war: Dieses verheißungsvolle Register entsprach auch dem Inhalt, in allen Punkten. Elvira Platzer hatte sich tatsächlich die Mühe gemacht, ihre Unterlagen chronologisch zu ordnen. Sie hatte den zweiten, den richtigen Schatz dieser Wohnung gefunden. Das, wonach vermutlich auch ihr Vorgänger gesucht hatte.

Sie schlug die Rubrik »Urkunden, Ausweise, Bescheinigungen« auf, das dickste Bündel dieses Ordners. Zuoberst lag eine Klarsichthülle mit der Fotokopie eines Testaments, ausgestellt Anfang Januar dieses Jahres von einem ihr unbekannten Notariat mit Sitz am Hauptmarkt.

Es war ein kurzer Letzter Wille. Elvira Platzer hatte das Nürnberger Tierheim in der Stadenstraße zum alleinigen Erben ihres gesamten Nachlasses eingesetzt. Paula nahm die Kopie aus der Hülle, in der sich zu ihrer Überraschung noch weitere Testamente fanden. Insgesamt waren es sechs, fünf davon von der Erblasserin handschriftlich aufgesetzt und unterschrieben. Sechs Testamente aus zwei Jahren, und jedes Mal hatte die Tote einen anderen Haupterben eingesetzt. Apolonia Rupp war nicht dabei, dafür aber einmal Elvira Platzers Nichte Tanja Weber und im ersten sogar ihr Exmann.

Paula klappte den Ordner zu und steckte ihn ebenfalls in die Plastiktüte, schloss das Fenster, packte ihre Tasche und ging zur Wohnungstür. Als sie nach dem Schlüsselbund kramte, fiel ihr Blick auf ein glitzerndes Steinchen, das vor dem Filzvorhang lag. Sie bückte sich – eine Stachelniete mit einem dunkelrot funkelnden Edelstein in der kreisförmigen Vertiefung. Sie stülpte sich einen Plastikhandschuh über die rechte Hand, bevor sie ihn aufhob und betrachtete: Das rot glitzernde Etwas erwies sich als geschliffener billiger Glasstein, auf dem kurzen Stachel des Metallbolzens glaubte sie, winzige Reste eines Klebers erkennen zu können. Auch dieses Fundstück wanderte in ein durchsichtiges Plastiktütchen.

Dann versperrte sie die Wohnung und klingelte bei Frau Vogel. Während sie wartete, sah sie auf ihre Armbanduhr. Erst Viertel nach eins. Jetzt merkte sie, dass sie heute Nacht zu wenig Schlaf erwischt hatte. Sie war müde, hungrig und hatte Mühe, sich auf das Gespräch mit der Nachbarin gedanklich einzustimmen.

»Ja, Frau Steiner? Ich hätte mich schon bei Ihnen gemeldet, wollte Sie aber nicht stören.«

»Warum, ist Ihnen noch etwas eingefallen, was Sie mir erzählen möchten?«

»Nein, aber einen Kaffee oder Tee, wenn Sie keinen Kaffee mögen, wollte ich Ihnen anbieten. Und eine Kleinigkeit zu essen. Sie haben sicher Hunger.«

»Nein, überhaupt nicht«, log sie. »Aber das ist trotzdem nett. Danke für das Angebot. Kann ich für einen kurzen Augenblick hereinkommen?«

Frau Vogel ließ sie bereitwillig eintreten, schloss dann die Tür und zeigte mit der rechten Hand in ihr heiteres Wohnzimmer mit dem einladenden sonnenblumengelben Sofa.

Paula schüttelte verneinend den Kopf und blieb stehen.

»Nein danke, so lange will ich Sie nicht stören, zur Samstagmittagszeit. Eigentlich habe ich auch nur eine Frage, Herrn Holzbauer betreffend. Sein Verhältnis zu Frau Platzer war wohl nicht das beste?«

»Hm«, sagte Frau Vogel mit einem kleinen Seufzer, »und das ist noch untertrieben. Die beiden waren sich spinnefeind.«

»Und was beziehungsweise wer war der Auslöser?«

»Na ja, Sie können es sich vielleicht denken. Der Auslöser war natürlich Frau Platzers Krankheit oder wie man es nennen will. Angefangen hatte es damit, dass sie immer wieder Sachen, die sie in der Wohnung nicht mehr untergebracht hat, vor der Tür abgestellt hatte. Das hat Herrn Holzbauer jedes Mal regelrecht zur Weißglut gebracht. So wie heute, Sie haben es ja selbst erlebt. Mein Gott, haben die beiden sich angeschrien. Und das alles hier im Haus, sodass es jeder hören konnte.«

»Und, hat Frau Platzer sich gewehrt?«

»Anfangs schon. Aber als er ihr mit dem Anwalt gedroht hat, hat sie das Rausstellen aufgegeben. Dinge, die leicht Feuer fangen können, dürfen nämlich aus feuerschutzpolizeilichen Gründen nicht im Hausgang abgestellt werden, da hatte Herr Holzbauer schon das Recht auf seiner Seite. Ja, aber dann ging es erst richtig los. Frau Platzer hat dann nämlich diese Sachen in ihren Keller gebracht. Und als da kein Platz mehr war, vor«, betonte Frau Vogel, »ihre Kellertür gestellt. Und eines Tages waren diese Sachen einfach weg. Von heute auf morgen. Frau Platzer hat jeden hier im Haus gefragt, aber keiner hat ihr sagen können, wer das war. Ab da hat sie mit Herrn Holzbauer, den sie wohl in Verdacht hatte, nicht mehr gesprochen. Nicht einmal mehr gegrüßt haben sich die beiden.«

Nach einer kurzen Pause und einem weiteren kleinen Seufzer fuhr sie fort. »Das war keine gute Stimmung mehr im Haus. Darunter haben auch die anderen Parteien zu leiden gehabt. Beide, Herr Holzbauer wie auch Frau Platzer, versuchten immer wieder, einen auf ihre Seite zu ziehen. Bei einigen ist ihnen das auch gelungen. Bei mir nicht. Ich habe mich aus dieser Geschichte immer rausgehalten. Ich brauche keinen weiteren Unfrieden im Haus. Mir hat der schon gelangt.«

»Das glaube ich. Das hätte ich an Ihrer Stelle auch so gemacht. Danke für Ihre Offenheit.«

»Das war aber«, Frau Vogel legte ihre rechte Hand auf Paulas Unterarm, eine Geste, die sie zum Bleiben auffordern sollte, »noch nicht alles. Herr Holzbauer hat auch danach noch keine Ruhe gegeben. Immer wieder hat er, wenn er durchs Haus lief, ganz laut gesagt, sein Balkon sei nicht benutzbar, so wie es da nach Rauch stinke, das halte ja kein Mensch aus. Und er hat sich bei jeder Eigentümerversammlung über Frau Platzer beschwert, schriftlich beschwert. Aber das wissen Sie ja schon.«

Frau Vogel spielte damit auf Paulas Äußerung an, die sich zwischen frei erfunden und Vermutung bewegt hatte, die sich aber jetzt als richtig erwies.

»Nur in etwa. Ich würde es gerne von Ihnen noch ausführlicher erfahren.«

»Na ja, er hat halt jedes Jahr was anderes zu meckern gehabt. Vor zwei Jahren waren es die Pflanzen auf Frau Platzers Balkon. Die würden zu groß werden und das Gesamtbild der Hausrückseite verschandeln. Vor einem Jahr hat er einen Gutachter verlangt, der in Frau Platzers Wohnung gehen sollte, um dort festzustellen, ob es da irgendwelches Ungeziefer gäbe. Den Gutachter hätte dann sie zahlen müssen. Darüber hat sich Frau Platzer fast so aufgeregt wie damals, als ihre Sachen vor der Kellertür verschwunden waren. Solche Dinge eben.«

Paula hatte genug gehört. Das würde für eine zielgerichtete stramme Vernehmung des Adiletten-Trägers und Hypertonikers vollkommen reichen.

»Eines noch, und dann sind Sie mich aber endlich los. Frau Platzer hatte kein Auto, oder?«

»Nein. Nachdem ihr altes nicht mehr durch den TÜV gekommen war, hatte sie lange hin- und herüberlegt, ob sie sich ein neues kaufen soll. Aber sie hatte doch kein Geld dafür, bei dem bisschen Gehalt, das sie im Altersheim verdiente. Sie hat mich dann gefragt, ob sie meins ab und zu ausleihen könne. Sie würde es auch nicht oft brauchen. Nur einmal in der Woche. Am Wochenende eben, wenn sie ihre Mutter besuchen fuhr. Ich hab ihr den Golf natürlich gern gegeben. Ich brauche mein Auto ja nur sehr selten. Eigentlich nur zum Einkaufen.«

»Hat sie sich dafür denn revanchiert?«

Elisabeth Vogel sah sie erstaunt an. »Revanchiert, wofür?«

»Na, sich in irgendeiner Weise für Ihre Großzügigkeit erkenntlich gezeigt.«

»Ach«, Frau Vogel machte eine wegwerfende Handbewegung, »für die kurze Stadtfahrt. Dafür hätte ich sowieso nichts genommen. Das ist doch selbstverständlich.«

»Nein, Frau Vogel, da muss ich widersprechen. Das ist nicht selbstverständlich. Und zwar ganz und gar nicht.«

Ihr Mitgefühl für die arglos ausgenutzte Nachbarin bündelte Paula in einem Satz, wie sie ihn selbst erst vor Kurzem auf einer Parkbank am nahen Platnersberg zu hören bekommen hatte.

»Wissen Sie, dass Sie ein guter Mensch sind?«, sagte sie. »Und solche Menschen werden gerne von anderen missbraucht.«

Es war offensichtlich, dass sich Frau Vogel über dieses Kompliment freute. »Ach, da passe ich schon auf.«

Auch in diesem Punkt hätte Paula ihr gern und vehement widersprochen. Doch da sie jetzt das dringende Bedürfnis verspürte, heimzufahren, in ihre leere Wohnung mit dem vollen Kühlschrank, beließ sie es dabei und verabschiedete sich von Frau Vogel. Diese riet ihr noch, bei dem Gespräch mit Herrn Holzbauer auf der Hut zu sein.

»Das ist ein sehr schwieriger Mensch, müssen Sie wissen.«

»Da brauchen Sie sich um mich keine Gedanken zu machen, schwierig kann ich auch sein. Man könnte auch sagen, ich bin eine Meisterin im Schwierigsein – und vor allem im Schwierigkeitenmachen.«

Dann endlich stieg sie die Treppe zu Holzbauers Wohnung hinauf. Sie klingelte und musste eine lange Weile warten, bis sich die Tür endlich öffnete. Vor ihr stand eine füllige Frau mit tizianrot gefärbten Haaren, einem bunt bedruckten, ärmellosen Kittel und Ohrgehängen mit winzigen Granatsteinen. Die Frau war ungefähr in ihrem Alter und, wie es schien, auch in ungefähr ihrer derzeitigen übellaunigen Verfassung.

»Sie also sind die Kommissarin, derentwegen wir hier unsere Wohnung an einem Samstag nicht verlassen dürfen?«

Sie nickte. »Ja, Steiner ist mein Name. Von der Mordkommission.«

»Dann möchte ich jetzt als Erstes einmal Ihren Ausweis sehen.«

Sie zeigte ihn ihr. Danach durfte sie eintreten und wurde in die gute Stube der Holzbauers geführt. Ein alter Bauerntisch mit vier schönen Stühlen aus Weichholz, gepflegtes Buchenparkett, zwei moderne Sofas mit taubenblauem Wollbezug, davor ein niedriger Couchtisch aus dickem Acrylglas. Sie war überrascht, nach den Adiletten und der Kittelschürze hatte sie etwas weitaus weniger Geschmackvolles erwartet.

Sie setzte sich an den Bauerntisch, legte Block und Stift demonstrativ darauf und fragte: »Wie ich gehört und gelesen habe, standen Sie zu Frau Platzer in einem – sagen wir mal – gespannten Verhältnis. Was war der Grund dafür?«

Die Antwort ließ nicht lange auf sich warten. Aus Herrn Holzbauer sprudelten die »Vorfälle«, wie er es nannte, nur so heraus. Er zählte all das auf, was sie schon von Frau Vogel in der Kurzfassung gehört hatte. Plus ein paar Vorfälle extra. Wie den, dass die »Schlampen da unten« in den Wintermonaten nicht geheizt hatte, was seiner Meinung nach vor drei Jahren einen Wasserrohrbruch verursacht hatte. Oder die Sache mit dem Rauchgestank, der vom unteren Balkon direkt in sein darüber gelegenes Schlafzimmer gezogen sei.

»Das ist schon in der Früh losgegangen, da hat es bei uns dermaßen nach Rauch gestunken, dass es nicht zum Aushalten war. Unser Balkon war quasi nicht zu nutzen. Aber Sie rauchen ja selbst, von daher können Sie gar nicht wissen, wie das für uns ist. Sie müssen ja immun dagegen sein. Gelesen, sagen Sie, wo haben Sie das eigentlich gelesen? Das würde mich jetzt aber interessieren.«

Seine Frau, die neben ihm saß und ihn von der Seite beobachtete, pflichtete ihm nach jedem Satz mit einem kurzen Kopfnicken bei.

Paula ignorierte seinen Seitenhieb genauso wie seine Frage. »Sie haben ja allen Grund gehabt, Frau Platzer zu hassen. Für Sie muss es doch jetzt ein wahrer Glücksfall sein, dass Frau Platzer nicht mehr lebt.«

Auch darauf erhielt sie umgehend eine Antwort. »Na, traurig sind wir darüber nicht. Hoffentlich zieht jetzt jemand ein, der besser in dieses Haus passt. Der reinlicher ist und ordentlicher und der sich auch mehr an die Vorschriften hier im Haus hält. Und der auch kein Kettenraucher ist.« Dabei blickte er sie herausfordernd an.

»Wo waren Sie am vergangenen Montagabend, in der Zeit von zweiundzwanzig Uhr dreißig bis dreiundzwanzig Uhr dreißig?«

Auch auf diese Frage schien Holzbauer nur gewartet zu haben. Triumphierend antwortete er: »Kurz vor elf waren wir, meine Frau und ich, noch am Nürnberger Flughafen. Dort hat uns unsere Tochter mit dem Auto abgeholt und nach Hause gebracht.«

»Wann genau waren Sie wieder hier?«

»So zehn Minuten nach elf Uhr.«

»Haben Sie zu diesem Zeitpunkt irgendwelche Geräusche aus Frau Platzers Wohnung gehört?«

»Nein, das hätten wir der Polizei doch längst gemeldet. Wir wissen, was sich gehört! Aber unsere Tochter hat sich ja sofort als Zeugin zur Verfügung gestellt.«

»Als Zeugin?«, fragte Paula erstaunt nach.

»Sie hat doch, als sie von hier weggefahren ist, einen Mann aus dem Haus kommen sehen. Wissen Sie denn das nicht? Das müssten Sie doch wissen, wenn Sie diesen Fall bearbeiten. Das ist doch Ihre Hauptzeugin. Uns hat es schon sehr gewundert, dass keiner von der Kriminalpolizei persönlich mit ihr sprechen wollte«, sagte er in vorwurfsvollem Ton.

Also war Holzbauers Tochter einer der beiden Phantombildlieferanten gewesen.

»Das muss Sie nicht wundern. Da Ihre Tochter ja den Kollegen bei der Anfertigung des Phantombilds bereits alles geschildert hat, was sie beobachtet hat, ist das vollkommen ausreichend. Gehe ich recht in der Annahme, dass Sie am Montag aus einem Urlaub zurückgekommen sind? Wo waren Sie denn und wie lange? Und auch die Flugnummern brauche ich dazu von Ihnen.«

Sie versuchte es mit ihrem unverbindlichen Allerweltslächeln, das aber bei den Holzbauers keinerlei Wirkung zeigte.

»Warum wollen Sie das wissen? Wir haben doch ein perfektes Alibi. Uns kann keiner was anhaben.«

»Sie täuschen sich, wenn Sie meinen, dass ich Ihnen etwas anhaben will, Herr Holzbauer. Ich möchte lediglich Ihr Alibi überprüfen. Wie wir das übrigens bei allen machen, die mit diesem Mordfall zu tun haben.«

Holzbauer stand abrupt auf und verließ stumm das Zimmer. Nach fünf Minuten kehrte er zurück und legte noch immer schweigend, aber mit großer Genugtuung zwei Flugtickets auf den Tisch.

»Wir waren drei Wochen in Marokko, in einem exquisiten Wellnesshotel.«

Sie notierte sich seine Angaben wie auch die Nummern der Flugtickets, fragte schließlich noch, ob Herr und Frau Holzbauer gestern oder heute etwas Auffälliges in der unteren Wohnung gehört oder gesehen hatten. Nachdem dies verneint wurde, stand sie auf und bedankte sich bei dem Ehepaar für »dieses aufschlussreiche Gespräch«.

Als sie bereits auf halber Treppe stand, öffnete sich die Tür oberhalb nochmals, und Holzbauer rief ihr nach: »Und dieses G'raffel vor der Wohnung da unten, das bleibt wohl?«

Lächelnd drehte sie sich um. »Von meiner Seite aus ja. Aber wenn es Ihrer Vorstellung von Reinlichkeit und Ordnung dient, haben Sie hiermit meine Erlaubnis, die Sachen in Ihren Keller zu tragen und dort zwischenzulagern, vorerst zumindest. So lange, bis Sie Gegenläufiges von mir hören. Aber nichts verschwinden lassen! Das ist alles Beweismaterial.«

Sie hörte, wie er oben verächtlich schnaufte und anschließend die Tür laut zuknallte.

Dann fuhr sie heim. Müde, hungrig und in dem erhebenden Gefühl, diesem schwierigen Menschen nichts schuldig geblieben zu sein.

8

Mit dieser Genugtuung in den Augen betrat sie eine knappe halbe Stunde später ihre Wohnung, die Paul um elf Uhr dreiundfünfzig verlassen hatte, wie sie dem gelben Post-it-Zettel entnahm. Sie stellte sich zum zweiten Mal an diesem Tag unter die Dusche, zog ihren Schlafanzug an und bezog dann Position auf dem Sofa im Wohnzimmer. Links und rechts von ihr lagerte die Beute aus Erlenstegen – die Kalender und der Ordner. Sie genoss die Stille und die Leere um sich herum. So sehr, dass sie bereits nach fünf Minuten einschlief.

Kurz nach zwanzig Uhr weckte sie das Klingeln ihres Handys. Es war Eva Brunner, die ihr »den ersten Zwischenbescheid« persönlich übermitteln wollte.

»Es ist wie verhext, Frau Steiner, kein Mensch kennt einen von diesen beiden Personen. Und ich habe, das müssen Sie mir glauben, wirklich gründlich recherchiert. Bei der Frau Rupp habe ich angefangen und etliche Nachbarn gefragt. Nichts. Obwohl ich da die meiste Zeit … Dann bin ich in das Altersheim gefahren, wieder kein Erfolg. Weder unter den Pflegern noch unter den Besuchern. Wissen Sie, ich hab mir gedacht, ich gebe mich als Angehörige von einem der Heimbewohner aus. Und dieser Ohrstecker-Mann, so habe ich halt getan, hat mir und meinem Verwandten mal eine Gefälligkeit erwiesen, für die ich mich jetzt endlich revanchieren möchte. Also habe ich überall rumgefragt, ob jemand diesen … Das war doch gut von mir, oder?«

Ohne ihren Beifall abzuwarten, sprudelte der Redefluss am anderen Ende weiter und weiter.

»Da wecken wir auf keinen Fall irgendwelche schlafenden Hunde, wie Sie gesagt haben. Da kann niemand irgendeinen Verdacht schöpfen. Ja, und dann bin ich nach Schniegling gefahren. Und wissen Sie, was ich da gesagt habe, wer ich bin? Da habe ich mir gedacht, jetzt musst du was anderes probieren, sonst fällt es auf. Und zwar habe ich mich dann als eine flüchtige Bekannte, nicht als eine Freundin, was ja nur … vor diesen beiden Nichten der Platzer ausgegeben. Und wissen Sie … Jetzt fehlt mir eigentlich nur noch das

Umfeld von dieser Tanja Weber. Aber das mache ich morgen. Wenn Sie damit einverstanden sind.«

Jetzt endlich schien Eva Brunner ihren »ersten persönlichen Zwischenbescheid« beendet zu haben. Zeit für den ersten persönlichen Zwischenapplaus.

»Da waren Sie aber fleißig. Seit wann sind Sie denn schon unterwegs?«

»Seit heute früh um acht Uhr. Aber es hat ja nichts gebracht. Das fuchst mich schon ein wenig. Ich war ganz fest davon überzeugt, im Verlauf dieses Tages finde ich diesen Mann mit seinem Ohrstecker. Aber nichts. Haben Sie denn wenigstens Erfolg gehabt, Frau Steiner?«

»Ja, so könnte man das nennen.« Sie erzählte Eva Brunner kurz von ihren beiden Funden.

»Ach, das ist ja toll. Glauben Sie, dass sich wenigstens die Fahrt nach Erlangen rentiert?«

»Tja, keine Ahnung. Vielleicht hat Heinrich doch recht. Er meint nämlich, dass solche Männer mit Ohrschmuck zuhauf umeinanderrennen.«

»Das glaube ich nicht. Wenn Heinrich damit recht hätte, dann hätte ich ja heute irgendeinen von diesen Männern treffen müssen, der …«

»So, Frau Brunner, ich bin dafür, dass Sie sich den morgigen Tag freinehmen. Erlangen läuft uns nicht davon. Nächste Woche haben wir genug zu tun, da sollten Sie fit sein. Am Montag in der Früh sehen wir weiter. Vielleicht bringen ja die Kalender etwas ans Licht.«

»Hm, ja«, lautete die ungewöhnlich kurze Antwort.

Als sie das Handy zusammenklappte, war sich Paula sicher, dass die Anwärterin den Sonntag nicht freinehmen, sondern in Erlangen verbringen würde. Auf der Suche nach einem Mann mit einem Brillanten im linken Ohr.

Sie ging in die Küche. Schälte Kartoffeln, setzte den tiefgekühlten Spinat auf den Herd und schlug sich drei Bio-Eier in die Pfanne. Eine halbe Flasche Grauburgunder, Schokokekse und Vanilleeis krönten dieses, wie sie fand, überaus gesunde Mahl. Gesättigt kehrte sie zu ihrem Interimsarbeitsplatz zurück.

Vor sieben Stunden hatte sie fest vorgehabt, sich heute noch den Ordner und die Kalender vorzunehmen. Gründlich und erschöpfend. Es blieb bei diesem guten Vorsatz. Jetzt war sie nämlich der Meinung, sich nach ihrer erfolgreichen Stöberaktion in der Eichendorffstraße eine kleine Auszeit verdient zu haben. So verbrachte sie den Abend in weitaus angenehmerer Gesellschaft als mit den Aufzeichnungen und Unterlagen ihres Opfers – nämlich mit der restlichen Flasche des Grauburgunders, der schon bald seine schwere Hand sanft auf ihre Schultern legte.

Am Sonntagvormittag aber gab es kein Zurück mehr. Nach einem hastig eingenommenen Frühstück setzte sie sich an den leer geräumten Tisch in der Küche und schlug den Ordner auf. Nachdem sie ihn zwar gewissenhaft, aber lustlos durchgeblättert hatte, war sie in keinem Punkt schlauer als zuvor. Die Papiere bestätigten lediglich das, was sie schon wusste: Die Tote verfügte tatsächlich über dieses ansehnliche Vermögen von gut dreihunderttausend Euro, und ihr gehörte die Eigentumswohnung, die ihr der Vater schon zu Lebzeiten überschrieben hatte. Und auch das war Paula bereits vor dem Aktenstudium bekannt gewesen: Pünktlich jedes Jahr hatte sich Herr Holzbauer über seine Nachbarin beschwert, das belegten die Protokolle der Eigentümerversammlungen.

Diese Pflichtübung hatte sie nun hinter sich. Sie verstaute den Ordner in der Plastiktüte, holte sich die Kalenderkladden aus dem Wohnzimmer und belohnte sich für ihre bisherige Mühe mit einer extragroßen Portion Vanilleeis. Als sie den Blick dabei gelegentlich zur Burg schweifen ließ, fiel ihr auf, dass sie ihr Stalker auch heute, wie schon gestern, in Frieden gelassen hatte. Sie wertete das als gutes Zeichen für ihr seelisches Gleichgewicht. Oder war sie mittlerweile dermaßen abgestumpft und gleichgültig gegenüber dieser fürchterlichen Zahl geworden, dass ihr der Geburtstag nichts mehr anhaben konnte? Egal, nun zur Kür.

Sie schaute zunächst den ältesten Kalender, den mit dem Aufdruck 2003, durch. Die Seiten waren gespickt mit den immer gleichen Angaben. Elvira Platzer hatte ihren Kalender wie eine Buchhalterin geführt und jeden Tag mit Bleistift vermerkt, wann sie aufgestanden und wann sie eingeschlafen war, wann sie zur Arbeit gegangen und wann sie wieder heimgekehrt war, dass sie dann »Kaffee getrunken + Gebäck« zu sich genommen hatte, was und bei wem sie eingekauft und vor allem wie viel Geld sie dafür ausgegeben hatte. Auch wenn sie an einem Tag keine Besorgungen festzuhalten hatte, eine Schachtel Zigaretten war zuverlässig immer dabei. Der Vermerk »3,20/Zig.« tauchte genauso regelmäßig auf jeder Seite auf wie der Dauerposten »Gebäck«, der ein Croissant, ein Apfelstrudel oder nur ein »Knoppers« sein konnte. Paula wunderte sich noch, wie billig die Zigaretten damals gewesen waren. Hatte sie selbst nicht großspurig verkündet, dass sie augenblicklich das Rauchen einstellen würde, wenn der Preis für eine Schachtel über die Drei-Euro-Marke steigen würde?

Schließlich gab es noch einen Dauerbrenner im niedergeschriebenen Leben der Toten, das war das Legen von »1 x Patience«. Gekocht dagegen wurde bei ihr selten, und wenn, dann kamen vorzugsweise »Fischstäbchen« auf den Tisch. Mal mit »Kart.«, mal mit »Schinkenwürfeln« und einmal sogar mit »Erdbeeren/Dose«. Der 23. März hielt fest: »Rest von den Fischstäbchen + Joghurt«. Abenteuerliche Kombinationen, aber für die abenteuerliche Köchin Steiner nicht weiter auffällig. Im Gegenteil, sie, die derzeit doch auch Fischstäbchen und Joghurt in ihrer Vorratshaltung hatte, griff die letzte Kombination bereitwillig als Menüvorschlag für das heutige Abendessen auf.

Sie klappte den Kalender zu und griff nach dem nächsten. Auch 2004 gaben das Aufstehen und das Heimkommen, die Arbeit und der Schlaf, der »Kaffee + Gebäck« und die Patiencen den Takt vor, nach dem Elvira Platzers Tage verliefen. Neu allerdings war, dass sie an einigen Stellen die Schichten, die sie hatte, mit einem empörten Ausrufezeichen versah. Wohl immer dann, vermutete Paula, wenn sie mit der Arbeitseinteilung von Frau Striegel ganz und gar nicht einverstanden war. 2004 kosteten die Zigaretten bereits 3,60 Euro.

Sie überlegte. 2004 war doch auch das Jahr gewesen, in dem Erwin Platzer aus der gemeinsamen Wohnung ausgezogen und in dem Claudia Weber, geborene Rupp gestorben war? Aber es fand sich weder ein Eintrag zu dem Auszug noch ein Hinweis zum Sterbedatum und der versäumten Beerdigung. Zumindest kein direkter. Nur die sich ab September häufenden Eintragungen »geweint«, »viel geweint« und »TV, dann geweint«. Paula war jetzt mit dem Raster der Tagebucheintragungen, mit seinen wiederkehrenden Kürzeln und den immer gleichen Tagesabläufen, so vertraut, dass sie zügig vorankam. Als sie den Kalender von 2004 weglegte, war es Viertel nach zwei. Zeit für eine Pause, eben für »Kaffee + Gebäck«.

Auch in dieser kurzen kalenderfreien Zeit beschäftigte sie die Ermordete. So chaotisch ihre Wohnung auf andere wirken mochte, so ordentlich, ja akribisch bis hin zur Pedanterie hatte die Altenpflegerin ihre Eintragungen vorgenommen. Buch geführt über die banalsten aller Verrichtungen wie schlafen, aufstehen, heimkommen, einkaufen. Ein ganz privates Tagebuch. Vielleicht als eine Art Beleg, dass sie, die in ihrer Müllhalde jeder Wohnlichkeit entbehren musste, dennoch ein vorzeigbares, nämlich mit anderen berufstätigen Frauen durchaus vergleichbares Leben führte. Eins, das über das reine Vegetieren hinausging. Jeder dieser immer gleichen Einträge über die immer gleichen Abläufe hatte Elvira Platzer ein kleines Stück Sicherheit zurückgegeben, die sie wohl lange Jahre vermisst hatte.

In den Jahren 2005 bis 2007 variierten die Notizen. Die alltäglichen Banalitäten spielten zwar nach wie vor die Hauptrolle, wurden aber hin und wieder von den privaten Befindlichkeiten ein wenig aufgelockert. Im Januar fand sich der Vermerk: »S. sagt, ich soll nicht so trödeln. Blöde Kuh. Die kriegt doch ihre eigenen Sachen nicht geregelt.« Dieser Anpfiff hatte Folgen für das Philipp-Melanchthon-Heim. Denn danach häuften sich Eintragungen wie »bin krank«, »krankgemeldet«, »gehe nicht zur Arbeit« und – noch lakonischer – »bleibe daheim«.

Und noch etwas fiel Paula auf. In diesen Jahren hatte Elvira Platzer versucht, eine gewisse Ordnung in ihr Leben zu bringen. In jeder Woche wurde mindestens einmal »aufgeräumt«. Und alle drei, vier Tage »abgewaschen«. Und es fanden sich Einträge wie »Haare gewaschen«, »Fingernägel gefeilt«, »1 Pullover rausgewaschen«, »Knopf an gelbe Bluse angenäht«, »Waschbecken geputzt«. Die einfachsten Dinge der alltäglichen Körper- und Haushaltspflege wurden festgehalten. Doch neben der Mühe, die sie das gekostet haben musste, erkannte Paula auch den wie aus einem tiefen Traum erwachten Willen der Ermordeten, einen Neuanfang zu wagen. Einen, der sie irgendwann aus diesem Chaos herausführen sollte. Denn in den beiden Jahrbüchern fanden sich sogar, selten, aber immerhin, solche hoffnungsvollen Vermerke wie »Sonntagsblitz weggeworfen« oder »Rucksack entsorgt, da voller Schimmel«.

Notizen, die in den Aufzeichnungen der folgenden Jahre nicht mehr auftauchten. Entweder hatte Elvira Platzer der Mut verlassen und sie hatte diese Wegwerfaktionen eingestellt, oder sie hatte sie beibehalten, fand sie aber nicht mehr notierenswert. Nach dem Zustand der Wohnung zu schließen, war wohl Ersteres der Fall gewesen.

Der Kalender von 2008 barg eine noch größere Sensation. »M. ruft an, bin eingeladen zum Geb., gehe aber nicht hin«.

»Und warum nicht?«, fragte Paula halblaut in die Stille dieses späten Sonntagnachmittags hinein. Sie blätterte vor, sie blätterte zurück, aber nirgends ein Hinweis, warum Elvira Platzer dieser Einladung nicht gefolgt war. Und wer zum Teufel war M.? M., das konnte alles Mögliche heißen. Nein, doch nicht ganz. M., das stand doch eindeutig für Mutter oder Mama. Aber für welche? Für die leibliche oder für die Stiefmutter? Hatte die Tote in dieser Zeit den Kontakt zu ihrer leiblichen Mutter, zu Gertraude Klemm gesucht? Oder gar schon früher?

»M.« sollte in den folgenden Jahren nur noch einmal auftauchen, und zwar zu Neujahr 2009. »2x versucht, bei M. anzurufen, 2x Anrufbeantworter«. Wieder dieses ominöse M. Vielleicht M. nicht wie Mutter, sondern M. wie Melitta, das war doch auch denkbar, oder? Wer hatte diesen enttäuschten Kalendereintrag von 2009 zu verantworten und wer die Tote 2008 zum Geburtstag eingeladen?

Mittlerweile war es in der Küche dunkel geworden. Paula stand auf und schaltete das Deckenlicht ein. Jetzt fehlte nur noch der letzte Kalender, der vom vergangenen Jahr, dann endlich kämen ihre »Fischstäbchen + Joghurt« auf den Tisch. Keine besonderen Vorkommnisse im ersten Drittel von 2011, wenn man von dem neuen Zeitvertreib der Tagebuchschreiberin absah. In den Monaten Januar bis April fanden sich gehäuft Vermerke wie »Schlachthof angesehen« oder »TV: gemütlicher Film aus den 50ern«, »Die 12 Geschworenen« und »Grete Weiser im Fernsehen (köstlich!)«.

Paula hatte kein Fernsehgerät in der Wohnung gesehen, wahrscheinlich hatte die Platzer bei ihrer Nachbarin, bei Frau Vogel, diese köstlichen und gemütlichen Sendungen verfolgen dürfen. Direkt von dem gemütlichen und köstlichen sonnengelben Sofa aus.

Im Mai tauchten dann wie aus dem Nichts plötzlich »Treffen mit den Meinen« auf. Treffen mit den Meinen? Zuverlässig jeden

Samstag oder, wenn die Platzer da arbeiten musste, dann am Sonntag. An diesen »Treffen mit den Meinen«-Tagen trat alles andere in den Hintergrund: Die vormittäglichen und abendlichen Kalenderabschnitte waren dann leer. Also stimmte die Sache mit den samstäglichen Besuchen, die Elvira Platzer ihrer Nachbarin erzählt hatte. Zumindest ab Mai letzten Jahres. Aber wer waren diese »Meinen«? Auf Paula wirkte dieser geschraubte und pathetische Ausdruck befremdlich, er passte so gar nicht zu dem lakonischen Stil der bisherigen Rapporte über das Aufstehen, Heimkommen, Einkaufen.

Und doch, je länger sie darüber nachdachte, irgendwie waren die »Meinen« auch wieder passend. Diese Formulierung signalisierte in ihrer Bemühtheit die überschwängliche Freude, die Elvira Platzer über diese Treffen empfunden haben mochte. Ja, mehr noch, sie kündete von deren Stolz, dass sie nun auch so etwas wie eine Familie, nahe Angehörige vorzuweisen hatte. Das Unbehagen in der Gegenwart, das aus ihren Notizen bislang gesprochen hatte, schien an diesen Tagen nicht zu existieren. Ihre große Sehnsucht nach einem intakten Familienleben hatte sich wohl mit diesen »Treffen mit den Meinen« erfüllt.

Doch schon ab Anfang November mehrten sich die Anzeichen, dass auch diese Phase des Aufschwungs bald ein Ende haben sollte. Die Treffen fanden nur noch selten statt. »Kein Treffen«, »Treffen entfällt« und »heute wieder allein« bestimmten jetzt die Eintragungen. Kurz vor Weihnachten der Vermerk »Die wollen nur mein Geld«. Dann endeten die Einträge. Die restlichen Blätter in dem Kalender waren leer, und für 2012 existierte keiner mehr. Elvira Platzer hatte resigniert. In ihrem Kampf gegen das Chaos und in ihrem Streben nach Anerkennung und Liebe.

Als sie die Fischstäbchen in das heiße Öl legte, kam ihr das Leben der Toten wieder einmal erschreckend trist und sinnlos vor. Als ein Leben ohne jede Sicherheit mit der ständigen Angst vor Verlust, der sie mit Horten und Sparen entgegenzusteuern versuchte. Als eine einzige Tragödie, die schicksalhaft auf ihr unseliges Ende zusteuerte. Und bei der im ständigen Gegenschnitt der Perspektiven Erwartung und Enttäuschung abwechselten. Nur einmal, ab Mai letzten Jahres, schien diese unendliche Geschichte der Unsicherheit sich zum Guten gewendet zu haben. Und das Testament, zu dem sie sich Anfang Januar aufgerafft hatte? Leicht würde ihr das nicht gefallen sein, denn Notare, zumal solche mit Sitz am Hauptmarkt, verlangten Geld für ihre Dienste. Also musste ihr dieser Gang sehr wichtig gewesen sein. Letztlich bestätigte es diese bittere Erkenntnis. Als Gegenmittel zu der Habgier der »Meinen«. Auch eine Art Rache.

Als die Fischstäbchen, zwei Joghurtbecher und der biodynamische Retsina aus dem Pilion auf dem Tisch standen, stellte Paula ihre Arbeit ein. Verbot sich, weiter über die Tristesse der Elvira Platzer zu grübeln. Zumal sich auch deren stumme Menüempfehlung als Schlag ins Wasser herausgestellt hatte. Als nahezu ungenießbar und wenig sättigend. Hinzu kam die Enttäuschung über den so sauren wie klebrigen Retsina, der ihr noch Stunden später aufstieß.

Am nächsten Morgen weckte sie der Hunger. Ein opulentes Frühstück mit einem Oberpfälzer Bio-Ei entschädigte sie für die Katastrophe des gestrigen Abends. Sie freute sich jetzt auf ihre Arbeit. Auf Eva Brunner mit ihrem Diensteifer und der schier grenzenlosen Zuversicht, auf Heinrich, auf den sie sich immer verlassen konnte, wenn es hart auf hart ging, auf die Lösung dieses Rätsels, das ihr nach der aufschlussreichen Lektüre nun als weitaus weniger knifflig erschien.

Als sie ihr Büro betrat, blickten ihre Mitarbeiter erwartungsvoll zu ihr auf, als hätten sie nur auf diesen Moment gewartet. Als Erste ergriff die Anwärterin das Wort.

»Guten Morgen. Frau Steiner, ich war gestern doch noch in Erlangen. Lange sogar. Aber es hat nichts gebracht. Ich glaube jetzt fast, es gibt im Großraum Nürnberg überhaupt keinen einzigen Mann mit einem Brillantstecker im linken Ohr. Oder wissen Sie, wo ich mich noch umschauen könnte?« Die Enttäuschung über den ergebnislosen Wochenendeinsatz war Eva Brunner deutlich anzuhören.

»Im Moment nicht. Aber ich habe in den Kalendern eine Spur gefunden, der sich nachzugehen lohnt. So, und jetzt berichte ich mal, was ich alles am Wochenende herausgefunden habe. Nein, jetzt erzählst du erst mal, Heinrich. Hat sich dein Einsatz am Freitag gelohnt?«

»Ja und nein. Ja, weil dieser Platzer wirklich eine umfangreiche

Sammlung von Jagdmessern hat. Hängt alles in seinem Wohnzimmer, hinter Glas. Eine ganze Wand ist voll damit. Darunter waren auch zwei Nicker. Klaus hat sie mitgenommen. Das Zeug ist übrigens nicht billig. Ich hab Platzer gefragt, wie er sich das leisten kann. Das sei kein Problem, hat er gesagt, das sei sein einziges Hobby. Jagdmesser sammeln. Weißt du, was er noch gesagt hat?«

Wieder eine von Heinrichs rhetorischen Fragen, die er sich wie gewohnt umgehend selbst beantwortete. »›Der Gebrauch ist nicht wichtig für mich, ich seh sie mir nur gerne an.‹ Ein komischer Typ.«

»Ja, seltsam. Dass jemand an so was Gefallen finden kann. Na, egal. Was hat denn seine tierliebe Exfrau zu diesem Hobby gesagt?«

»Die war nicht so begeistert davon wie er. Wegen ihr hat er ja dann auch letztendlich seine Mitgliedschaft in dem Jagdverband gekündigt. Das habe ihm gar nichts ausgemacht, meinte er.«

»Hat Klaus die Messer schon untersucht?«

»Ja. Und das Ergebnis ist schon da: An diesen beiden Nickern finden sich«, betonte Heinrich, »nicht die geringsten Spuren.«

»Gut beziehungsweise nicht gut. So, und jetzt erzähle ich von meinem Einsatz.«

Es wurde ein langer Bericht. Sie fing bei dem abgerissenen Siegel, dem Telefon und dem notariell beglaubigten Testament an, machte bei den Streitereien mit Herrn Holzbauer und dessen Tochter, der Zeugin, weiter, erzählte dann von »M.«, den Meinen-Treffen und deren abruptem Ende und schloss mit dem Zufallsfund, der Stachelniete mit dem rubinroten Glasstein.

Nachdem kein Einspruch dazu kam, fuhr sie fort.

»Ich lasse in der Zwischenzeit die Niete und die Siegelreste auf Fingerabdrücke untersuchen. Und du, Heinrich, wirst mit dem Notar reden. Vielleicht hat sie ihm ja den Grund genannt, warum sie ein notariell beglaubigtes Testament braucht, denn ungewöhnlich ist das für sie schon. Das hätte sie auch billiger haben können.«

Dass diese Recherche nur eine Verlegenheitslösung mangels anderer Perspektiven war, behielt sie für sich.

»So, das war das. Frau Brunner, ich möchte, dass Sie an dem Ohrstecker-Mann dranbleiben. Heinrich, was meinst du, wo könnten wir da noch ansetzen?«

Heinrich tippte sich zweimal auf die Stirn. »Was soll das außer der puren Zeitverschwendung bringen? Da hat doch jeder was ganz anderes gesehen, wenn man mal die Kappe und den Ohrstecker außen vor lässt. Und, soll ich dir was sagen? Da hätte sogar ich als Zeuge Schwierigkeiten, einen Mann zu beschreiben, den ich in der Dunkelheit an mir vorbeihuschen sehe.«

»Der Meinung bin ich nicht, Heinrich«, widersprach die Anwärterin Brunner. »Ich finde, das ist unsere wichtigste Spur, der wir unbedingt nachgehen müssen. Und zwar wir alle drei hier.«

Da tippte sich Heinrich zum zweiten Mal mit dem Zeigefinger an die Stirn, diesmal vehementer. »Kann das sein, dass du einen Patscher hast? Bloß weil du …«

Von dem folgenden Geplänkel drangen nur Wortfetzen zu Paula durch. Sie war wie Eva Brunner überzeugt, dass es eine wichtige Spur war, aber sie glaubte wie Heinrich, dass eine Befragung im großen Stil nichts ergeben würde. Irgendetwas störte sie an diesen zwei Zeichnungen, wobei sie nicht sagen konnte, was das war. Es war das falsche Bild zum richtigen Gedanken. Aber was war falsch daran? Da kam ihr die Szene vor dem Fußballspiel in den Sinn: sie vor dem Drehkreuz mit der Karte in der Hand, vor ihr die Frau, die sich dann als Mann herausgestellt hatte. Genau, das war es, was sie störte.

»Und was, wenn das gar kein Mann war, sondern eine Frau? Wenn sich unsere zwei Zeugen getäuscht haben? Nicht in dem Ohrstecker, auch nicht bei der Kopfbedeckung, aber im Geschlecht? Was kein Wunder wäre, wenn man jemanden nur von Ferne in stockfinsterer Nacht vorbeieilen sieht. Wie du es gesagt hast, Heinrich. Und dann noch mit einer Baseballkappe, die das Gesicht halb verdeckt.«

»Da könnte etwas dran sein«, sagte Heinrich, doch dann schienen ihm Zweifel zu kommen. »Aber glaubst du wirklich, die Platzer wurde von einer Frau mit einem solchen Nicker, diesem Jagdmesser, umgebracht?«

»Ja, warum denn nicht? Die Emanzipation schreitet allenthalben voran«, zitierte sie Frieder Müdsam. »Frauen gehen mittlerweile auch auf die Jagd, Heinrich. Oder sammeln Waffen.«

»Aber eine Frau mit Ohrschmuck werden wir selbst durch eine groß angelegte Suche nicht finden. Dafür gibt es einfach zu viele davon«, meldete sich eine enttäuschte Eva Brunner zu Wort.

»Das nicht. Aber wir wissen jetzt trotzdem mehr als zuvor.«

»Und das wäre?«, fragte Heinrich.

»Wir haben das Siegel und diese Stachelniete. Zum Zweiten wissen wir, dass die Webers verschuldet waren. Zum dritten haben wir das Testament, das …«

»Gell, das freut dich, Paula?«, unterbrach Heinrich sie. »Dass die Platzer ihre ganze Habe dem Tierheim vermacht hat und nicht ihrer Stiefmutter oder ihren Nichten. Dass die also leer ausgehen.« Er klang ungewohnt streitlustig.

»Ja, vor diesem Wochenende hätte es mich noch gefreut. Da hättest du recht gehabt«, antwortete sie wahrheitsgemäß. »Aber jetzt ist mir das wurscht. Das ist mir so was von egal, ob das Geld und die Wohnung jemand aus der Verwandtschaft kriegt oder nicht.«

»Und warum dieser Sinneswandel auf einmal?«, hakte Heinrich nach.

»Weil ich am Samstag auf eine Seite der Platzer gestoßen bin, die mir nicht gefallen hat. Die war nämlich nicht nur geizig, sondern hat auch ihre gutmütige Nachbarin nach Strich und Faden ausgenutzt.«

»Aha, da schau her. Dein Mitleid für diese arme, arme Frau hat sich wohl erschöpft?«, fragte Heinrich, dabei triefte seine Stimme vor Ironie.

»Sagen wir mal so: Ich sehe das jetzt alles ganz neutral und objektiv. Und das ist auch gut so, weil ich dann nicht voreingenommen bin. Wie andere Leute in diesem Raum hier, die einer anderen armen, armen und vor allem alten, alten Frau gegenüber übergroße und vor allem völlig unverständliche Sympathien hegen. Nur weil sie selbst so einen überaus spießigen und kitschigen Telefonschoner besitzen wie diese andere Person.«

Eva Brunner hatte das Wortgefecht zwischen ihren beiden Kollegen verwundert und stumm verfolgt. Wie ein Zuschauer ein Tennisspiel, bei dem die Bälle hin und her geworfen werden. In dem Bemühen, in den aufkeimenden Streit, der jetzt erst richtig in Fahrt zu kommen schien, besänftigend einzugreifen, meldete sie sich zaghaft zu Wort.

»Also, ich finde, Frau Steiner hat da schon recht. Neutralität bei der Zeugenvernehmung ist grundsätzlich …«

»Ach, red doch nicht so saublöd daher! Spar dir deine Kalauer. Zumindest mir gegenüber.«

Erschrocken sah ihn Eva Brunner an. Und auch Paula wunderte sich über Heinrichs heftige Reaktion, die so gar nicht zu ihm passen wollte.

»Also, irgendetwas stimmt heute mit dir nicht. Du hast ja eine dermaßen große Wut, dass du gar nicht mehr merkst, wie ausfällig und verletzend du bist. Frau Brunner und ich sind nicht deine Blitzableiter. Was ist denn los, dass du so gemeingefährlich bist?«

Es war dem Oberkommissar anzusehen, dass er sein Verhalten schon bereute. Zumindest ein wenig.

Nach einer Minute unheilvollen Schweigens im Kleinkommissariat rückte er endlich mit der Sprache heraus. »Ich bin heute früh von Trommen angesprochen worden. ›Na‹, hat er gesagt, ›heute mal keine Krankmeldung? Oder haben Sie vergessen, dass heute Montag ist? Das ist doch eigentlich Ihr Tag. Oder spielt Frau Steiner nicht mehr mit und paukt Sie aus allem raus? Ja, das ist schon bitter, wenn auf die Vorgesetzte kein Verlass mehr ist, so wie früher.‹«

»Und das war alles?«

Heinrich nickte.

»Das kann doch dir herzlich egal sein, was dieser Blödmann sagt. Der will doch nur Unfrieden zwischen uns stiften. Merkst du denn das nicht?«

Nach einer Weile fügte sie grimmig hinzu: »Und das scheint ihm ja auch sehr gut gelungen zu sein.«

Da hörte man von Heinrichs Schreibtisch ein kaum hörbares Gebruddel.

»Wie bitte? Was sagst du? Ich habe dich nicht verstanden.«

»Es tut mir leid.«

»Dann passt es ja. Und wir können weitermachen. Diese ›Treffen mit den Meinen‹, von denen ich schon erzählt habe, sind derzeit am ergiebigsten für uns. Auch deswegen, weil ich ›den Meinen‹ noch am ehesten zutraue, dass sie einen Schlüssel zur Wohnung haben. Und derjenige, der das Siegel abgerissen hat, hatte einen Schlüssel. Außerdem hat die Platzer niemanden in ihre Wohnung gelassen, aber Mörder Nr. 2, den Messerstecher, anscheinend schon. Sie muss ihn also gut gekannt haben. Wer aber sind diese Meinen?«

»Für mich sind das Familienmitglieder«, antwortete Eva Brunner als Erste. »Oder, Heinrich? Wie siehst du das?« Sie schien froh, dass das kommissionsinterne Gezänk ausgestanden war.

Sehr harmoniebedürftig, dachte die Vorgesetzte der Anwärterin, aber gottlob nicht nachtragend oder gar beleidigt.

Heinrich sah das genauso.

»Gut, ich sehe das im Übrigen auch so. Schon allein deswegen, weil im Fall der Platzer niemand anderes dafür in Frage kommt. Also haben wir die Rupp, die wir vorerst außen vor lassen, dann diese Halbschwester Melitta Ruckdäschel. Und die Webers als Hauptverdächtige. Dazu passt vor allem bei den Webers deren Verschuldung. Für die wäre so eine Erbschaft ein Rettungsschirm aus ihrem Dilemma. Darum auch vernehmen wir die drei getrennt, Frau Brunner übernimmt die Tierpflegerin, Heinrich die Studentin, und ich nehme mir den Vater vor. Und wir werden sie außer nach ihren Schulden und nach diesen ominösen Treffen auch nach den Fernsehsendungen befragen, die sie vergangenen Montagabend angeblich gesehen haben, und zwar intensiv. Jawohl, das ist schon mal ein hervorragender Ansatz.«

»Die haben sich sicher auf die Frage nach dem Fernsehprogramm vorbereitet«, wandte Heinrich ein. »Und sich untereinander abgesprochen. Davon verspreche ich mir gar nichts.«

»Das können wir auch«, antwortete Paula automatisch, »uns vorbereiten und absprechen. Und ich«, betonte sie, »verspreche mir viel von dieser Frage und den Antworten.«

»Was ist eigentlich mit dem Giftmörder? Oder ist das auch eine Mörderin für dich? Handelt es sich dabei um ein und dieselbe Person, oder stehen die beiden für dich zumindest in einem Zusammenhang?«

»Das, Heinrich, weiß ich im Augenblick noch nicht. Wobei ich eher glaube, dass das nicht der Fall ist. Der Giftmord war heimtückisch, von langer Hand vorbereitet und auch ziemlich abgebrüht. Das alles war der Messermord nicht. Sondern offen und, wenn man mal von dem Stich in die Halsschlagader absieht, sehr emotional.«

Als sie in ihrer Tasche nach den zwei Plastiktütchen kramte, beugte sich Eva Brunner neugierig über ihren Schreibtisch.

»Darf ich mal sehen, Frau Steiner?«

»Freilich.« Sie überreichte ihr die zwei Fundstücke.

»Ich weiß, was das ist«, sagte ihre Mitarbeiterin nach kurzem Betrachten. »Das ist eine Stachelniete von einem Halbstiefel. Ganz genau. Ich bin mir hundertprozentig sicher.«

Dann schwieg sie und hackte konzentriert auf ihre Tastatur ein. Nach wenigen Sekunden hatte sie im Computer gefunden, was sie suchte.

»Da, schauen Sie mal, das sind sie. Die Ankle Boots von Sam Edelman. Überall, auf der Rückseite, auf den Hacken und am Absatz, diese Nietbolzen.«

»Tatsächlich«, staunte Paula. »Sie haben vollkommen recht. Was kostet denn so was?«

»Zweihundertsechzig Euro«, kam die Antwort wie aus der Pistole geschossen. »Da brauche ich gar nicht nachzusehen, das weiß ich aus dem Kopf, weil diese Schuhe schon lange auf meiner Wunschliste stehen. Aber so viel Geld für ein paar Schuhe? Das habe ich einfach nicht. Aber toll sind die schon, Frau Steiner, oder?«

Das fand sie zwar nicht, zu viel Geglitzer, wie ein Christbaum in voller Festbeleuchtung, sagte aber: »Ja, auf jeden Fall. Ganz besonders schön. Ihnen würden die auch sehr gut stehen, mir vielleicht weniger.«

»Ach, die sind doch alterslos. Die kann doch jeder tragen. Auch Sie!«

Auch Sie? Das war, erkannte sie mit einem Anflug von Wehmut, der Versuch eines Komplimentes, aber eines gründlich misslungenen. Anscheinend war sie in den Augen ihrer Mitarbeiterin schon in dem Alter, in dem sie nur mehr altersloses Schuhwerk tragen konnte.

Mittlerweile hatte sich Heinrich neben sie gestellt, und auch er begutachtete nun die »alterslosen« Stiefeletten auf Eva Brunners Bildschirm.

»Paula, kannst du dich noch an die Klamotten von Jeannette Weber erinnern? Vor allem an den Strassgürtel. Die hat doch ausgeschaut wie ein Pfingstochs beim Almabtrieb. Zu der würde so etwas passen. Und zwar wie die Faust aufs Aug.«

»Stimmt«, pflichtete sie ihm bei. »Und wenn man dann noch die Schulden und das sehr dürftige Alibi dazunimmt …«

»Dann haben wir eine oder besser: die perfekte Tatverdächtige«, ergänzte der Oberkommissar selbstzufrieden. »Alles, was jetzt kommt, ist eigentlich ein Kinderspiel. Denn selbst wenn es für Fingerabdrücke nicht reicht, wonach es für mich bei der Größe ganz aussieht, dann ist auf dieser Stachelniete mit Sicherheit das eine oder andere Hautschüppchen. Und wir kriegen sie über die DNA-Analyse.«

Gerne hätte sie Heinrich auch in dieser Siegesgewissheit zugestimmt. Doch seine Lösung kam ihr zu einfach vor. Zu naheliegend, zu schnell, zu perfekt. Sie blieb skeptisch.

»Und wenn dieses Ding da der Platzer gehörte? Du hast die Wohnung noch nicht gesehen, Heinrich, die hat alles gesammelt. Alles! Die hätte auch so eine Niete, selbst wenn sie überhaupt keine Verwendung dafür hat, nicht weggeworfen.«

»Aber hast du mir nicht erzählt«, widersprach Heinrich, »dass sie in ihrem ganzen Chaos doch so etwas wie eine Ordnung und alles nach Themen sortiert hatte? Und eine Niete mit einem funkelnden Strasssteinchen unter den Obstkisten ist nicht ordentlich.«

»Ja, das stimmt schon. Und trotzdem …«

Auf der einen Seite der Waage lag dieses unbestimmte Gefühl, dass Jeannette Weber nicht das Zeug zur Mörderin hatte. Auch nicht die heftigen Gefühle, die dafür nötig gewesen waren. Aber das schwerere Gewicht – die Niete, der Strassgürtel, die Schulden, das dürftige Alibi – lastete auf der anderen Waagschale. Dennoch, die Zweifel blieben.

So fügte sie betont zuversichtlich hinzu: »Aber das werden wir ja bald wissen. Ich gehe jetzt in die Tetzelgasse und bleibe so lange dort, bis die mir etwas Definitives sagen können. Hoffentlich hat Frieder heute Dienst. Und Zeit.«

Bevor sie die Tür hinter sich schloss, rief Heinrich ihr noch gut gelaunt hinterher: »Da kann ich mir das mit dem Notar ja sparen. Das wäre ja dann alles doppelt gemoppelt, die reine Zeitverschwendung. Ich warte lieber, bis du wiederkommst, Paula, und wir was Definitives haben.«

Da drehte sie sich mit einem breiten Grinsen zu ihm um und tippte sich dann mit dem Zeigefinger auf die Stirn. »Da täuschen Sie sich aber, Herr Bartels. Das ist keine Zeitverschwendung. Wenn ich wiederkomme, will ich von dir alles über diese Testamentsverfügung wissen, was es dazu zu wissen und zu sagen gibt. Alles und keinen Deut weniger. Und – hast du beim Delphinarium schon angerufen?«

Heinrich schüttelte den Kopf.

»Dann machst du das bitte anschließend. Und die Technik soll heute noch in die Eichendorffstraße fahren und Fingerabdrücke von der Klinke nehmen. Wobei ich glaube, dass das nichts bringt. Aber kümmere dich bitte trotzdem darum.«

»Und, Frau Steiner, was machen wir jetzt mit den Webers? Vorladen oder nicht?«, wurde sie noch von Eva Brunner gefragt.

»Natürlich vorladen. Was sonst.«

Im Rechtsmedizinischen Institut in der Tetzelgasse hatte sie zweifaches Glück. Frieder Müdsam war da, und er hatte Zeit für sie.

Nach einem kurzen Blick auf das Tütchen mit der Stachelniete sagte er: »Ich fürchte, da ist über einen Fingerabdruck nichts zu holen. Es ist schon so, wie Heinrich meinte: Dafür ist das hier zu winzig. Und jetzt entschuldigst du mich bitte, ich habe einen Eilauftrag von der Frau Steiner. Und die kann und hat zwar viel, aber eines überhaupt nicht: Geduld.«

Bevor er mit den beiden Plastiktüten in seinem Labor verschwand, drehte er sich noch einmal kurz um zu ihr, die sich nicht von der Stelle gerührt hatte, und rief dann: »Also, ein wenig Zeit musst du mir schon geben. Setz dich halt derweil auf die Bank, Paula.«

Prompt folgte sie Frieders Empfehlung und setzte sich. Während sie auf ihn und seine Untersuchungsergebnisse wartete, schaute sie gelegentlich auf ihre Uhr. Also alle fünf Minuten. Sie zwang sich zu Ruhe und Gelassenheit. Machte sogar ein paar der Atemübungen, die ihre Mutter für Fälle wie diese immer empfahl. Es half alles nichts: Ihr Puls galoppierte davon, als sei er ein Rennpferd auf der Zielgeraden.

Endlich öffnete Frieder die Labortür.

»Also, Fingerabdrücke gibt es, wie zu erwarten war, nicht, weder auf dem Siegel noch auf der Niete. Aber ich habe DNA-Spuren auf der Niete gefunden und gleich das entsprechende Muster erstellt.«

»Prima, schön, danke. Also kann das DNA-Muster nicht von der Toten stammen.«

»Ja, das ist ausgeschlossen. Das habe ich gleich mit überprüft. Hast du denn schon jemand Verdächtigen?«

»Ja. Und zwar jemanden, bei dem alles passen würde.«

»Na, dann viel Erfolg.«

Frieder nickte ihr noch abschließend kurz zu, dann verschwand er wieder in seinem Obduktionssaal. Und sie machte sich auf den Weg zum Jakobsplatz.

Dort angekommen, setzte sie sich erst mal auf ihren Stuhl, sagte nichts und dachte nach. Sollte sie für das, was nun vor ihr lag, einen richterlichen Beschluss beantragen? Oder doch eher auf die Freiwilligkeit der Weber-Töchter setzen? Die Voraussetzungen für eine vom Richter angeordnete Speichelprobe schienen ideal zu sein, andererseits hatte sie das bange Gefühl, sich bei einer solchen hoch aufgehängten Identitätsfeststellung zu blamieren. Wenn sie sich als falscher Alarm herausstellen würde. Nicht nur vor den Webers, sondern auch hier im Haus. Vor allem da. Sie entschied sich für die hoffentlich in ausreichendem Maß vorhandene Kooperationsbereitschaft der Tierpflegerin und der Studentin, vorerst zumindest, und beauftragte die Polizeiinspektion 1 mit der »Durchführung der Entnahme von Körperzellen im Mundinnenraum« bei Jeannette und Tanja Weber.

»Und seid bitte so freundlich und ruft mich sofort an, wenn eine von den beiden irgendwelche Sperenzchen macht. Dann hole ich mir augenblicklich einen richterlichen Beschluss, so schnell können die beiden gar nicht schauen, da liegt der vor.«

Jetzt erst informierte sie Heinrich und Eva Brunner über Müdsams Ergebnisse.

»Ha«, triumphierte Heinrich, »ich hab es dir ja gleich gesagt: Das passt wie die Faust aufs Aug. Diesen Mord haben wir so gut wie gelöst. Das Einzige, was ich nicht verstehe, ist, warum du auch von Blondie Nummer zwei eine Speichelprobe nehmen lässt. Die wird es nicht gewesen sein.«

»Um sicherzugehen, Heinrich, nur um sicherzugehen«, antwortete sie gedankenverloren. »Und trotzdem … Ich bin noch nicht überzeugt, dass wir diesen Fall schon in der Tasche haben. Gerade deswegen, weil alles wie die Faust aufs Aug passt. Beziehungsweise passen würde.«

»Ach, da hat jetzt wieder unsere Bedenkenträgerin gesprochen. Nix da, der Strassgürtel war's. Davon bin ich überzeugt.«

»Frau Steiner«, meldete sich nun die Kommissar-Anwärterin zu Wort, »die Telefonliste von Elvira Platzer hat übrigens nichts gebracht. Keine Anrufe in den letzten acht Monaten. Kein einziger.

Ich frag mich schon, warum die Gebühren für etwas gezahlt hat, was sie nicht in Anspruch nahm. Wollen Sie selbst mal schauen?«

»Nein danke, das werden Sie schon richtig überprüft haben.«

»Soll ich zeitlich noch weiter zurückgehen? Das kann ich gern machen.«

»Nein, das braucht es nicht. Und, Heinrich, wie bist du in der Zwischenzeit vorangekommen?«

»Ich habe alles erledigt, gründlich, schnell und umfassend, wie du das von mir gewohnt bist. Klaus Zwo ist schon auf dem Weg in die Eichendorffstraße. Und von den beiden anderen Sachen, was möchtest du zuerst hören? Notar oder Delphinarium?«

»Was geht schneller?«

»Das Delphinarium. Es ist wirklich so, wie diese Jeannette Weber gesagt hat: Die Tierpfleger dort kriegen das Futter fix und fertig geliefert, die haben keinen Umgang mit Messern.«

»Gut. Jetzt der Notar.«

»Also, an viel konnte er sich nicht mehr erinnern, nur daran, dass es der Platzer wohl sehr wichtig war, dass ausschließlich das Tierheim von ihr erbt. Sie hat ihn nämlich ein paarmal gefragt, ob ihre Verwandtschaft dieses Testament in irgendeiner Weise anfechten könne. Und ob sie von Gesetzes wegen gezwungen wäre, ihren Verwandten einen Pflichtteil zu hinterlassen. Das schien sie auf keinen Fall zu wollen, dass da irgendjemand auch nur einen Cent von ihr erbt. Insofern hat ihr der Notar zu einem sogenannten negativen Testament geraten, worin sie die Rupp ausdrücklich von der Erbfolge ausschließt. Auf Deutsch: Sie hat sie enterbt. Ach ja, und auch daran erinnerte er sich sehr genau, dass sie ihm erst nach der zweiten Mahnung seine Rechnung bezahlt hat.«

»Na, das passt doch.«

»Mal was anderes. Mir ist in der Zwischenzeit etwas ganz Schlaues eingefallen, ich wundere mich selbst, dass ich da nicht früher draufgekommen bin. So ein Tiermedizin-Studium ist doch eine hervorragende Gelegenheit, um sich Rattengift aus älteren Beständen zu besorgen.«

»Nein, das glaube ich nicht. Beziehungsweise, ich weiß es. Frieder hat mir nämlich gesagt, dass seit der Jahrtausendwende an den Unis ausschließlich Chemiestudenten Zugriff auf dieses Thalliumsulfat haben, einen streng kontrollierten Zugriff im Übrigen. Die können nur unter Aufsicht des Lehrkörpers damit arbeiten. Aber du kannst natürlich gern bei der Uni Erlangen anrufen und dir dort Frieders Aussagen verifizieren lassen.«

»Kann ich denn noch was erledigen, was uns weiterhilft, Frau Steiner?«, fragte Eva Brunner in bedrücktem Ton und kaum hörbar.

»Nein, im Augenblick nicht. Ich bin dafür, dass Sie sich – und auch du, Heinrich – den restlichen Tag freinehmen. Ich bleibe noch so lange hier, bis ich das Ergebnis aus der Tetzelgasse habe.«

Heinrich hatte sich bereits von seinem Stuhl erhoben und war zum Garderobenständer geeilt, um sich die Jacke überzuhängen, als Paula noch hinzufügte: »Halt, einer muss doch noch kurz dableiben und Telefondienst machen. So lange, bis ich von der Kantine zurückkomme. Ich habe nämlich jetzt gewaltigen Hunger.«

Sofort antwortete Eva Brunner: »Das mache ich. Gern sogar. Heinrich, du kannst schon gehen.«

Als Paula eine Dreiviertelstunde später in ihr Büro zurückkehrte, schüttelte die Anwärterin nur kurz den Kopf. Also hatte in ihrer Abwesenheit niemand angerufen. Nachdem auch Eva Brunner verschwunden war, stellte sie sich ans Fenster und blickte auf den Jakobsplatz. Die drängende Ungeduld des Vormittags war, was sie selbst überraschte, vollständig von ihr abgefallen. Sie hatte sich nun auf einen langen Arbeitstag eingestellt, den sie ausschließlich mit einer ihr sonst verhassten Tätigkeit, mit Warten, zubringen würde. Mit Warten auf den klärenden Anruf aus der Gerichtsmedizin.

Als eine halbe Stunde später das Telefon klingelte, hob sie sofort ab. Es war Klaus Zwo, der ihr mitteilte, dass sie weder auf der Klinke noch an der Tür und am Rahmen neue Fingerabdrücke gefunden haben. »Das habe ich schon befürchtet«, war ihr einziger Kommentar dazu.

Die folgende Stunde verbrachte sie abwechselnd damit, das Alibi von Erwin Platzer für die Tatzeit zu überprüfen, dann das von Melitta Ruckdäschel, die zwei Zeugen zu fragen, ob der Tatverdächtige unter Umständen auch eine Frau gewesen sein könnte, und minutenlang aus dem Fenster zu sehen. Das Ergebnis dieser Rumtelefoniererei überraschte sie nicht: Die VAG bestätigte Platzers Alibi, die Tochter der Ruckdäschel das ihrer Mutter, und ja, beide Zeugen hielten es für denkbar, dass der Mann mit der Baseballkappe auch eine Frau gewesen war.

Um siebzehn Uhr dreißig wurde sie von einem Kollegen von der Schutzpolizei darüber informiert, dass beide Weber-Töchter ihre Speichelproben nicht nur freiwillig, sondern geradezu gern abgegeben hätten und die Proben nun von Dr. Müdsam untersucht würden. Das bestätigte ihren Anfangsverdacht. Damit waren Tanja und Jeannette Weber aller Wahrscheinlichkeit nach schon mal zumindest bei dem Messermord aus dem Schneider, Frieder würde keine Übereinstimmung mit dem DNA-Muster auf dem Siegel und der Stachelniete finden.

Um neunzehn Uhr fünfzehn dann die endgültige Gewissheit. Die Hautschüppchen auf ihren Fundstücken stammten weder von Jeannette noch von Tanja Weber. Irrtum ausgeschlossen.

»Du hattest dir von dieser Untersuchung sicher mehr versprochen, Paula, oder? Ich habe dir damit wohl deine wichtigste Spur zunichtegemacht. Was wirst du jetzt tun?«

»Ich? Ich gehe jetzt heim und mache mir einen gemütlichen Abend. Mit allem, was dazugehört.«

Das war gelogen. Denn ihre Planung für den restlichen Abend sah etwas ganz anderes vor, etwas Ungemütliches und längst Überfälliges, wie sie mittlerweile erkannt hatte. Zeit zum Nachdenken hatte sie in den vergangenen Stunden genug gehabt.

9

Auf der Fahrt in den Nürnberger Westen überlegte sie, welche Fragen sie ihrem Zeugen stellten könnte. Hoffentlich war er ihr gegenüber offen, sodass sich ihr Abendeinsatz auch lohnte. Doch, doch, sie war sich sicher: Diese Vernehmung würde sich lohnen. Schon allein deswegen, weil ihr der Zeuge derzeit am vielversprechendsten erschien.

In der zu dieser späten Stunde menschenleeren Willstätterstraße stellte sie den Wagen ab. Augenblicklich trat ein überschlanker kleiner Mann hinter dem Tor des Auslieferungslagers auf den schmalen Gehweg und winkte ihr mit seiner Taschenlampe von Weitem zu. Froh, dass er sie schon erwartet hatte, stellte sie sich vor und zog den Ausweis aus der Jackentasche.

Doch Siegfried Ruckdäschel winkte ab. »Ich glaube es Ihnen auch so. Sie sind doch Frau Steiner?«

Sie nickte. Er öffnete das Tor und ließ sie eintreten. Der weitläufige Hof wirkte durch seine Leere noch größer.

»Hier können wir uns ungestört unterhalten. Macht es Ihnen etwas aus, wenn wir dabei ein paar Schritte gehen?«

»Nein, überhaupt nicht. Es ist prima, dass das so schnell geklappt hat. Ihr Chef hat Ihnen sicher schon den Grund meines Besuchs gesagt?«

»Nicht genau. Nur dass Sie mit mir sprechen wollen wegen eines Mordfalls. Und dass unsere Dienstmütze dabei eine Rolle spielt.« Er tippte auf seine dunkelblaue Baseballkappe, auf der die drei Großbuchstaben SDF eingestickt waren. Darunter stand wesentlich kleiner: »Sicherheits-Dienste Franken«.

»Ja, das ist richtig. Sie leben nicht mehr mit Ihrer Frau zusammen?«

Erstaunt blickte er zu ihr. »Was hat denn das mit dem Mord zu tun?«

»Bitte, Herr Ruckdäschel, beantworten Sie meine Fragen. Desto schneller haben wir beide es hinter uns.«

»Ja, Melly und ich sind geschieden. Schon seit«, er dachte nach, »sechzehn Jahren.«

»Und wenn ich fragen darf: Warum haben Sie sich von ihr getrennt?«

»Nicht ich habe mich von ihr getrennt, sondern sie sich von mir. Kennen Sie meine Exfrau?«

Sie nickte.

»Hübsch, gell? Aber auch sehr anspruchsvoll. Wenn die früher zum Shoppen ging, und die ist oft zum Shoppen gegangen, war gleich ein halber Monatslohn weg. Und ich hab früher gut verdient, besser als jetzt im Objekt- und Werkschutz. Irgendwann hab ich ihr einen Riegel vorgeschoben. Sie hat dann bloß noch ein Taschengeld von mir bekommen. Das war ihr aber zu wenig. Da hat sie sich anderweitig was gesucht. Und bei ihrem Aussehen auch gefunden.«

»Und dann haben Sie sich scheiden lassen?«

»Ja, eine Zeit lang hab ich noch zugesehen, wie sie mir immer neue Hörner aufsetzt. Aber irgendwann war auch Schluss.«

Paula ignorierte diese durchaus konfliktträchtige Information und fragte stattdessen: »Hat Ihre Exfrau denn kein eigenes Geld verdient?«

»Da kennen Sie Melitta aber schlecht. Früher, vor unserer Ehe schon. Die war nämlich der Meinung, wenn sie schon heiratet, dann soll der Mann gefälligst das Geld heimbringen.«

»Aha. Und welchen Beruf hat Ihre Ex gelernt?«

»Die war gelernte Krankenschwester.«

Das ergab einen Sinn, dachte Paula. Da weiß man, wo man zustechen muss, um jemanden für immer schachmatt zu setzen. Dennoch fragte sie: »Ist Frau Ruckdäschel Jägerin, hat sie einen Jagdschein?«

»Naa, gewiss net«, Siegfried Ruckdäschel schien diese Frage zu belustigen, »da kann man ja keine Absatzschuhe anziehen oder ein Seidenkostüm.«

»Dann hatte sie Ihres Wissens auch kein Jagdmesser, zwanzig Zentimeter lang und beidseitig geschliffen?«

»Meines Wissens nicht.«

Sie hatten jetzt das riesige Gelände erst zur Hälfte umrundet. Ruckdäschel sah auf die Uhr. »Nach meinem Plan muss ich demnächst mal in die Halle rein zum Kontrollieren. Dauert es noch lang?«

»Nein. Ich habe nur noch zwei Fragen. Kennen Sie eigentlich den Vater von Frau Ruckdäschel?«

»Nie gesehen, nie was von ihm gehört.«

»Und jetzt die letzte Frage, dann sind Sie von mir erlöst. Haben Sie Ihrer Exfrau irgendwann einmal eine dieser Baseballkappen Ihres Arbeitgebers geschenkt oder gegeben?«

»Nein. Wir haben ja keinen Kontakt mehr. Und die würde so was Popeliges auch nie anziehen.«

»Aber Ihrer Tochter vielleicht?«

»Ja, der schon. Einen ganzen Packen. Für den Buben. Kinder mögen ja so was. Denen ist das wurscht, was da draufsteht. Hauptsache, sie können auch so eine Mütze wie der Opa tragen. Der kommt sich doch dann gleich ganz wichtig vor.«

»Aber ist das nicht Teil Ihrer Arbeitskleidung, durften Sie die Mützen überhaupt weitergeben?«

»Freilich. Unser Chef sagt immer, das ist unbezahlte Werbung, kostet uns keinen Pfennig. Da sollen wir ganz freizügig sein.«

Siegfried Ruckdäschel schenkte die Mütze also seinem Enkel, der Enkel gab sie an seine Mutter weiter, die wiederum an ihre Mutter – und von da aus eröffnete sich ein Seitenarm zu deren Halbschwester Elvira.

Sie waren wieder bei dem Eisentor angelangt. Paula dankte ihrem Zeugen herzlich und wünschte ihm noch eine ruhige Nacht ohne Vorkommnisse. Dann fuhr sie heim.

Für diesen Außendienst und vor allem für die stundenlange vermaledeite Warterei dieses ausgedehnten Arbeitstages hatte sie sich, fand sie, eine kleine Belohnung verdient. So stieg sie im Vestnertorgraben erst in den Keller hinab, um sich dort die letzte Flasche Scheurebe aus dem Würzburger Weingut Juliusspital von 2009 zu holen. Das Abendessen entfiel heute, als Ersatz dafür diente ein ausgiebiges Abendtrinken in der Gesellschaft der sehr aromatischen und gottlob gar nicht süßen Scheurebe aus Würzburg.

Verwundert wachte sie am nächsten Morgen nach einem tiefen und erfrischenden Schlaf auf: Sie fühlte sich putzmunter, sogar ein wenig beschwingt. Und das trotz ihres ausgiebigen Weinkonsums der vergangenen Nacht. Nach einem kurzen Frühstück eilte sie an ihren Arbeitsplatz.

Auf der Treppe wurde sie von Kriminaldirektor Winfried Bauerreiß angesprochen.

»Gut, dass ich Sie treffe, Frau Steiner. Ich wollte Sie schon seit Längerem etwas fragen. Mir ist zu Ohren gekommen, dass Ihr Mitarbeiter, Oberkommissar Bartels, häufig, sehr häufig sogar, krankgeschrieben ist. Und dass sich das oft wochenlang hinzieht.«

Als sie nicht darauf reagierte, ihn nur bestürzt anblickte, sagte er noch: »Muss ich mir Sorgen machen um den Bestand und die Effizienz Ihrer Kommission?«

»Nein, das müssen Sie ganz und gar nicht, Herr Kriminaldirektor.«

Für einen Moment hatte sie die Fassung angesichts dieses frühmorgendlichen Anschlags aus dem Hinterhalt verloren, doch jetzt hatte sie sich wieder in der Gewalt und schoss zurück.

»Weder um das eine noch um das andere. Herr Bartels ist immer noch einer der besten Kommissare hier im Haus. Wenn nicht der beste. Da spielt es fast keine Rolle, ob er mal einen Tag fehlt oder nicht, wie das bedauerlicherweise in den letzten Monaten hin und wieder der Fall war. Nicht nur für mich ist er un-ver-zicht-bar«, intonierte sie das Adjektiv silbenweise, »sondern für uns alle. Auch, wenn ich das so sagen darf, Herr Kriminaldirektor, für Sie, der Sie doch fähige Leute so schätzen. Nur um ein Beispiel zu nennen: Bei unseren laufenden Ermittlungen war es Herr Bartels, der die entscheidende Spur aufgetan hat. Sein Einsatz ist nicht nur beträchtlich, sondern unermüdlich. Trotz seiner … äh … Angina Pectoris, die ihn manchmal zwingt, der Arbeit fernzubleiben. Und niemand bedauert das mehr, das können Sie mir glauben, als Herr Bartels selbst.«

Sie fand, das musste als Erklärung für Heinrichs Krankfeierei hier zwischen Tür und Angel reichen. Und Bauerreiß schien sich auch damit zufriedenzugeben.

»Das wusste ich ja nicht, dass Bartels Angina Pectoris hat. Das kann verdammt unangenehm werden, ich weiß das aus eigener Erfahrung.« In seiner Stimme klang jetzt sogar ein Fünkchen Sorge und Mitgefühl für den Mitarbeiter mit. »Na, dann wollen wir alle hier hoffen, dass er sich davon nicht in die Knie zwingen lässt.«

Als sie den Treppenabsatz zur ersten Etage bereits erreicht hatte, rief ihr Bauerreiß noch leutselig nach: »Und sagen Sie Bartels meinen Dank für sein ungebrochenes Engagement, Frau Steiner.«

Sie wusste, ab sofort würde Heinrich nicht mehr nur unter ihrem persönlichen Schutz stehen, sondern auch unter dem des Kriminaldirektors. Denn so eine gemeinsame Krankheit verband ungemein, fast so sehr wie das Rauchen derselben Zigarettenmarke.

In ihrem Büro angekommen, informierte sie Heinrich augenblicklich über sein neues, mit dem heutigen Tag offizielles Leiden wie auch über Bauerreiß' Dank für sein »ungebrochenes Engagement«.

»Du weißt aber schon, Paula, dass es zwei Arten von Angina Pectoris gibt, eine in Ruhe und eine unter Belastung, und dass bei der in Ruhe eine hohe Infarktgefahr für den Patienten besteht. Welche habe ich denn nun?«

»Natürlich die unter Belastung!«, antwortete sie lauter als beabsichtigt. »Sonst entfernen sie dich ja sofort aus dem aktiven Dienst. Und ich kann schauen, wo ich bleibe.«

»Wie bist du denn da so schnell draufgekommen?«

»Das war die einzige Krankheit, die mir in dem Moment eingefallen ist und die in dem Zusammenhang auch was hergibt. Weil ich wusste, dass Bauerreiß ebenfalls Angina Pectoris hat. Also, du kennst dich aus?«

Dann unterrichtete sie Heinrich und Eva Brunner über die negativen Ergebnisse der Speichelproben und über ihre abendliche Vernehmung.

»So wie sich das anhört, sind die Webers für dich damit aus dem Rennen«, merkte Heinrich dazu an. »Du scheinst dir ja jetzt mehr von dieser Halbschwester zu versprechen.«

»Ja, das tue ich. Denn erstens ist sie gelernte Krankenschwester und kennt sich daher mit der menschlichen Anatomie aus. Und das zweite Indiz ist die Baseballkappe, auf die sie Zugriff hatte. Oder siehst du das anders?«

»Sie ist keine Jägerin. Sie hatte keinen Brillantring im Ohr, als ihr sie besucht habt. Das hast du mir selbst erzählt. Von einem Nicker auch weit und breit keine Spur. Findest du da die Indizienlage nicht etwas dürftig, Frau Hauptkommissarin?«

»Nein, ganz im Gegenteil. Finde ich nicht. Und darum werden wir sie uns jetzt gleich noch mal vorknöpfen. Wir alle drei.«

»Ja, wenn du dir so viel davon versprichst, da wäre es doch besser, ich besorge uns vorher noch einen Durchsuchungsbeschluss.«

»Hm, ich weiß nicht. So hoch wiederum will ich es auch nicht aufhängen.«

Sie dachte einen kurzen Moment nach und ergänzte dann: »Außerdem halte ich gerade für diese zweite Vernehmung eine andere Strategie für geeigneter. Ja, für wesentlich zielführender. So, ich gehe schon mal vor. Ich erwarte euch am Hinterausgang.«

Als kurz darauf die komplette Kommission 1 vor dem Spittlertorgraben stand, sagte Heinrich in süffisantem Ton: »Darf ich fragen, wie deine zielführende Vernehmungsstrategie aussieht? Damit ich mich innerlich schon darauf einstellen kann, sollten wir diese Melitta jetzt antreffen. Was ich übrigens bezweifle. Die wird auch nicht immer daheim sein und auf Besuch von der Polizei warten.«

»Die schaut so aus, dass wir ihr ein paar Fragen stellen. Dann sehen wir schon weiter, wie sie darauf reagiert. Da müssen wir eben flexibel sein.«

»Aha, flexibel«, wiederholte Heinrich. »Weißt du, wonach das für mich klingt, Paula? Stark nach Verletzung der Dienstvorschriften. Nur nebenbei, für meine Angina Pectoris wäre so etwas das pure Gift, Stress ist für mich ganz schlecht. Der Bauerreiß wird dir das sicher bestätigen können.«

Wieder sprang die Haustür auf, kurz nachdem sie geläutet hatte. Melitta Ruckdäschel trug wie bei ihrem ersten Treffen den blauen Nicki-Hausanzug, aber ein viel kräftigeres Make-up und vor allem – einen Brillantstecker im linken Ohr. Beim Anblick dieses Schmuckstücks, das selbst hier in dem trüben Hausflur wie eine ganze Glühwürmchen-Kolonie funkelte und glitzerte, hatte Paula die nahezu vollständige Gewissheit, dass vor ihnen die Messermörderin von Elvira Platzer stand. Und dennoch – fehlte ihr dafür nicht die Leidenschaft, die eine solche Tat erst möglich macht?

Sie verzichtete darauf, diesen Gedanken fortzuspinnen, und zwang sich zu Besonnenheit. Nachdem sie und Heinrich nebeneinander auf dem Zweiersofa mit dem schwarzen Lederbezug Platz genommen hatten, eröffnete sie die Partie. In den vergangenen wenigen Sekunden hatte sie sich hierfür eine Überrumpelungstaktik zurechtgelegt, die die hübsche Blondine möglichst schnell schachmatt setzen sollte. Ein klassisches Gambit war also Paulas Eröffnungszug.

»Sie werden sich vielleicht wundern, dass wir schon wieder zu

Ihnen kommen, aber wir haben in der Wohnung Ihrer Halbschwester ein«, hier machte sie eine bedeutungsvolle Pause, »Testament gefunden, das Sie im Fall des Ablebens von Frau Platzer begünstigt. Sie sind darin als Haupterbin vorgesehen.«

Währenddessen beobachtete sie Melitta Ruckdäschel ganz genau. Diese schlug zuerst die Augen nieder und deutete dann mit einem leichten Kopfnicken an, dass sie sich erst jetzt einen Reim auf diesen überraschenden Besuch machen könne. Aus den Augenwinkeln nahm Paula bei Heinrich ebenfalls ein Kopfnicken wahr als Zeichen dafür, dass er ihre »zielführende Strategie« soeben verstanden hatte. Und auch als Zeichen dafür, dass sie sich auf ihn in puncto flexibles Reaktionsvermögen verlassen könne. Nur Eva Brunner, die mit durchgedrücktem Rücken vor der Schrankwand stand, schien mit diesem taktischen Manöver nichts anfangen zu können – sie sah ihre Chefin mit einem fragenden Blick an.

Heinrich stand auf und sagte: »Das ist mir jetzt ein wenig peinlich, Frau Ruckdäschel. Aber dürfte ich Sie bitten, kurz Ihre Toilette …?«

Spätestens jetzt wäre eine ausgeklügelte Parade fällig gewesen. Doch Melitta Ruckdäschel schien die Gefahr, in der sich ihr König befand, nicht zu registrieren. »Aber natürlich«, erwiderte sie. »Kommen Sie, ich zeige Ihnen, wo es langgeht.« Was für eine dilettantische Spielerin!

Nachdem Heinrich und Frau Ruckdäschel in der Diele verschwunden waren, überlegte Paula angestrengt, wo in dieser kleinen überschaubaren Wohnung sich ihr Anscheinsbeweis versteckt hielt. In der Diele schon mal nicht, das hatte sie mit einem Blick gesehen. Küche, Toilette und das Wohnzimmer kamen dafür auch nicht in Frage, da war sie sich sicher. Blieb nur das Schlafzimmer. Oder der überdachte Balkon, der sich direkt vor dem Wohnzimmer auf dessen ganzer Länge erstreckte. Sie stand auf und trat an die Balkontür.

In dem Augenblick kehrte Melitta Ruckdäschel zu ihnen zurück.

»Sie haben hier ja eine ganz zauberhafte Aussicht«, sagte Paula, »auf all die Bäume und Sträucher. Ein richtig grünes Fenster. Ich habe auch eine Wohnung in der Innenstadt, direkt an der Burg, aber leider keinen Balkon. Manchmal bedaure ich das, so wie heute, wo ich Ihren sehe. Das ist schon was ganz anderes, wenn man zumindest die Balkontür mal aufmachen kann. Das gibt der Wohnung gleich wesentlich mehr Raum und Weite. Nicht wahr?«

Doch ihrer Gastgeberin schien nicht der Sinn nach einer gepflegten innenarchitektonischen Konversation zu stehen, denn sie bemerkte daraufhin lediglich: »Haben Sie denn schon eine heiße Spur zu Elviras Mörder?«

»Leider nein. Gar nichts«, antwortete Paula bedauernd.

»Dann haben ihre Verwandten also ein Alibi? Haben Sie das schon überprüft?«

Das war frech und plump von der Ohrstecker-Trägerin. Verlangte geradezu nach einer kleinen Abmahnung, nach einem zusätzlichen En-passant-Schlag. »Ja, natürlich. Das war das Erste, was wir gemacht haben. Ein felsenfestes Alibi. Momentan haben wir zwar keine heiße, aber eine sehr vielversprechende Spur. In Form einer dunkelblauen Baseballkappe.«

Heinrich gesellte sich wieder zu ihnen. Erneuter Angriff, diesmal mit der Königin selbst.

»Sie rauchen nicht, oder?«

»Nein, warum ...?«

»Weil ich jetzt sehr, sehr gerne eine Zigarette rauchen würde. Meinen Sie, ich könnte dafür Ihren Balkon kurz missbrauchen?«

»Aber natürlich. Elvira hat sich, wenn sie bei mir war, auch zum Rauchen auf den Balkon gestellt. Aber Sie können gerne doch auch hier ...«

»Nein, ich weiß, wie widerlich für Nichtraucher dieser Gestank ist. Beziehungsweise, ich kann es mir vorstellen. Ich verschwinde dann mal kurz. Herr Bartels, wenn Sie bitte weitermachen würden?«

»Ja, Frau Steiner.«

Bevor sie die Balkontür von außen schloss, hörte sie noch, wie Heinrich das Abfragen erwartbarer Statements fortsetzte. Routiniert und überzeugend.

Sie stellte sich an das äußerste rechte Ende der Loggia, neben den leeren Aschenbecher, der auf einem kreisrunden hellgrauen Metalltischchen stand, zündete sich eine HB an und sah sich um. Schnell fand sie, wonach sie auf der Suche war. Die Ankle Boots standen genau unter dem Metalltischchen. Sie ging in die Hocke.

Jetzt konnte sie sogar den Schlitz, wo der Nietbolzen fehlte, erkennen. Sie drückte die eben erst angezündete Zigarette aus und kehrte ins Wohnzimmer zurück.

»Jetzt haben wir Sie aber lang genug aufgehalten. Oder haben Sie noch Fragen, Herr Bartels?«

An der Wohnungstür verabschiedete sie sich von Frau Ruckdäschel. Und überlegte dabei noch, ob diese so viel Selbstbeherrschung besaß, dass sie sich die momentan einzige Frage von Interesse verkneifen würde. Nein, so diszipliniert war sie nicht.

»Weil Sie anfangs sagten, Frau Steiner, Sie haben ein Testament gefunden, wonach ich die Haupterbin bin. Wissen Sie auch, wie viel mir Elvira hinterlassen hat? Und ist da auch ihre Wohnung dabei?« Melitta Ruckdäschel tat ihr Bestes, um nur mäßiges Interesse bei diesen Fragen mitschwingen zu lassen. Dass sie sich selbst damit endgültig schachmatt setzte, merkte sie nicht.

»Oh, Ihre erste Frage kann ich Ihnen im Moment leider nicht beantworten. Wir stehen ja erst am Anfang der Ermittlungen. Zu Ihrer zweiten Frage: Ich glaube schon, dass das Haupterbe die Eigentumswohnung von Frau Platzer einschließt.«

Schweigend stiegen sie die Treppe hinab. Erst als sie mit ihren beiden Mitarbeitern wieder vor dem Spittlertorgraben stand, sagte Paula: »So, und jetzt muss alles ganz rasch gehen. Bist du auf dem Klo fündig geworden, Heinrich?«

»Ja. Da.« Er langte in die Innentasche seines Jacketts und zog einen kleinen Plastikbeutel heraus. »Diese Haare steckten in einem Kamm. Und ich habe alle mitgenommen. Das reicht locker für einen Abgleich.«

»Gut, wirklich sehr gut. Damit gehst du jetzt zur Gerichtsme…«

»Kann das nicht die Eva für mich übernehmen?«, fiel Heinrich ihr ins Wort. »Ich würde jetzt lieber etwas anderes machen. Nämlich die Konten von der Ruckdäschel überprüfen. Ich bin mir sicher, die sind für uns genauso interessant.«

»Konten? Wofür? Ich habe diese Stiefel mit der fehlenden Niete auf dem Balkon gesehen. Wir haben, was wir brauchen.«

»Trotzdem«, beharrte Heinrich.

»Ich gehe gern zu Dr. Müdsam, Frau Steiner«, erklärte die Anwärterin. »Das ist ja gleich hier in der Nähe.«

»Okay, dann machen wir das so. Du schaust, ob du in puncto Finanzen was herausbekommst, und Sie, Frau Brunner, gehen in die Tetzelgasse. Und sagen Sie Dr. Müdsam, dass der DNA-Abgleich höchste Priorität hat.«

Nachdem Eva Brunner sich von ihnen getrennt hatte, gingen Paula und Heinrich gemeinsam zurück zum Jakobsplatz. Ohne dabei ein einziges Wort zu wechseln.

Erst als sie den Hinterhof des Präsidiums überquerten, sagte sie zu ihm: »Du und dein neues Hobby, die Kontenauswertung. Das wird langsam auch zur Manie. Lass dich doch ins Dezernat 2 versetzen, da kannst du den ganzen Tag Konten überprüfen. Was wir jetzt dringend brauchen, ist was ganz anderes. Darum werde ich mich kümmern. Und sobald wir grünes Licht aus der Tetzelgasse haben, legen wir los.«

Eine halbe Stunde später hatte sie den Haftbefehl sowie einen Hausdurchsuchungsbeschluss für die dringend des Mordes an Elvira Platzer Verdächtige Melitta Ruckdäschel. Als sie mit den beiden Dokumenten in der Hand ihr Büro betrat, wurde sie von einem lauten Jubelschrei empfangen.

»Ha, Paula! Das wirst du nicht glauben, was ich in der kurzen Zeit alles herausgefunden habe. Zum Ersten, die Ruckdäschel ist hoch verschuldet. Extrem hoch! Zum Zweiten, ihr gehört zwar die Wohnung in der Waltherstraße, aber«, er sah sie an und erhob den rechten Zeigefinger, »ihr droht die Zwangsversteigerung eben dieser Wohnung. Schon seit Längerem. Sie kommt ihren Verbindlichkeiten noch weniger nach als die Weber-Schwestern. Du, die hat anscheinend auch keine Arbeit. Sagte mir die Frau von der Bank. Aber von Hartz IV lebt sie auch nicht. Da geht nichts ein, nur ständig was weg.«

»Aber von irgendwas muss sie ja leben.«

»Ja, schon. Manchmal wird ihr eine größere Summe überwiesen, aber in unregelmäßigen Abständen. Nichts, was die Bank überzeugen könnte. Davon lebt sie wohl eine Zeit lang. Dann, wenn das Geld aufgebraucht ist, macht sie wieder Schulden.«

»Und von wem kommen diese unregelmäßigen Überweisungen?«

»Das habe ich jetzt nicht gefragt. Auf jeden Fall brauchst du dich über mich nicht mehr lustig zu machen. Bloß weil ich meine Pflichten so ernst nehme wie keiner hier in dieser Kommission.«

Auch abzüglich dieses Eigenlobs gab es gute Gründe, seinen Schlussfolgerungen nachzugehen. Dennoch entgegnete sie nur: »Es wäre schön, wenn du auch eine andere Pflicht, eine weitaus einfachere, gelegentlich so ernst nehmen würdest. Nämlich die der Anwesenheit.«

Daraufhin wechselte Heinrich rasch das Thema. »Dann können wir sie ja verhaften lassen. Oder willst du auf das Ergebnis von der Gerichtsmedizin warten?«

»Ja«, lautete die knappe Antwort.

»Und warum?«

»Weil ich mir keine solche Geschichte wie die mit den Speichelproben der Webers mehr leisten will.«

Am späten Nachmittag hatten sie die amtliche Bestätigung schwarz auf weiß: Die DNA der Haare war mit der auf der Stachelniete identisch. Jeder Zweifel ausgeschlossen.

Zum zweiten Mal an diesem Tag machte sie sich also auf den Weg in die Rosenau. Diesmal ohne Heinrich, der darauf bestand, für heute Schluss zu machen.

»Ich brauche jetzt dringend meinen Feierabend, einfach mal eine Zeit lang Ruhe. Außerdem müssen wir da ja nicht immer in voller Mannschaftsstärke aufkreuzen.«

Sie wollte ihm erst widersprechen, ließ ihn dann aber ziehen. Schließlich hatte sie ja Eva Brunner, die sich freute, sie in die Waltherstraße begleiten zu können. Und zwei Kollegen von der Inspektion 1 plus Klaus Dennerlein von der Spurensicherung. Auch für den Fall, dass das Jagdmesser oder der Schlüssel von Elvira Platzers Wohnung noch irgendwo in der Wohnung war. Was sie nicht glaubte.

Als sie in der Waltherstraße vorfuhren, dämmerte es bereits. Wieder sprang die Haustür kurz nach dem ersten Klingeln auf. Oben erwartete sie eine nun ausgehfeine Melitta Ruckdäschel. Tailliertes rotes Wollkostüm, rote Pumps, dezentes Parfüm.

Während Dennerlein auf den Balkon eilte und die zwei Polizisten in der Diele stehen blieben, ging Paula ins Wohnzimmer und las der Tatverdächtigen den Haftbefehl vor. Langsam, Punkt für Punkt. Dann setzte sie sich auf das Ledersofa und bat die Ruckdäschel, auch »noch kurz Platz zu nehmen«. Mechanisch kam diese der Bitte nach und starrte sie aus weit aufgerissenen Augen an.

»Warum?«, fragte Paula.

Keine Antwort. Nur dieser angstverzerrte Blick in dem nun fahlen, kalkigen Gesicht.

»Warum haben Sie Frau Platzer erstochen? War es wegen des Geldes? Weil sie so viel hatte und Sie so wenig?«

Nach einer langen Weile schüttelte Melitta Ruckdäschel den Kopf, erst zaghaft, dann ein zweites Mal entschiedener und mit Nachdruck.

»Nein. Ich war das nicht. Ich bringe doch nicht meine eigene Schwester um. Die einzige, die ich habe. Mein eigen Fleisch und Blut sozusagen. Ich hab ja sonst nur noch meine Tochter und meinen Enkel.«

»Doch, Sie haben Ihre Schwester, Ihr eigen Fleisch und Blut, umgebracht. Und zwar aus einem ganz banalen Motiv heraus, dem der Habgier. Sie brauchten Geld, und Frau Platzer hat es Ihnen nicht gegeben. Nur deswegen.«

Paula hatte sich schon erhoben und war bereits an der Balkontür angelangt, da hörte sie hinter sich Melitta Ruckdäschel sagen:

»Nein, das ist nicht wahr. Nicht deswegen, nicht nur«, betonte sie, »deswegen. Elvira war meine Schwester, hören Sie? Meine Schwester. Da hilft man doch, wenn es nötig ist. Unter Geschwistern. Und bei mir war es und ist es nötig. Sie wusste doch ganz genau, wie es mir geht. Wie ich finanziell dastehe. Dass die Bank meine Wohnung hier versteigern will und mir auch kein Geld mehr leiht. Und dann hätte ich gar nichts mehr gehabt, gar nichts, wenn es so weit gekommen wäre. Auf der Straße wäre ich gestanden. Ohne alles. Und für sie wäre es so leicht gewesen, mir zu helfen. Sie hatte doch so viel Geld. Aber sie wollte einfach nicht. ›Das schadet dir gar nicht, wenn du dich mal einschränken musst‹, hat sie zu mir gesagt. Sie hätte sich in ihrem Leben auch oft genug einschränken müssen. Das hat mir doch nicht geholfen. In meiner Situation.«

»Also haben Sie als letzten Ausweg nur diesen Mord gesehen und den Plan geschmiedet …«

»Nein, geplant habe ich es nicht. Das müssen Sie mir glauben. Ich wollte einfach nur mit ihr reden, noch einmal in Ruhe mit ihr reden an diesem Montagabend. Von Schwester zu Schwester, von

Mensch zu Mensch sozusagen. Aber die wollte mich erst gar nicht in ihre Wohnung lassen. Ich bin aber trotzdem rein. Und dann habe ich halt …«

»… zugestochen«, ergänzte Paula. »Mit einem Jagdmesser, das Sie von daheim mitgebracht hatten. Für alle Fälle, sollte es mit der Unterhaltung von Mensch zu Mensch nicht so recht klappen. Woher haben Sie eigentlich dieses Messer? Sie sind ja keine Jägerin.«

»Das war das einzige Geschenk, das mir Elvira die ganze Zeit über gemacht hat. Das einzige. Und selbst dafür hatte sie keinen Cent ausgegeben. Das hatte ihr Mann ihr überlassen, damals, als die beiden sich getrennt haben. Der war ja Jäger.«

Dann sagte Melitta Ruckdäschel kein Wort mehr. Widerstandslos ließ sie sich von den Polizisten festnehmen und abführen.

Paula ging in das kleine Schlafzimmer nebenan und sah sich dort lange um. Schließlich trat sie auf den Balkon.

»Klaus, da hinten stehen die Schuhe. Ach, du hast sie schon eingetütet. Ob die Baseballkappe, die Schlüssel und das Messer noch in der Wohnung sind, kann ich dir leider nicht sagen. Die Ruckdäschel hat auf meine Fragen dazu nicht mehr geantwortet.«

»Wenn noch etwas da ist, werde ich es finden. Ich hab Klaus Zwo schon angerufen. Er wird in der nächsten halben Stunde da sein. Morgen früh kriegst du Bescheid, ob wir fündig geworden sind.«

Als sie bereits an der Wohnungstür angekommen war, machte sie abrupt halt, ging ins Schlafzimmer zurück und rief Eva Brunner zu sich. Mit der rechten Hand zeigte sie auf die kleine Fotogalerie, die auf einem Regalbrett neben einer Sammlung von winzigen Parfümprobefläschchen stand.

»Schauen Sie sich diese Bilder, besonders die zwei hier, gut an.«

An der Ecke Spittlertorgraben/Mohrengasse, direkt vor dem Turm der Sinne, verabschiedete sie sich von ihrer Mitarbeiterin, nachdem sie sie gebeten hatte, morgen in Uniform zu erscheinen.

Weitere zehn Minuten später, und sie stand in ihrer trockenblumen- und parfümprobenfläschchenfreien Diele. Sie behielt die Jacke an und setzte sich, einem unwiderstehlichen Drang folgend, an den Küchentisch. Sie blickte zwar aus dem Fenster, vor dem sich die nun angestrahlte Burganlage eindrucksvoll erhob, sah aber nur Elvira Platzer und Melitta Ruckdäschel in dem mit Obstkisten vollgepackten Flur in der Eichendorffstraße. Die eine stumm, abweisend und überheblich, die andere verzweifelt bettelnd mit dem Messer in der Jackentasche.

In dem Moment spürte sie geradezu die provozierende Herzenskälte der Altenpflegerin und wie sich der Jähzorn ihrer Schwester Bahn brach, das Diagramm dieser unendlichen Wut zeichnete. Sie hörte den hässlichen Satz »Das schadet dir gar nicht, wenn du dich mal einschränken musst«. Und sie erkannte, noch immer wie blind aus dem Fenster starrend, die Tragik, die dem Leben der Elvira Platzer schon vor ihrer Geburt eingeschrieben war. Schließlich riss sie sich aus diesen trüben Gedanken und stand auf.

Als sie die Jacke an den Garderobenhaken hängte, hatte sie das Gefühl, etwas Wichtiges vergessen zu haben. Nach einer Weile fiel es ihr ein, was dieses wichtige Etwas war. Sie hatte heute entgegen aller Gewohnheit auf den obligaten Gang in den Keller verzichtet. Und dabei würde es auch bleiben, beschloss sie und lobte sich sogleich für ihre enorme Selbstbeherrschung. Schließlich wartete im Kühlschrank noch der Rest der Würzburger Scheurebe auf sie.

Sie stellte sich an den Herd, setzte einen Topf Salzwasser auf, gab dann die Spaghettini hinein, rieb den Parmesan und nahm immer wieder einen kleinen Schluck aus dem Weinglas. Und als sie sich Stunden später satt und ziemlich nüchtern in ihr noch ungemachtes Bett legte, fühlte sie sich nicht nur rechtschaffen müde, sondern war mit sich und ihrem Leben im Reinen.

10

Auch an diesem Mittwochmorgen umgab sie die süße Vorahnung des Frühlings, der bald kommen wollte. Heute würde sie, da war sie sich sicher, den Fall Platzer zu Ende bringen. Diese Zuversicht, vermengt mit der prickelnden Luft, stimmte sie heiter.

Als sie die Eichendorffstraße auf der Suche nach einem Parkplatz entlangfuhr, sah sie den Polizeiwagen direkt vor dem Heim stehen. Im eingeschränkten Halteverbot. Das mussten die zwei Kollegen von der Inspektion Ost sein, die Heinrich ihrer Weisung entsprechend einbestellt hatte. Sie überlegte noch, ob sie die Kollegen auf einen legaleren Parkplatz umdirigieren sollte, entschied sich dann aber dagegen. Manchmal konnte einem so ein silbern-grünes Auto von Nutzen sein. Genau wie die Dienstmontur ihrer Begleiterin – Frau Brunner war ihrer gestrigen Bitte nachgekommen und in Uniform erschienen. Sie wendete und stellte ihren ebenfalls silberngrünen BMW direkt dahinter.

»Guten Morgen, Frau Steiner«, begrüßte sie ein gedrungener Polizist mit kurzem Bürstenhaarschnitt. Dieses ungesund rote Gesicht hatte sie doch schon einmal gesehen ... Neben ihm stand eine blutjunge Frau mit blondem Pferdeschwanz. Nach einer Weile konnte sie den Bürstenhaarschnitt zuordnen – dieser Kollege hatte vor einer Woche vor der Platzer'schen Wohnung Wache gestanden.

»Herr Bartels hat uns nicht gesagt, worin unser Einsatz hier besteht. Was erwarten Sie von uns, Frau Steiner?«

»Zunächst einmal: Präsenz zeigen. Wenn wir Sie brauchen, wird Frau Brunner Sie zu dieser Befragung hinzuziehen.«

Auf seinen fragenden Blick fügte sie hinzu: »Genaueres kann ich Ihnen leider im Moment auch nicht sagen. Das wird die Befragung ergeben.«

Dann drehte sie sich um und betrat die Lobby des Seniorenstifts. Am Tresen blieb sie stehen und nickte Frau Striegel zu, die sofort von ihrem Stuhl aufsprang und sich ihr mit besorgtem Gesicht näherte.

»Guten Morgen, Frau Steiner. Sie wollen doch sicher mit mir sprechen?« Es klang wie »Nicht Sie schon wieder!«.

»Nein, ich müsste noch einmal mit Herrn Schneider-Sörgel reden. Es gibt da noch ein paar Unstimmigkeiten.«

»Dann bitte ich ihn herunter. Sie können sich gerne in unserer Cafeteria unterhalten.«

»Danke, aber wir gehen lieber nach oben.«

Als sie den Treppenabsatz erreicht hatten, hörte sie im Hintergrund Frau Striegel sagen: »Frau Steiner wird Sie jetzt gleich aufsuchen, Herr Schneider-Sörgel. Nur dass Sie Bescheid wissen und sich darauf vorbereiten können.«

Diesmal erwartete sie der Künstler nicht an seiner Appartementtür. Sie klopfte und musste eine Weile warten, bis sich die Tür öffnete. Schneider-Sörgel gab sich überrascht, als er sie sah, zu überrascht für die telefonische Ankündigung durch die Verwaltungsleiterin. Und er sagte, was Frau Striegel sich gedacht, aber nicht auszusprechen gewagt hatte: »Sie schon wieder!«

»Ja, ich schon wieder, Herr Schneider-Sörgel. Und das hier«, sie deutete auf die neben ihr stehende Anwärterin, »ist meine Kollegin Frau Brunner. Wir dürfen doch hereinkommen.« Es sollte eine Frage sein, aber es klang wie eine Feststellung.

»Nein.«

Sie musste sich auf die Zehenspitzen stellen, um an ihm vorbei in den Raum sehen zu können.

»Ach schade, Ihre Staffelei ist ja heute leer. Ich hätte meiner Kollegin gern das hübsche, fast fertige Ölgemälde von meinem letzten Besuch bei Ihnen gezeigt. Wo steht es denn jetzt?«

»Ich weiß nicht, wovon Sie sprechen. Da war kein Bild auf der Staffelei.«

»Doch, Herr Schneider-Sörgel. Da war ein Bild. Und zwar«, sie langte in ihre Umhängetasche, zog die kleine gerahmte Fotografie heraus, die sie gestern in der Waltherstraße hatte mitgehen lassen, und hielt sie ihm hin, »dieses hier.«

In Schneider-Sörgels Gesicht zeigte sich für einen kurzen Moment, in einem kaum wahrnehmbaren Heben und Senken der Augenlider, ein immenses Erstaunen. Doch schon nach einer Sekunde hatte er sich wieder in der Gewalt. Das beherrschte er gut, dieses von Verdruss und Übellaunigkeit gekennzeichnete Mienenspiel, dem jetzt sogar ein klein wenig Hochmut beigemengt war.

Sie überlegte. Ob er in seiner Vorsorge so weit gegangen war, dieses immerhin fast fertige Gemälde von seinem Urenkel zu vernichten? Nein, das traute sie dem Künstler nicht zu. Schon seiner Eitelkeit wegen nicht.

»Entweder Sie übergeben uns dieses Gemälde augenblicklich, oder Frau Brunner wird zusammen mit den beiden Kollegen, die vor dem Haus warten, Ihr Appartement danach durchsuchen.«

»Haben Sie denn überhaupt einen Hausdurchsuchungsbefehl dafür? Ich kenne meine Rechte.«

»Bei Gefahr im Verzug brauche ich keinen Durchsuchungsbeschluss. Und ab sofort ist Gefahr im Verzug. Also, was ist? Zeigen Sie es uns freiwillig, oder müssen wir danach suchen?«

Er schüttelte den Kopf und wollte ihnen schon die Tür vor der Nase zuschlagen, da stellte Eva Brunner schnell den Fuß in den Rahmen. Während die Anwärterin Brunner mit ihrem Handy telefonierte, trat die Hauptkommissarin Steiner in das Appartement und sah sich aufmerksam um.

Eine Minute später standen die zwei Polizisten ebenfalls in dem von der Sonne durchfluteten Appartement. Schließlich setzte sich Wilhelm Schneider-Sörgel an den kleinen Tisch auf einen seiner unbequemen beigefarbenen Stühle und sagte: »Es ist hinter dem Kleiderschrank nebenan.« Er wies auf die rechte Tür.

Eva Brunner ging als Erste in das aufgeräumte Schlafzimmer, die beiden Schutzpolizisten folgten ihr. Sie hörte ein knarzendes Geräusch, dann ein Quietschen. Als die drei Uniformträger wieder zurückkehrten, trugen sie das Gemälde bei sich.

»So«, sagte Paula und gab sich Mühe, dabei amtlich und wichtig zugleich zu klingen, »dieses Bild ist hiermit als Beweismaterial beschlagnahmt.« Sie überreichte der Anwärterin die Fotografie. »Bitte, Frau Brunner, veranlassen Sie die Überführung dieser beiden Dokumente ins Polizeipräsidium.«

Obwohl Eva Brunner genau wie sie selbst wusste, dass die zwei Bilder vor keinem Gericht dieser Welt irgendeine Bedeutung als »Beweismaterial« in diesem Mordfall haben würden, spielte sie ihre Rolle in dieser Farce bühnenreif. Sie nickte kurz mit dem Kopf und wies die beiden Polizisten an, ihr nach draußen zu folgen.

Daraufhin setzte sich Paula ungefragt zu Schneider-Sörgel an den kleinen runden Tisch, legte Stift und Notizblock vor sich und sah dem Künstler in die Augen. Nein, ein banges Gefühl oder gar

Furcht konnte sie auch jetzt darin nicht erkennen. Schneider-Sörgel schien sich seiner Sache noch immer sehr sicher zu sein.

»Was hatten Sie mit diesem Bild eigentlich vor? Wollten Sie es für sich behalten, oder sollte es ein Geschenk für Ihre Tochter werden?«

Sie erhielt keine Antwort.

»Wissen Sie, das verstehe ich nicht. Es ist doch nicht strafbar, ein Bild von seinem Urenkel zu zeichnen. Mit dieser völlig überflüssigen Geheimnistuerei haben Sie sich keinen Gefallen getan. Damit, und nicht mit der Zeichnung selbst, haben Sie sich erst verdächtig gemacht. Warum sollte das niemand wissen, dass Sie der Vater von Melitta Ruckdäschel sind? Das ist doch nichts, was man verbergen müsste. Es sei denn …«

Das Ende des Satzes ließ sie unausgesprochen. Und auch die darin versteckte Verdächtigung, die alles und nichts bedeuten konnte. Die so vage und schwammig war und damit exakt ihrem Kenntnisstand, wie tief Schneider-Sörgel in diesem Doppelmord steckte, entsprach. Sie hoffte, dass eine so ungeheuerliche Unterstellung ihn zum Reden bringen würde.

Doch Schneider-Sörgel blieb seiner Taktik des beharrlichen Schweigens treu. Stumm, aufrecht und unbeeindruckt musterte er sie. Erst als sie eine Spur Belustigung in seinem Gesicht zu erkennen glaubte, konfrontierte sie ihn mit dem einzigen Unterpfand, das ihr in dieser Sache noch zur Verfügung stand.

»Na, dann lassen wir das vorerst. Etwas anderes: Warum haben Sie mich das letzte Mal angelogen? Und mir diese Räubergeschichte von der gestohlenen Kreditkarte aufgetischt? Wir haben nämlich zwischenzeitlich Ihre Konten überprüft. Sie waren zwar im Krankenhaus, aber zu dem fraglichen Zeitpunkt wurde kein einziger Cent von Ihren Konten abgehoben.«

Schneider-Sörgel schloss einen Moment die Augen und strich sich mit einer schnellen Handbewegung über die Stirn. Dann richtete er den Blick wieder auf sie, sagte aber nichts.

Also fuhr Paula fort. »Im Übrigen glaube ich Ihnen auch nicht, dass Frau Platzer Ihnen diesen Brillantring gestohlen hat. Wissen Sie, was ich glaube? Dass Sie den Brillanten Ihrer Tochter geschenkt haben, und die hat ihn sich als Ohrstecker umarbeiten lassen. Aber das ist jetzt zweitrangig. Mit dem vorgeblichen Gelddiebstahl haben

Sie sich auf jeden Fall gleich zweierlei Vergehen strafbar gemacht. Zum einen der Rufschädigung von Frau Platzer post mortem und zum anderen der vorsätzlichen Falschaussage gegenüber der Polizei. Und das kann ich Ihnen mit Gewissheit sagen: Der Grund für diese offensichtliche Lüge interessiert nicht nur mich. Auch das Gericht wird wissen wollen, was es damit auf sich hat, warum Sie eine Ermittlungsbeamtin anlügen. Und seine Schlüsse daraus ziehen.«

Sie wartete, ob der Verweis auf eine strafbare Handlung sein nach wie vor beharrliches Schweigen brechen würde. Damit hatte sie all ihre Trümpfe auf den Tisch gelegt. Wenn er jetzt nicht reden würde, dann blieb ihr nichts anderes übrig, als zu gehen.

Als Schneider-Sörgel endlich den Mund aufmachte, lächelte er sie vielsagend und überlegen an.

»Ach, Frau Steiner, in meinem Alter kann man schon mal was durcheinanderbringen. Das Gedächtnis funktioniert nicht mehr so gut wie früher. Es ist möglich, dass ich mich da getäuscht habe. Vielleicht fiel dieser Diebstahl in eine andere Zeit als in die meines Krankenhausaufenthaltes, vielleicht habe ich Frau Platzer mit einer anderen Pflegerin verwechselt – oder einem männlichen Pfleger –, vielleicht gab es überhaupt keinen Diebstahl, und ich hab mir das in meiner beginnenden geistigen Verwirrung nur eingebildet? Wer weiß.«

Sie war enttäuscht und wütend. Über sich, aber auch über diesen beherrschten, smarten alten Mann. Und immer, wenn sie sich von einem Verdächtigen derart provoziert fühlte wie momentan, geriet sie ins Schwadronieren, wurde sie unkontrolliert und schwatzhaft. Und auch ein wenig aggressiv.

»Ich frage mich, wie das für Ihre Tochter war, so ohne Vater aufzuwachsen, anfangs zumindest. Schön bestimmt nicht. Aber irgendwann haben Sie ja offenbar zueinandergefunden. Ich denke mir, jetzt sind Sie froh, doch noch so etwas wie eine Familie zu haben. Im Alter ist so was ja mitunter ganz praktisch. Man ist dann nicht so allein, gell? Na, die nächste Zeit müssen Sie ja wohl oder übel auf Frau Ruckdäschel verzichten. Wir haben sie nämlich verhaftet. Und ob der Kontakt dann noch über Ihre Enkeltochter und den Urenkel aufrechterhalten bleibt, wer weiß? Das ist ja nur die zweite und dritte Linie. Und wenn Ihre Tochter nach langer Zeit aus dem Gefängnis kommt, dann kann es durchaus sein, dass Sie das nicht mehr miterleben.«

Jetzt war sie zu weit gegangen. Sie wollte ihn verletzen, das ja, aber nicht auf diese schäbige Art und Weise, die sich ausschließlich auf sein Alter bezog. Sie holte kurz Luft.

»Was mich noch interessieren würde, ist, ob Sie bei den Treffen von Frau Platzer mit ihrer Halbschwester dabei waren. Aber das glaube ich nicht. Denn dann hätten Sie Frau Platzer von einer anderen Seite erlebt, von einer ganz privaten und vielleicht liebenswürdigen. Denn ich bin überzeugt, bei diesen Zusammenkünften mit Ihrer Tochter zeigte sie sich …«

Es klopfte an der Tür. Da Schneider-Sörgel keine Anstalten machte aufzustehen, musste sie öffnen gehen. Es war Heinrich.

»Kommst du bitte mal. Ich muss dir was sagen.«

Sie trat auf den Gang, zog die Tür bis auf einen schmalen Spalt hinter sich zu und sah ihn fragend an.

»Dein Tipp von heute früh, Frieders Aussage in Bezug auf das Thalliumsulfat abzugleichen, war klasse. Das hat sich voll rentiert, nochmals bei der chemischen Fakultät von der Uni Erlangen nachzuhaken. Stell dir vor, was ich herausgefunden habe. Raten!« Es war ihm anzusehen, dass er innerlich jubilierte.

»Nein, bitte nicht. Ich hab jetzt wirklich keine Zeit für solche Spielchen. Du erzählst mir augenblicklich, was du weißt, und das so kurz wie möglich.«

»Du kommst wohl mit deinem Verdächtigen da drin nicht so recht voran?«

Sie antwortete nicht, sah ihn nur aus zusammengekniffenen Augen an.

»Mit dem, was ich dir jetzt sage, kannst du ihn sofort verhaften lassen. Und zwar ohne jeden richterlichen Haftbeschluss.«

»Heinrich, ich bitte dich …«

»Also gut. Ich rufe also in Erlangen an und habe auch sofort genau den richtigen Mann am Telefon. Dr. Heinz Hetz, seines Zeichens Assistent von irgend so einem Professor. Den Namen habe ich hier aufgeschrieben. Einen Augenblick.« Er kramte in seiner Jackentasche.

Sie legte ihm gereizt die Hand auf den Unterarm. »Uninteressant. Weiter!«

»Auf jeden Fall sagte dieser Dr. Hetz, dass sie vor zwei Monaten einen Anruf von einer älteren Dame bekommen haben. Deren Mann war Chemiker und hatte sich im Keller ein Hobbylabor eingerichtet. Mit allen Schikanen. Eben auch mit diesem Thalliumsulfat. Nachdem der Mann, also dieser Chemiker, gestorben war, hatte seine Frau das Labor im Keller einfach so gelassen, wie es war. Irgendwann ist die Frau ins Altersheim gegangen, und ihre Kinder sind in das Haus, das ihr nach wie vor gehörte, gezogen. Willst du wissen, wann das war?«

»Nein. Weiter!«

»Okay. Vor einem halben Jahr sind die Kinder, die jetzt auch schon gut in den Sechzigern sind, ausgezogen, in eine kleinere Wohnung. So weit, so gut. Das alte Haus hat die Chemiker-Witwe dann an einen Immobilienmakler gegeben, zum Verkauf. Der aber sagte zu ihr: Bevor er das Objekt irgendwelchen Interessenten zeigen könne, müsse das Labor im Keller geräumt werden. Also ruft sie unseren Dr. Hetz in Erlangen an, und der und seine Mitarbeiter kümmern sich um diese Räumung.«

Sie sah die Begeisterung in seinem Gesicht, konnte sich aber auf diese wirre Geschichte keinen Reim machen. Vor allem keinen, der mit ihrem Tatverdächtigen etwas zu tun hatte.

Heinrich schien ihre wachsende Ungeduld zu spüren, denn er fuhr schnell fort. »Das klingt für dich vielleicht momentan alles recht harmlos …«

»Ja, das tut es wirklich«, fiel sie ihm ins Wort. »Und auch sehr verworren.«

»Geduld, Geduld. Jetzt kommt es. Ich rufe also diese alte Dame an. Und rat mal, wo ich die gefunden habe?«

»Ich werde nicht raten, du wirst es mir augenblicklich sagen, zum Donnerwetter!«

»Genau hier im Haus, im Philipp-Melanchthon-Heim.«

»Ach.«

»Ja, ach. Frau Lindner, so heißt die Frau, achtundachtzig und immer noch topfit im Kopf, und ich unterhalten uns also eine Zeit lang und dabei stellt sich heraus, dass bevor Hetz und seine Leute dieses Kellerlabor geräumt haben, noch jemand anderer sein Interesse daran bekundet hat. Nämlich unser …«

»Schneider-Sörgel«, ergänzte sie.

»So ist es. Er hatte zu Frau Lindner gesagt, dass er als Künstler oft mit Chemikalien arbeiten müsse und ob er sich dieses Labor mal ansehen dürfe, bevor die Uni-Leute kämen. Denn manches, was er dringend bräuchte, gerade zum Fixieren, gäbe es auf dem Markt nicht mehr. Frau Lindner hat ihm das geglaubt und ist mit ihm zu ihrem Haus gefahren, wo er sich mit allerhand Sachen eingedeckt hat. Zwei volle Plastiktüten hat er aus dem Labor getragen. Natürlich hat die Lindner überhaupt keinen Verdacht dabei geschöpft, sie hat ihn einfach gewähren lassen. Und soll ich dir was sagen?«

Wieder eine von seinen rhetorischen Fragen, die er sich umgehend selbst beantwortete. »Das mit dem Fixieren war vorgeschoben. Der wollte aus dem Keller irgendein Gift mitgehen lassen. Das war doch für den eine einmalige Chance, an das Zeug heranzukommen. Also können wir von Mord mit Vorsatz ausgehen. Oder siehst du das anders?«

»Das sehe ich genau wie du, Heinrich. Genau so.«

»Nimmst du ihn gleich mit?«

Sie überlegte. »Jetzt gleich noch nicht. Wir machen was anderes, was viel Besseres. Schau doch mal, ob du diese Frau Lindner hier auftreibst. Und wenn du sie gefunden hast, komm mit ihr hier rauf. Sie braucht auch gar nichts zu sagen. Ich bin mir sicher, wenn er sie in deiner Begleitung sieht, weiß er, wie er dran ist. Dumm ist der nämlich nicht. Im Gegenteil, das ist ein ganz Schlauer.«

Dann öffnete sie die Tür und ging zu ihrem Tatverdächtigen zurück, setzte sich lächelnd neben ihn und wartete.

Nach einer Weile, die ihr unendlich lange vorkam, die in Wirklichkeit aber nur ein paar Minuten dauerte, klopfte es erneut an der Tür.

»Das ist diesmal nicht für mich, Herr Schneider-Sörgel. Das ist für Sie.« Sie nickte ihm auffordernd zu.

Ohne sie mit einem Blick zu würdigen, ging er zur Tür, öffnete sie schwungvoll und – blieb starr vor Schreck stehen.

Sie dagegen lächelte Frau Lindner freundlich an. Es war die alterslose zierliche Dame mit der Perlenkette über dem beigefarbenen Rollkragenpullover, die bei ihrem ersten Besuch im Seniorenstift neben ihr und der Verwaltungsleiterin Striegel auf der Terrasse Platz genommen hatte.

»Vielen Dank, Frau Lindner, dass Sie so rasch kommen konnten.

Heinrich, begleitest du unsere Zeugin bitte wieder zurück auf ihr Zimmer?«

»Das ist nett von Ihnen. Aber mich muss niemand auf mein Zimmer begleiten. Ich bin zwar alt, aber nicht behindert. Weder körperlich noch geistig.«

»So habe ich das auch nicht gemeint«, entgegnete Paula. »Sondern lediglich als Geste der Aufmerksamkeit von uns, der Polizei, Ihnen gegenüber, die Sie sich diese Mühe für uns gemacht …«

»Nochmals danke für das Angebot«, unterbrach sie Frau Lindner in ihrem Gestammel, »aber danke, nein.« Leichtfüßig trippelte sie den Gang zurück.

Heinrich sah ihr anerkennend hinterher, dann trat er in Schneider-Sörgels Zimmer. Er stellte sich neben seine Chefin und musterte den Künstler, der in sich zusammengesunken auf seinem nun viel zu hohen Lehnstuhl saß. Jetzt war nichts mehr von seiner einstigen Überlegenheit zu spüren. Der so kurze wie stumme Auftritt der Chemiker-Witwe schien seinen Widerstand zu Fall gebracht zu haben.

Paula sprach aus, was alle in diesem Raum wussten.

»Sie haben sich das Thalliumsulfat, also das Rattengift, aus dem früheren Labor von Herrn Lindner besorgt. Und dabei vorgegeben, es für Ihre Arbeit als Maler zu brauchen. Darum auch hat seine Witwe keinen Verdacht dabei geschöpft. Dann, vor zwei, drei Wochen, haben Sie es in ein Getränk gegeben und diesen tödlichen Cocktail Frau Platzer angeboten. Und da Frau Platzer, wie Sie wussten, extrem geizig war und zudem völlig ahnungslos, wird sie Ihr Angebot auch gern und sofort angenommen haben.«

Sie hielt kurz inne, ohne den Blick von ihm zu nehmen. Dann fuhr sie fort: »Sie wollten Ihrer Tochter damit, wenn man das so sagen kann, einen Gefallen erweisen. Sie wollten ihr mit diesem Mord helfen. Ihre dauerhafte finanzielle Misere würde damit, so hofften Sie, ein Ende haben. Sie sind davon ausgegangen, dass nach Frau Platzers Tod Ihre Tochter alles, deren Ersparnisse genauso wie die Wohnung, erbt.«

Schließlich fügte sie noch hinzu: »Liebe ist ein starkes Motiv. Das stärkste überhaupt.«

Da richtete sich Wilhelm Schneider-Sörgel wieder kerzengerade auf. Er sah sie streng und vorwurfsvoll an.

»Ihr lächerlicher Verdacht steht auf wackligen Beinen, Frau Steiner. Auf sehr wackligen Beinen. Richtige Beweise für Ihre Unterstellung haben Sie nicht? Also Beweise im Sinne von Fingerabdrücken oder einer Aussage von Frau Lindner, dass ich Gift, dieses – wie sagten Sie? – Thalliumsulfat aus ihrem Keller mitgenommen habe?«

»Nein, solche Art Beweise haben wir nicht. Das stimmt. Aber wir haben Indizien. Erstens sind Sie der Vater von Melitta Ruckdäschel und als solcher an ihrem Wohlergehen interessiert. Zweitens waren Sie in Lindners Labor. Drittens haben Sie mich angelogen, was die angeblich gestohlene Kreditkarte anbelangt.«

»Ach ja, der Kontendiebstahl, bei dem ich mich, so wie es aussieht, getäuscht habe. Das wird sich so wohl nie ganz klären lassen, was es damit auf sich hatte. Aber das habe ich Ihnen ja schon versucht zu erklären. Auch wenn Sie solche Art Vergesslichkeit in Ihrem Alter anscheinend noch nicht verstehen können. Ich bin mir sicher, andere Amtspersonen haben dafür mehr Verständnis«, sagte er.

Er brachte sogar dieses überlegen-spöttische Lächeln zustande, das sie vor einer halben Stunde so in Rage versetzt hatte. Er schien von seiner Unangreifbarkeit wieder überzeugt zu sein.

»Sie haben Frau Platzer die beiden Diebstähle unterstellt, weil Sie glaubten, sie damit in der Hand zu haben und zu erpressen. Zum Wohle Ihrer Tochter.«

Genau in diesem Moment fiel ihr der passende Tagebucheintrag dazu ein – »die wollen alle nur mein Geld«.

»Aber da hat Frau Platzer nicht mitgespielt. Pech für Sie. Und Pech für Ihre Tochter. Denn die steckte schon damals in Geldschwierigkeiten. Doch Frau Platzer hat sich nicht erpressen lassen. So sparsam, wie sie war, hätte sie nie und nimmer ihres guten Rufes wegen Geld bezahlt, nur damit Sie Schweigen bewahren. Der war das Geld wichtiger als ihr Leumund. In diesem einen Punkt, aber nur da, haben Sie sich verschätzt, Herr Schneider-Sörgel.«

Da veränderte sich das Gesicht des alten Mannes, das Lächeln verschwand. Er schwieg und wartete mit versteinerten Zügen, was noch kommen würde.

»Doch was ich nicht verstehe: Warum hat Ihre Tochter ihre Halbschwester an der Wohnungstür erstochen und ist dadurch ein unnötiges Risiko eingegangen? Sie hätte doch nur noch ein paar Tage abwarten müssen, dann wäre Frau Platzer an dem Rattengift, das Sie ihr verabreicht haben, gestorben. Das war doch eine todsichere Angelegenheit.«

Sie sah ihn fragend an. Er aber senkte den Blick, und um seinen Mund erschien ein leidender Zug. Das ging ganz schnell.

»Ach, so war das. Sie haben sich untereinander nicht abgesprochen. Frau Ruckdäschel wusste gar nichts von Ihrem Plan und Sie umgekehrt nicht von ihrem. Darum also dieser unnötige Zweifach-Mord, der Ihrer Tochter zum Verhängnis wurde. Wer weiß, wenn Sie beide darüber miteinander gesprochen hätten, vielleicht hätte man Ihnen wirklich nichts nachweisen können. Ihnen nicht und auch Frau Ruckdäschel nicht. Die hätte ja dann gar nichts mehr unternehmen müssen, nur in aller Ruhe abwarten, bis das Gift wirkt.«

Schließlich fügte sie nicht aus Häme, nur der Vollständigkeit halber noch hinzu: »Aber selbst dann hätte sich dieser Mord nicht gelohnt. Frau Platzer hat nämlich ihr gesamtes Hab und Gut dem Nürnberger Tierheim in der Stadenstraße vermacht.«

Nach einer kurzen Pause sagte sie schließlich: »Herr Schneider-Sörgel, ich verhafte Sie hiermit wegen des dringenden Mordverdachts an Elvira Platzer. Die Kollegen von der Polizeiinspektion Ost werden Sie jetzt mitnehmen und umgehend dem Haftrichter vorführen.«

Heinrich nickte ihr zu und verließ das Zimmer.

»Dann werde ich meine Sachen packen.« Das kam sehr leise. Schneider-Sörgel stand auf und ging auf sein Schlafzimmer zu.

Sie erhob sich ebenfalls und folgte ihm. Als er den Türgriff bereits in der Hand hielt, drehte er sich zu ihr um und sah ihr flehend in die Augen.

»Das möchte ich gerne alleine machen. Wenn Sie zwischenzeitlich im Wohnzimmer auf mich warten wollen, Frau Steiner?«

Als sie mit der Antwort zögerte, sagte er, und sein Ton ließ nichts an Schärfe zu wünschen übrig: »Ich bin es gewohnt, so etwas alleine zu tun. Und ich bin es gewohnt, dass man mir meinen freien Willen lässt.«

Sie ahnte, nein, sie wusste, was Schneider-Sörgel vorhatte. Sollte sie ihn gewähren lassen? Ihm diesen Wunsch erfüllen und tatenlos bei seinem Ableben zusehen? Nein, das durfte sie nicht. Andererseits, was hatte ein solcher Mann im Gefängnis zu erwarten? Wie würden seine letzten ihm verbleibenden Jahre dann aussehen? Was wäre das für ein Leben? Ein freudloses und würdeloses Absitzen der Zeit. Aber wer war sie, dass sie sich zum Komplizen eines Mörders machen konnte? Ihm die Verantwortung für seine Tat abnahm und sich damit eine Rolle anmaßte, die ihr nicht zustand? Sie schüttelte den Kopf.

»Nein. Das geht leider nicht.«

Sie sah ihm zu, wie er seine kleine Reisetasche packte.

»Sie müssen nicht darauf antworten, aber interessieren würde mich schon, seit wann Sie mit Ihrer Tochter in näherem Kontakt stehen?«

»Wir haben uns erst spät kennengelernt. 2008 war das, im Krankenhaus. Gertraude war damals schon sehr krank. Sie wusste, dass sie bald sterben würde. Da wollte sie reinen Tisch machen und hat uns ins Südklinikum einbestellt.«

»Und da haben Sie auch Frau Platzer getroffen«, sagte sie.

Schließlich fragte sie noch beiläufig: »Warum haben Sie Ihre Tochter eigentlich nicht unterstützt? Also mit Geld unterstützt, meine ich. Sie stehen doch finanziell ganz gut da, wie wir bei der Konteneinsicht festgestellt haben.«

»Ich fürchte, Sie überschätzen meine Möglichkeiten, Frau Steiner. Das Stift ist nicht eben billig. Und Melitta ist eine sehr anspruchsvolle Frau. Und auch sehr fordernd. Wenn Sie verstehen, was ich meine. Außerdem habe ich ihr in den letzten Jahren wiederholt und großzügig unter die Arme gegriffen. Aber jetzt«, Schneider-Sörgel senkte kurz den Blick, »wollte ich nicht mehr. Jetzt musste mal Schluss sein damit.«

Als er seine Reisetasche in das Wohnzimmer hinübertrug, kehrte Heinrich mit Eva Brunner zurück. Die Anwärterin wollte Schneider-Sörgel Handschellen anlegen, da protestierte Paula.

»Das lassen wir in diesem Fall. Das braucht es nicht.«

Wilhelm Schneider-Sörgel sah sie lächelnd, ja sogar dankbar an. Dann stellte er sich ans Fenster und blickte lange auf die leere Staffelei. Schließlich griff er entschlossen nach seiner Tasche und folgte Eva Brunner nach draußen.

Als er eine halbe Stunde später in der Fürther Straße vor dem Oberlandesgericht Nürnberg-Fürth aus dem Wagen aussteigen sollte, war Wilhelm Schneider-Sörgel bereits tot. Reste der aufgebissenen Zyankalikapsel befanden sich noch in seiner Mundhöhle.

Wieder eine halbe Stunde später erfuhr Paula davon. Und regte sich maßlos über diese Schlamperei und Unachtsamkeit der Kollegen auf. Sie hatte schon den Telefonhörer in der Hand, um in der Polizeiinspektion Ost anzurufen, da legte sie ihn ganz behutsam wieder auf. Ihr war nämlich eingefallen, dass sie es war, die ausdrücklich auf die Handschellen verzichtet hatte. Und außerdem gefiel ihr die Vorstellung, dass Wilhelm Schneider-Sörgel sich zuletzt erkämpft hatte, woran er gewöhnt und was ihm wichtig war – seinen freien Willen.

Epilog

Und wieder einmal hatte Paula Steiner einen ihrer typischen Pamperl-Fälle abgeschlossen. Konnte den Vorgang »Platzer, Elvira« zu den Akten mit dem Aufdruck »erledigt« legen. Gut, ihre Entourage hatte sie dabei nach Kräften unterstützt, aber die Hauptkommissarin war sich nach diesen Tagen des Zweifels an ihren Chef-Qualitäten jetzt sicher, dass sie selbst entscheidend zur Aufklärung beigetragen hatte. Dass sie, wie es sich für ihre Position ziemte, die Kräfte der Mannschaft gebündelt und vorangetrieben hatte. Ihre diesbezügliche Zerrissenheit und inneren Widersprüche konnte sie mit dem erfolgreichen Abschluss dieses Falles gleich auf den Aktenstapel mit dem Stempel »erledigt« dazulegen.

Man sollte also meinen, sie hätte allen Grund gehabt, im Reinen mit sich und der Welt zu sein. War sie aber nicht. Denn noch immer schwebte das Damoklesschwert über ihr, und es kam mit jeder Stunde unheilvoll näher. Morgen hieß es Abschied nehmen. Sie bemühte sich an diesem letzten Tag als später Forty-Something mehr schlecht als recht um Gelassenheit. So hatte sie sich fest vorgenommen, sämtliche Glückwünsche von wem auch immer mit Haltung zu ertragen, das war ihr Zugeständnis an die zurückliegenden Anwürfe, Forderungen und Empfindlichkeiten ihrer Umwelt. Mehr aber nicht. Keine Feier, kein Geschenk. Zumindest ein Gutes würde dieser Tag, wenn er denn endlich ausgestanden sein sollte, haben: Ihre Alpträume wären dann genauso Vergangenheit wie ihre Zugehörigkeit zur Gruppe des mittleren Alters. Und gab es nicht zahlreiche Geschlechtsgenossinnen, allen voran Schauspielerinnen, die immer wieder bei jeder passenden und unpassenden Gelegenheit betonten, dass ihr Leben erst mit dem Erreichen dieser späten Schallmauer an Lust und Tiefe gewonnen habe? An Gelassenheit und dem Wissen, was wirklich zählte?

Nach einer unruhigen Nacht, in der sie sich immer wieder von rechts nach links und von links nach rechts geworfen hatte, wurde sie am nächsten Morgen durch das aufdringliche Klingeln ihres Telefons wach. Mit einem derben Fluch wälzte sie sich aus dem Bett, marschierte grimmig zum Telefon, nahm, ohne auf das Display zu schauen, das Mobilteil ab, um es sofort wieder mit Schmackes auf die Basis zu drücken. Die kurze noch verbleibende Zeit vor Dienstbeginn und dem unweigerlichen Aufeinandertreffen mit den Gratulanten wollte sie sich nicht verderben lassen.

Nach einem üppigen Frühstück, das sogar einen eigenhändig zubereiteten Obstsalat bereithielt, verließ sie das Haus. Sie hatte vor, auch diesen denkwürdigen Tag mit einem ausgedehnten Blick auf die Kaiserburg zu begrüßen, doch der freie Blick darauf war heute verstellt.

Vor der niedrigen Steinmauer zum Burggraben stand Paul Zankl in schwarzer Motorradkluft, vor ihm auf dem Seitenständer seine lindgrüne Moto Guzzi. Man sah es ihnen an, wie sich beide für sie und ihren Ehrentag fein gemacht hatten: Die Maschine funkelte vor der graubraunen Kaiserstallung wie ein pflückfrischer, knackiger Granny-Smith-Apfel, und mit ihr um die Wette glänzte die eingefettete und polierte Lederkombi, deren Besitzer sie nun mit einem an Lässigkeit durch nichts zu überbietenden kurzen Heben und Senken des rechten Zeigefingers begrüßte.

Sie war so überrascht und auch, das muss man sagen, von diesen beiden ansehnlichen Hinguckern derart hingerissen, dass sie den Gruß nicht erwiderte, sondern lediglich mit offenem Mund regungslos stehen blieb.

Da lief Paul Zankl ihr entgegen, drückte sie an sich und flüsterte ihr zärtlich ins Ohr: »Alles Gute zum Geburtstag, du alter Sturschädel, du junge Zwiderwurzn, du liebe Paula.«

Dann überreichte er ihr ein zusammengefaltetes Blatt Papier.

»Eingepackt habe ich es jetzt nicht, das Einiwickeln und Umischnürn ist eh ein Schmarrn, finde ich. Das hier ist mein Geschenk«, sagte er mit einem selbstzufriedenen Grinsen, »eine Jahresmitgliedschaft beim Club.«

»Schön. Danke. Und bei welchem Club bin ich jetzt Mitglied?«

»Was für eine Frage, Paula. Es gibt doch nur einen Club. Beim FCN natürlich. Die Dauerkarte gehört übrigens auch dazu. Damit kannst du auf jedes Heimspiel gehen. Es ist zwar kein Sitzplatz, aber dafür bist du näher am Spielfeld dran.«

Sie hörte in seinen Worten und sah auch in seinen vor Begeisterung funkelnden Augen, dass er von ihr nun eine ganz bestimmte Reaktion erwartete – einen überschwänglichen Dank für dieses einzigartige Geschenk, mit dem er ihre geheimsten Wünsche erraten zu haben meinte.

Also warf sie sich ihm an den Hals und sagte gerührt: »Das ist ja wunderbar, Paul, so ein schönes Geschenk. Eine echte Überraschung. Und das Beste daran ist, dass ich ja, wenn ich mal verhindert sein sollte, die Karte an dich weitergeben kann, gell?«

»Auf jeden Fall. Ich übernehme das dann schon für dich, im Fall der Fälle.« Ein heftiges Nicken bekräftigte diesen Beistand im Fall der Fälle.

»Und jetzt fahr ich dich ins Präsidium. Das ist doch auch so etwas wie ein Geschenk, oder?«

»Natürlich. Ein fast so schönes wie die Mitgliedschaft und die Dauerkarte.«

In ihrem Büro angekommen, setzte sie sich erwartungsvoll an ihren Schreibtisch und wartete auf die Gratulanten. Aber es kamen keine. Der Einzige, der eine Viertelstunde nach ihr eintraf, war Heinrich.

Nach einem sehr beiläufig vorgebrachten »Hey« nahm er an seinem Schreibtisch Platz, ließ den Computer hochfahren und stierte auf den Bildschirm.

Nanu, das war alles? Sollte er vergessen haben, welcher Tag heute war? Oder hatte er sich ihre heftigen Absagen dermaßen zu Herzen genommen, dass er nun beleidigt war? Es sah ganz danach aus.

»Du darfst mir schon gratulieren, Heinrich. Du schon«, sagte sie und hörte selbst, wie ihr der richtige Ton für diese dümmliche Bewilligung misslang.

»Nein, das wolltest du ja nicht«, antwortete er, ohne von seinem Bildschirm aufzuschauen. »Sag mal, ich finde das Abschlussprotokoll zu der Platzer gar nicht. Du hast doch schon eines geschrieben, wo ist das denn abgelegt?«

Sie sagte es ihm. Und war grenzenlos enttäuscht. Das war ihr Verschulden. Dumm war sie gewesen, richtig dumm und kindisch. Das hatte sie nun davon. Schließlich gab sie sich einen Ruck und versuchte, sich mit jedem nur möglichen Einsatz auf ihre Arbeit zu konzentrieren. Besonders gut gelang ihr das nicht. So ging dieser Vormittag schleppend und schweigend vorüber.

Als die nahe St. Elisabethkirche mit dem Zwölf-Uhr-Läuten einsetzte, schaute Heinrich erstmals von seinem Computer auf und fragte sie, ob sie mit in die Kantine gehen wolle. Gemeinsam machten sie sich auf den Weg in die vierte Etage. Im dritten Stock angelangt, sagte er: »Hast du eigentlich schon die neuen Möbel im großen Besprechungszimmer gesehen? Nein? Komm, ich zeig sie dir. Die musst du dir anschauen, die sind so was von daneben, man kann gar nicht glauben, dass irgendjemand dafür Geld ausgegeben hat. Übrigens eine Idee von deiner Freundin, der Reußinger.«

Als sie die Tür öffnete, sah sie keine neuen Möbel, dafür nahezu alle ihre Kollegen im Kreis versammelt, jeder mit einem gefüllten Sektglas in der rechten Hand. Fleischmann ergriff das Wort.

»Die Kollegen und ich, wir wünschen Ihnen das Allerbeste zu Ihrem Geburtstag, den Sie nicht einmal im kleinen Kreis feiern wollten. In erster Linie natürlich Gesundheit. Und auch weiterhin so viel Erfolg und ab und an auch ein wenig Spaß bei der Arbeit.«

Nachdem sie nichts darauf antwortete, ergänzte er: »Haben Sie denn wirklich geglaubt, liebe Frau Steiner, Sie kommen uns an so einem entscheidenden Tag ohne jede Feier davon? So gut müssten Sie uns eigentlich kennen, vor allem Herrn Bartels, dass das ein Ding der Unmöglichkeit ist.«

Dann drehte er sich nach hinten, zu dem weißen Sideboard, auf dem drei Formationen Weinflaschen parallel zueinander ausgerichtet waren, nahm die erste Flasche und überreichte sie ihr mit den Worten: »Ein Müller-Thurgau aus dem Jahr 2010 vom Staatlichen Hofkeller zu Würzburg mit den besten Wünschen von mir.«

Die anderen taten es ihm gleich, sagten ihr immer gleiches, mehr oder weniger glaubhaft intoniertes Gratulationssprüchlein auf, überreichten die Flasche und nannten dazu Rebsorte, Region, Jahrgang. Zwischendurch sah sie zu Heinrich auf, der neben ihr stand und als selbst ernannter Zeremonienmeister die Gratulanten einen nach dem anderen zu sich winkte und sie wieder verscheuchte, wenn er der Meinung war, es sei nun genug. Als Letzte trat eine strahlende Eva Brunner vor und händigte ihr einen »ganz hervorragenden Bio-Weißwein, einen Pinot Grigio aus Venetien von 2007, ein Tipp von meinem Papa« aus.

Anschließend kam der hauseigene Catering-Service, die Mitarbeiter der Kantine, und brachten, was man bei solchen Bürofeiern in Franken eben so zu sich nimmt, also Brezen, Weißwürste, Leberkäse, Bier und Wasser. Für nahezu zwei Stunden ruhte nun die aktive Verbrechensbekämpfung im Großraum Nürnberg. Ebenfalls außer Kraft gesetzt waren die persönlichen Animositäten und Feindschaften in dieser Doppelstunde – jedermann war bemüht, sich von seiner freundlichsten Seite zu zeigen. Vor allem gegenüber dem Geburtstagskind.

Aber das war, genau wie das lukullische Angebot, nichts Besonderes. Das Besondere an dieser Feier war, dass sie der Hauptperson Spaß machte. Die nämlich genoss die Tatsache, dass sich alles um sie drehte, regelrecht. Und selbst das wäre, wenn man sie gut genug kennen würde, vielleicht zu erwarten gewesen.

Das wirklich Einzigartige und damit Bemerkenswerte an dieser Feier eines runden Geburtstages, die für Außenstehende einen vielleicht trivialen, mit Sicherheit aber unspektakulären Eindruck machen musste, war Heinrichs Geschenk.

In ihm spiegelte sich nämlich – um abschließend eine nun Fünfzigjährige mit fragmentarischen Kenntnissen in den Sozialwissenschaften zu zitieren – der Fetischcharakter der Warenwelt auf eine besonders groteske Art und Weise wider. Der rot-grüne Zigarren-Standaschenbecher aus den sechziger Jahren, Murano-Glas mit einem blau-gelben Clown als Aufsatz, war ebenso abgrundtief hässlich und kitschig wie überflüssig, ja unbrauchbar für sie. Dennoch freute sie sich über dieses Geschenk am allermeisten. Auch wenn sie nicht wusste, warum.

Petra Kirsch
MORD AN DER KAISERBURG
Broschur, 224 Seiten
ISBN 978-3-89705-715-9

»Die gelernte Journalistin lässt ihre Heldin durch eine liebevoll-detailliert beschriebene Noris düsen und in das eine oder andere Fettnäpfchen treten. Das Humorpotenzial macht die Sache auch für routinierte Konsumenten einschlägiger Literatur unterhaltsam.« Nürnberger Nachrichten